情书、情诗与情话

Love letters love poems and love words

李敖 著

人民东方出版传媒
东方出版社

图书在版编目（CIP）数据

情书、情诗与情话 / 李敖著 . -- 北京 : 东方出版社 , 2025. 3.
ISBN 978-7-5207-4131-6

Ⅰ. I267.5

中国国家版本馆 CIP 数据核字第 2025BB7475 号

情书、情诗与情话

QINGSHU、QINGSHI YU QINGHUA

作　　者：李　敖
责任编辑：申　浩
出　　版：东方出版社
发　　行：人民东方出版传媒有限公司
地　　址：北京市东城区朝阳门内大街 166 号
邮　　编：100010
印　　刷：天津融正印刷有限公司
版　　次：2025 年 3 月第 1 版
印　　次：2025 年 3 月第 1 次印刷
开　　本：880 毫米 ×1230 毫米　1/32
印　　张：12.875
字　　数：320 千字
书　　号：ISBN 978-7-5207-4131-6
定　　价：59.80 元
发行电话：（010）85924663　85924644　85924641

版权所有，违者必究

如有印装质量问题，我社负责调换，请拨打电话：（010）85924602　85924603

出版说明

李敖作品系列，参考了中国友谊出版社版《李敖大全集》（1—40卷），并加以修订、梳理与再编辑。

文字尽可能保持李敖先生著述的全貌和原貌，遵循"只删不改"的基本原则。删节段落用省略号表示，并标明"（编者略）"。基于作者当时的生活背景和本书主要为书信集的特点，书信中涉及台湾方面"一府"、"五院"及其下属机构名称时，为不影响读者阅读体验和保持原作的原汁原味，总体上采取了加双引号的编辑处理方式。另外，考虑到作者风格，个别字词表述未作处理，尽可能予以保留。

对学术思想及观念上的差异保持原貌，尽可能原汁原味地展现作者的研究成果。关于"的地得"用法，引文保留原貌，正文则按现代汉语标准用法。

按照有关规定，对敏感内容作了技术处理。对台湾党政机构名称和职务称谓，采取加引号的处理方式，引文内和引号内则不再加引号。

目录 Contents

李敖情书集

新　序	002
原　序	004
给咪咪	010
给 Bonnie	012
给 LW	015
给 G 的九十四封信	017
给尚勤的两封信	101
给谷莺	105
给 H 的十三封信	107
给阿贞	119
给 Y 的四十八封信	121
给汝清的五封信	172

爱情的秘密

前置词	188
爱情的秘密	189
沙丘忆	192
除却一寒冬	196
一首诗几件事	198
评改余光中的一首译诗	201
小孝子	206
小大由之	206
如影随形	206
猪小姐	207
三言绝句	207
狭路相逢	207
李诗四首	208
题泰国漫画	212
鼓里与鼓上	212
情诗十四首	214
老兵	225
两首反中立的诗	226
墓中人语	228
情律	231
菩萨写诗	232
剪他三分头！	233

"癣"与"屁" …………………………………………………… 236
我爱大猩猩 …………………………………………………… 238
自赞五首 ……………………………………………………… 240
洋和尚和录音带 ……………………………………………… 242
反咬高人吕洞宾 ……………………………………………… 244
他 ……………………………………………………………… 245
"于人曰浩然,沛乎塞苍冥"——怀念居浩然 …………… 246
居然叫艺术家 ………………………………………………… 250
孔明歌 ………………………………………………………… 251
万古风骚一羽毛 ……………………………………………… 253
两亿年在你手里——1983年12月10日夜得南美化石,给梦中的小叶 ………………………………………………………… 255
爱是纯快乐 …………………………………………………… 257
把她放在遥远 ………………………………………………… 259
爱的秘诀 ……………………………………………………… 260
何妨看一线天 ………………………………………………… 261
一片欢喜心,对夜坐着笑 …………………………………… 262
不让她做大牌 ………………………………………………… 264
我为她雕出石像 ……………………………………………… 266
不复春归燕,却似如来佛 …………………………………… 268
只有干干干! ………………………………………………… 269
赌的哲学 ……………………………………………………… 271
可惜的是我已难醉 …………………………………………… 272
脱脱脱脱脱 …………………………………………………… 273

《一个文法学家的葬礼》 275
老虎歌 277
《我们七个》 278
也有诗兴 288
还有诗兴 291
旧词新改 293
以山谷之道，还治其身 297
关于《丽达与天鹅》 299
向沧海凝神 313
诗句的实验者 315
弗罗斯特的《雪花纷飞》 316

只爱一点点

不爱那么多，只爱一点点 320
"唯有恋得短暂，才能爱得永恒" 323
说真幻 326
他会为爱情同我结婚 329
霸王·公鸭·情书 330
《张飞的眼睛》和一封信 335
殉情必读 336
杂谈女人 338
从胡茵梦看新女性的独立问题 342

对胡茵梦伪造文书案的证词	344
满人为患	349
我看处女寇乃馨	351
风度全在一吻中	353
腿上功夫	355
女人大腿上的"丝路之旅"	357
上帝与服装	358
写给模特儿看的	361
男人做事女人当	364
寻乐哲学	366

君子爱人以色

"不见可欲"与"见可欲"	376
大中华·小爱情	380
论高中女生被性骚扰	388
李敖论结婚	391
上电视谈现代婚姻的悲剧性	393
病中散记	396
日本女人讨厌日本男人了	399
君子爱人以色	400
辟佛四绝	401

李敖情书集

新　序

《李敖情书集》原名《也有情书》，1966年11月自费出版，但还没上市，就被国民党"警备总部"全部抢去；16年后，1982年6月，我扩编成《三情之书》——《李敖的情诗》《李敖的情书》《李敖的情话》，由沈登恩先生的远景出版公司出版；去年文星复业，我决定再出文星版。现在先把《李敖的情书》增订新排，就是这本《李敖情书集》。

男女间事，本来都该在床上办的；不在床上办而在纸上办，总难免抽象、缺乏动态、缺乏立体感。情书云者，一言以蔽之，都该总批为"可爱的废话"。虽云"废话"，可是却不得不说、不该不说。情书是萧伯纳（George Bernard Shaw）所谓的"纸上罗曼史"。墨在纸上，自然写时是情感集中、思绪澎湃。但往往时过境迁以后，自己重读起来，未免"大惊失'色'"（此"色"字该一语双关：一为脸色，一为女色）。至于当事人以外的第三者，读别人情书，因为缺乏置身其中的情感和背景，所以常常在嗜读以后，摆下脸孔，大骂"肉麻"！殊不知他们自己写的情书——如果会写的话——更是肉中有肉、麻中有麻。所以，为公道计，聪明人绝不骂别人情书肉麻。

《李敖情书集》收有我给十位女朋友的信，我一生中的女朋友和情书，当然不止此数，但是情海余韵，亦堪"快然自足"。王羲之《兰亭集序》有道是：

　　夫人之相与，俯仰一世，或取诸怀抱，晤言一室之内；或因寄所托,放浪形骸之外。虽趣舍万殊,静躁不同;当其欣于所遇,暂得于己,快然自足,不知老之将至。及其所之既倦,情随事迁,感慨系之矣!向之所欣,俯仰之间,已为陈迹,犹不能不以之兴怀……

纪晓岚曾戏引这段话,做他对太太的祭文。的确,这段话移来写男女之情,倒更贴似。情书之为用,正在"俯仰之间,已为陈迹"之后,作为"不能不以之兴怀"的另一"陈迹"。不同的是,身为一个爱情上的纯快乐主义者,我在"所之既倦,情随事迁"以后,殊乏"感慨系之矣"的滥情,只见甜甜的回忆,不见淡淡的哀愁。这种风度,也算是"太上忘情"的变体吧?

1988 年 1 月 16 日

原　序

　　三情之书是《李敖的情诗》《李敖的情书》《李敖的情话》。这诗、书、话三本书，大多是我没发表过的有关爱情的文字。一般人都以为李敖是一个喜欢仗义执言的"侠骨"型人物，却很少清楚李敖还是一个喜欢花言巧语的"柔情"型人物。这三本书收集的，就是李敖"柔情"一面的文字，愿天下有情人，都人手三册。

　　三本书贯串的主题是：我们要有现代化的爱情。

　　在现代化的 20 世纪 80 年代中国，我们看到现代化的电子情歌、现代化的性病医院、现代化的人参补肾固精丸，却很少看到现代化的爱情。

　　现代化的爱情是什么？现代的中国人知道的似乎并不多，他们虽然也风闻什么自由恋爱，也爱得自称死去活来，但是，他们的想法太陈旧了、做法太粗鲁了、手法太拙劣了，在现代化的里程碑上，他们的爱情碑记，可说是最残缺的一块。有多少次，我看了古往今来的许多所谓爱情故事，忍不住好笑说："中国人中的这种人呀！他们不懂得爱情！"

　　在上下几千年的中国历史上，我们简直找不到多少可以歌颂的爱情故事、不病态的爱情故事。尽管"二十五史"堂堂皇皇，圣贤豪杰、皇亲国舅一大堆，可是见到的，很少有正常的你侬我侬，而是大量反常的你杀我砍他下毒药。

　　一个号称"有中华五千年史"的伟大民族，居然制造不出来多少像样的爱情故事，这可真是中国人的大耻辱！中国过去的爱情传统，是不平等的、缺少相对主体的、人格分裂的、胆怯的、娼妓本位的、男色的、没有人权的、缺少罗曼蒂克的、病态的。我读古书，少说也有三十年，我实在无法不做出这样令人不快的结论。

1979年11月5日报上说，台北西门闹区的情杀案，是"在某单位服役的中尉军官庄水昆，因情感纠葛愤而行凶。他先在部队内杀死了一名卫兵，并将这名卫兵的尸体藏放在车辆底下，然后拿了一支枪从新竹赶至台北，到了自己一见钟情的部属妹妹许美月家中，将许美月击毙，击伤她的哥哥，并纵火焚屋，然后畏罪饮弹自杀"。看吧，随便一个例子，就显露给我们多少病态、多少粗鲁！但你别忘了，这种行为，并不是"某单位服役的中尉军官"个人的行为，这种行为是陈旧、拙劣爱情传统的反映，只有根本不懂爱情为何物的人，才如此焚琴煮鹤、如此赶尽杀绝、如此霸王硬上弓。真正的爱情绝不这样，这样不漂亮的、不洒脱的，绝不是真的爱情！

现代的中国人，必须练习学会如何走向现代化，用现代化的水准与情调，开展现代化的爱情。迷恋秋雨梧桐，何如春江水暖？感叹难以为继，何如独起楼台？在罗曼蒂克的爱情上，中国文化和乡土都无根可寻、无同可认，虽然本是同根生，无奈土壤不对，对现代的我们，实没好处。

多少年来，我在传统下摸索正确的爱情路子，最后我终于摸索完成，我终于得到了解脱的快乐。几个完成的重点，我愿意特别提示一下：

爱情是不盲目的——张飞的眼睛

神话里说那长着小翅膀的爱神丘比特跟情人赌钱，最后什么都输光了，就把眼睛做赌注，最后又输了，就变成了瞎子。"爱情是盲目的"（love is blind）的话，就是这样出来的。但我认为，"爱情是盲目的"是错的，我认为爱情该像《三国演义》中张飞的眼睛，一天二十四小时，除了眨眼，连睡觉都是睁着的。

睁着眼睛的恋爱才是真的恋爱，西施不该只出在情人眼里，爱情应该知道对方的优点与缺点，这样就没有不适当的希望和失望。比如说你爱一位所谓"新女性"，但她整天搞星象、搞算命、搞紫微斗数、搞怪力乱神，你就知道她一点儿也不新，她的大脑其实是中国农村、希腊农村的旧女性的大脑，但你也不妨爱她，但你绝对不要盲目。

爱情是不痛苦的——它是纯快乐

我认为男欢女爱是人类最大的快乐，这种快乐，是纯快乐，不该掺进别的，尤其不该掺进痛苦。过去胡适之先生给朋友写扇面，他写——

> 爱情的代价是痛苦，
> 爱情的方法是忍受痛苦。

我认为他全错了，在爱情上痛苦是一种眼光狭小的表示、一种心胸狭小的表示、一种发生了技术错误的表示。真正的第一流的人，是不为爱情痛苦的，像一位外国诗人所说的——

> 啊！"爱情"！他们大大地误解了你！
> 他们说你的甜蜜是痛苦，
> 当你丰富的果实
> 比任何果实都甜蜜。

Oh Love! they wrong thee much

That say thy sweet is bitter

when thy rich fruit is such

As nothing can be sweeter

这才是健康的爱情观。

爱情是灵肉一致的——肉一样重要

自古以来,有一种毫无根据的怪论,就是"唯灵论",或说"灵魂至上论",或说"崇灵贬肉论"。这种怪论,不论怎么叠床架屋、怎么演绎,它的基本调门,不外乎灵是高的、圣的、好的;肉是低的、邪的、坏的。这种灵上肉下的思想,是错误的。

一位外国诗人,曾用美丽的诗句,巧妙指出:

……灵之对肉,并不多于肉之对灵。

...Nor soul helps flesh more, nore than flesh helps soul.

这是何等灵肉平等的伟大提示!这诗人又指出:肉乃是"愉快"(pleasant)的象征,是可以给灵来做漂亮的"玫瑰网眼"(rose-mesh)的。这种卓见,实在值得满脑袋"灵魂纯洁""肉体不纯洁"的卫道者反省。懂得爱情的人,绝不忽略灵肉任何一方面。

爱情是会变的——接吻来分离

在爱情里的人,没有人愿意看到感情在变,但是感情明明在变,不承认感情在变的人,是不了解爱情的。很多人不了解这一点,拼命用各种保证与手段去巩固感情，用海誓山盟、礼教、金钱、道德、法律、戒指、结婚证书、儿女，乃至于刀枪和硫酸想使感情不变，我认为这些都不是第一流人的态度。第一流人的态度是潇洒的、洒脱的、来去自如的，像一位外国诗人所说的——

既然没有办法，
让我们接吻来分离！
Since there's no help, Come, let us kiss and part.

这才是第一流人的态度。

爱情是要技巧的——不一起下山

承认感情在变，然后就要有技巧地处理这种变。《水浒传》里王婆说男女关系有五（个）条件，第四（个）条件是"小"，小就是技巧，就是细心体贴，不发生技术错误。就是结婚要送玫瑰花，离婚也要送玫瑰花。公鸡对母鸡是不讲究技巧的，公鸭对母鸭是不讲究技巧的，霸王硬上弓是不讲究技巧的，但第一流的人不是公鸡、不是公鸭，也不是霸王，他自然会很技巧地处理爱情。

男女关系好像一起上一座山，我认为上山时候，可以在一起，到了山顶，就该离开，不要一起下山，不要一起走下坡路。男女之间最高的技巧是不一起走下坡路，应该在感情有余味的时候，先把关系结束。不要搞到恶形恶状，赶尽杀绝。

爱情是唯美的——不涉真和善

有的女人要在爱情上追求真、善、美，我认为这种人太贪心了。

我们习惯上讲真、善、美，"真"是科学哲学的问题，"善"是伦理学经济学社会学的问题，"美"是美学艺术的问题。凡是涉及"真"和"善"的问题，我认为女人都不适合追求。你只要做一次选择法就够了。如果"真""善""美"三者不可兼得，一定要女人选三分之一，全世界所有的女人，都会宁愿不做真女人、不做善女人，而要做一个美的女人。女人宁愿是个假女人、坏女人，也要是个美的女人。这就是说，女人的本质是唯美的，女人实在不适合求真、不适合择善。女人把感觉当作证据，这种人，怎么择真？女人把坏人当成好人，这种人，怎么择善？所以女人追求真相，真相越追越远；女人择善固执，善恶愈择愈近。女人只能追求美，一（个）女人若在追求美以外，还要追求真和善，还要替天行道，还要大义灭亲，会发生可怕的错误。

我相信男女之间的一切关系，都是唯美的关系，恋爱应该如此，结婚应该如此，离婚更应该如此。男女之间除了美以外，没有别的，也不该有别的。

上面的几个重点，可说是这三情之书所特别环绕的信念，读这三本书的人，请特别注意这些信念在我心路历程中的变化。注意了这些变化，再回看我这些"少年哀艳杂雄奇"的作品，自然将有会心的领悟。

1982 年 4 月 17 日

给咪咪

亲爱的咪咪：

  一连五天没有写信给你了，我知道你一定感到很奇怪，奇怪我为什么"懒"起来了。其实真是见你的鬼，我才不懒呢，五天来我每天都勤于反省——反省我在女孩子面前是否吃了败仗，是否被那诡计多端的小丫头洗了脑。

  反省的结果，我，李敖，悲哀地失望了，我想不到我竟有些动摇，于是我大叫一声，往后便倒，倒在床上，活像那只满面病容的猫儿，但疼的并不是右"腿"，而是那征服咪咪的雄"心"。

  神话里的 Mermaid（美人鱼）时常在海上诱惑水手去触礁，她会甜言蜜语地说：

  "……给我一个奇迹好吗？让别人忽略你的存在，而你却比以往更健全更有力地生存吧！"

  于是，水手听了她的，放弃了骄傲、嚣张与忧愁，在这几天中埋葬了他原有的许多习惯，他偃卧在远海天边的孤岛，那是一个与尘世隔绝的地方。

  这几天来我出奇地沉默，不愿跟别人交往，我感到很疲倦，在世俗场中我周旋得太久了，我渴望休息，于是我也"唯心"起来，神游着六合以外的幻境，在那里没有庸碌之往来碍我耳目，也没有俗场中人来扰我心灵，在孤岛上只有你——那最能了解我的小东西！

我们同看日出、看月华、看闪烁的繁星、看苍茫的云海；我们同听鸟语、听虫鸣、听晚风的呼啸、听 Ariel 的歌声，我们在生死线外如醉如醒，在万花丛里长眠不醒。大千世界里再也没有别人，只有你和我；你我眼中再也没有别人，只有我和你，当里程碑如荒冢一般地林立，死亡的驿站终于出现在我们的面前，远远的尘土扬起，跑来了喘息的灰色马，带我们驰向那广漠的无何有之乡，宇宙从此消失了你我的足迹，消失了咪咪的美丽，和她那如海一般的目光。

　　　　　　　　　　　　敖　1958 年 3 月 18 日西洋近古史课上

给 Bonnie

Bonnie：

　　谢谢你在聚餐时对我的两次批评和临走前的一番直言，我不能不感激你，为了你至少使我知道在那种人情泛泛的热闹场合里，竟然还有一位不惜犯颜规劝我的冷眼人。

　　四年来，我的为人和作风始终受着人们的非议，并且不爽快的是，这些非议多是在我背后的阴影里面发出的，很少人能够直接在我面前显示他们的光明和善意，他们论断我的态度缺乏真诚，也缺乏表达真诚的热情和度量。

　　对这些层出不穷的臧否与攻击，我简直懒得想，我觉得他们只不过是一群多嘴而怯懦的小蚍蜉，根本成不了什么气候。而我这方面，却又仿佛是个玩世不恭的禅宗和尚，总是报以一个揶揄的鬼脸，或者回敬一个"老僧不闻不问"的笑容。

　　近几年来，我一直在用"存在主义"的方法，树立着"虚无主义"的里程碑，思想上的虚无再羼进行为上的任性和不羁，使我很轻易就流露出阮籍那种"当其得意，忽忘形骸"的狂态，聚餐时的表现只不过是我放浪形骸的一小部分，可是已经足以使你看得不舒服了！

　　在这四年的岁月中，我历经了不少的沧桑和蜕变，本性上的强悍与狂飙使我清楚地知道，我总归是一个愈来愈被"传统"所厌恶的叛道者，我孤立得久了，我不太妄想别人会改换一个角度来看我了，我也不再希冀我喜欢的人能够对我停止那些皮相的了解了。听了你对我说的话，我忍不住想起那位命途多舛的女诗人 Sara Teasdale 的两行句子：

All his faults are locked securely

In a closet of her mind.

这也许正是你我之间的最好的描述，可是不论怎样，你的关切与好意是我永远不能忘怀的。

四年浪花的余韵，如今已经逼近了尾声，我不知道我还能再说些什么，一个早已被时光消磨了色彩的人，他却深愿你的未来是绚烂多彩的。

李敖　1959 年 6 月 21 日在古夷洲

〔附记〕寄这封信后第七年，吴申叔、王莫愁夫妇请我吃饭，我忽然在他们家里看到 Bonnie 结婚后的照片，颇有感触。我回家写了一封信给申叔夫妇，原信如下：

申叔兄、莫愁嫂：

9 号承赏饭，多谢多谢。府上宝物极动人，尤其是泰戈尔等的真迹，令人百看不厌。当然更亲切迷人的是申叔兄的画，我这次再看，更感到意境的不俗。可惜我不懂画，只能在看过后，"感到舒服"而已。莫愁嫂的大作，不知何时可给我们俗人看看？你们小两口，真是多艺的一对！

9 号晚上熊式一先生所谈的一些秘辛，颇有味，他真该少写一点名人专传，多写一点士林内史。那位将军教授似受刺激过深，戎马半生，终落得如此下场，亦可哀也！（在他的照片册中，我看到一张他的干女儿的照片中有她、她丈夫和两个小宝宝。那位女士跟我是大学同班同学，毕业时谢师宴上看我喝醉，还特别跑来劝我一阵，人颇可爱。毕业典礼上她又特别把她妈妈介绍给我。以后未再见面。我服兵役时，听说她结婚了，想不到这次在府上，竟看到她婚后的照片！）

申叔兄便中写信到乌拉圭时，请代我向"鲍老虎"国昌先生致意，并谢谢他这次来台请我吃饭。我对他的少爷的大作，很感兴趣，不知他可否寄我一二抽印本？

现在已是夜深，特写此信，聊述9号赏饭回味之乐，并谢谢你们小两口一再请客的好意。

敖之　1966年4月13日夜4时

给 LW

LW：

　　你是一个奇怪的小女人。三四年来，我偶尔看到你、偶尔想起你、偶尔喜欢你，我用"偶尔"这个字眼，最能表示我的坦白，因为我从不"永远"爱我所爱的女人——如同她们也一直采用这种态度来回敬我。

　　如果我详细描写你如何可爱，那么这封信一定变成一封春潮派的情书；如果我不描写你如何可爱，那么它又太不像情书，因此我不得不多少歌颂一下你的可爱的部分——那些混球男人直到进了棺材也感受不到的部分。

　　你最惹我喜欢的部分不单是漂亮的肉体、漂亮的动作、漂亮的签名或是漂亮的一切，因为这些漂亮的条件会衰老、会凋谢、会被意外的事件所摧毁，会被另一代的女孩子所代替，会在《李敖自传》里占不到太多的篇幅。

　　我喜欢很多女人，可是我从来不追她们，因为她们的美丽太多，性灵太少，而这"太少"两个字，在我的语意里又接近"没有"，因此我懒得想她们，她们骂我李敖"情书满天飞"，可是飞来飞去，也飞不到她们头顶上。

　　我喜欢你，为了你有一种少有的气质，这种气质我无法表达，我只能感受。

　　三四年来，与其说我每一次看到你，不如说我每一次都感受到你。你像一个蒙着面纱的小女巫，轻轻地、静静地，不用声音也不用暗示，更不用你那"从不看我的眼睛"，你只是像雾一般地沉默、雾一般地冷落、雾一般地移过我身边，没人知道雾里带走了我什么，我骄傲依然、怪异仍旧，我什么都没失去——只除了我的心。

我不能怪你，怪你使我分裂、使我幻灭；我不会追求你，因为我不愿尝试我有被拒绝的可能；我久已生疏这些事，为了我不相信中国女孩子的开化和她们像蚌一般的感情。

也许你应该知道我喜欢你，也许我应该使你知道，虽然我不相信除了知道以外还会有什么奇迹发生。我不属于任何人，你也不会属于我，我们没有互相了解的必要，流言与传说早已给我编造了一个黑影，对这黑影的辩白我已经失掉热情。也许在多少年以后，我们会偶尔想起，也会永远忘掉很多，唯一不忘的大概只是曾有那么一封信，在一封信里我曾歌颂过你那"从不看我的眼睛"。

李敖　1961年10月18日深夜在台湾碧潭

这封信写成已近九个月，可是我一直没将它发出。多少次我看你下班回来，多少次，我想把它交给你，可是我都忍住了。今天重新检出，决定还是寄给你。

李敖　附跋　1962年7月14日

给 G 的九十四封信

一 （此信起，G 在台北）

亲爱的 476702：

你的点心还在我这里，可是只剩下空盒子了。

你什么时候跟我"换"照片？

钥匙还你，黄颜色变成了白颜色。

星期五一定要来，你不来我的"灵性"就没有了，一定讲不好。你来，我要在讲演时开你一次小玩笑。

星期五讲过后，我们再去老地方好不好？——我要看你"进步"的成绩。

你的 R501310　1962 年 4 月 8 日早上

（敖按：阿拉伯数字为 G 和我在台大的学号。我是研究生，所以学号前有 R 字。）

二

G：

看溜冰入场券两张，随信附上。

如果你有兴趣跟我一起看，请在 5 点 10 分至 5 点 20 分到文学院正门口，我等你；如果你愿意跟别人一起看，那么就不要来了。

敖之　1962 年 5 月 3 日午前

三

亲爱的小女人：

请翻开《新约》第二十五部分——约翰三书（The Third Epistle of John），从第十三节 I had 读起，读到第十四节 to face 为止，然后在明天下午 5 点半走出来，接受我给你的"空头支票"。

敩之　1962 年 5 月 9 日星期三

照片六张附上。

（敩按：约翰三书的原文是：

13 I had many things to write unto thee, but I am unwilling to write them to thee with ink and pen.

14 but I hope shortly to see thee, and we shall speak face to face.

13 我原有许多事要写给你，却不愿意用笔墨写给你；

14 但盼望快快地见你，我们就当面谈论。）

四

我仔细考证了老半天，才发现（照片上）那位两条胳膊搭在你们姊妹肩上的"男人"，原来不是她的——你准备挨罚吧！

6月8号（星期五）晚上5点半，我准时接你。

写给 G，我的小情妇！

敩之　1962 年 6 月 4 日

五

夜色昏沉残梦迷，

残梦袭我醒来迟，

花开不易花谢早，

旧欢如水哪堪拾？

敖之 1962年"6月6日断肠时"作绮语呈G

六

亲爱的毕业生：

15号你毕业典礼时，能不能让我们照几张相？

我们3点钟可到体育馆，如果不能进礼堂，我们就在门口等你。希望在典礼结束后，来体育馆正门口找我们。

如果你觉得时间不合适，请通知我合适的时间。

当天晚上如能跟我们一起吃饭，那就再好不过了，我们会非常高兴——为了一个最有女人味儿的小女人肯接受我们为她祝贺的晚餐。

敖 1962年6月11日

七

亲爱的学士：

我刚跟董敏约好，决定15号上午先给大美人——"你"照彩色照，下午再照别的。为了光线，一定要在上午，并且一定要你穿得花花绿绿的才更好，如没有别的约会，能不能在15号上午9点半会面？

盼能在明晚（星期三）给我"肯定性的答复"，如果你不来安东街，也不写信，请在晚6：00—7：00给我电话。

明天下午3：10—4：50我在文学院二四教室（楼上）考清史专题，欢迎你来"监考"或"慰劳"。或在那时候先通知我。

敖之 1962年6月12日

八

我进入你的生命里，如果能跟别的男人有一点点不同，那就是我当你四年大学的尾声时候，在你身上打下了烙印。

你离开这个世界以前，也许会有一段时间来回想你早年的风流艳迹，你会回想起许多男人，你会回想到我，回想到我在你生命中所占的地位——那时候，我大概死掉很久了！

我时常想，我在你一生中，该占什么地位？对你的人生态度，会不会有重大的影响？这种影响，像一个小守护神，深深地支配着你，没有别的男人可以替代。

在我眼里，你是最能倾向我的观点的人。你能这样，并不是你智慧的反射，而是你灵光的一闪。你有这种灵光去照射一个不很简单的男人，赤裸地仰在他的赤裸底下，让他因吮吸你而得到生命的意义，使他更有光彩、更有个性，更像一个撒旦的化身。

魔鬼在蹂躏小圣徒的过程中，使小圣徒也尝试着认识人生，使她知道，除了一个漂亮女孩子的日常生活外，似乎还该做点别的、想点别的。

这是你和别的漂亮女孩子的重大分野，这是你使我不能忘情的重大因素。我喜欢你，并不只是因为你是一个漂亮的女孩子，我更喜欢你的灵光一闪，喜欢你做点别的、想点别的，写点论《约翰·克利斯朵夫》或是别的。……

我希望我能慢慢影响你、震撼你，使你不单只做一个 playmate，还要做一个"没有阳具的小异端"——纵浪大化，放浪形骸，跟随真正的亚当去偷真正的禁果。我并不惋惜你在富贵荣华的社会标准中去蹦、去跳、去找大肚皮；我只是觉得，如果有暂时可以遗世独立的机会，而你却轻易地拒绝它，你就太不乖了！

（1962 年 6 月 13 日，晚上从电话中知道 G 居然也未能免俗——

还要介意这些男女的闲言闲语,使我有点失望,乃写此三页,在 G 毕业前送给她。)

九

亲爱的阴历的小寿星:

美而廉那丑八怪女店员拍着她那大胸脯说:"保证蛋糕在明天午后 2 点半送到。"

星期五(22 号)晚上 9 点整,在教堂门前恭候——让我们按照新历法来过生日。

教之 1962 年 6 月 17 日下午 5 点半

十

我的小情妇:

明天(22 号)下午 5 点半见你的时候,希望小寿星打扮得像个新娘子,花枝招展,浅笑轻颦,不亦快哉?

小姨子的效忠者照片三张,请代呈。此公为我好友,在新店我家惊鸿一瞥后,念念不忘,今储巨款贿你我二人,渴望帮忙(北方人,名×××,淡江毕业,现 AID 工作,问问小姨子看——"合则约谈,不合璧退")。

一想到你答应在下礼拜跟我"同居",我就快乐得像你看到"斜眼"一样!

人家本来不斜眼,
硬说人家眼睛斜。
大都会中找同志,

可怜冤枉施大爷。

我一想到那个烫发的"女"施珂,我就忍不住笑。

敖之　1962年6月21日午后5时

十一

亲爱的"G——":

怎么今天中午不到医学院福利社吃饭,而下午又不上班?太灵通的情报使我用这句歌词"警告你"——

Oh! I am watching you!

文化太保　1962年7月12日下午4：25

十二

亲爱的情人:

我已敦聘一个医学院的学生就近监视你,尤其是每天中午,他也在福利社吃饭,他除了在下巴上有十一根贼毛外,无其他特征,貌不惊人,极不易被你发现。

你哥哥今天又来,我请大舅子吃包子;大舅子明日去福隆,约我本周末去玩一天一夜,我想带你去如何?你若不去,我也不去;你若去,当然我们可以避不见他。

或者我们到别的地方去游山玩水也可以,都市太腻人了,我们该到郊外去"野合"才好。怎么样,Grace?

给我个电话吧,亲爱的,不要不理我。

敖之　1962年7月13日

十三

亲爱的"太座":

前天晚上送你回去后,过了四十分钟,我偷偷跑到教堂门口,听你"讲道",可是太远了,听不清楚,我只看到:

一、那洋老太婆并不虔诚听你讲,她两只眼睛一直在看你那可爱的扭来扭去的屁股;

二、那帮子我最讨厌的男人(其中有一个我认识,是个小偷)也不在虔诚听你讲,他们全在注视你那漂亮的飞来飞去的眼睛。

昨天等你,你不来,今天希望我不要再失望。

敖之 1962年8月12日

十四

亲爱的小东西:

……

请不要吝啬"五毛钱",如果不打电话,盼你表演一场"文君夜奔",当然不是"文君新寡",你寡了,倒霉的是我呀!

敖之 1962年8月15日晨

十五(此信起,G在花莲)

亲爱的贝贝:

午前接到你的信,开心之至,二十七个小时的悬念总算放下心来。昨天早上送你走后,心里窝囊得很,下午替景新汉订好房子(我决定听你的话,不让他住进我们的"秘窟"),回到家来,看到凌乱的场面——我们一同制造的场面,非常难受,只好胡乱整理一阵,跑回文献会。

晚上熬了几个小时，才上床，那时候是 12 点——你最爱困的时候。看了一阵你的照片，才告"不支"。

一夜"迷梦"，总梦到你"跑"了。

今天中午同香港来的自由报社长马五先生（雷啸岑）吃饭，猛抽了一阵烟，他由香港来台，非要看看我不可。

真是"遗憾"！尤其是刘鹤，居然先抵花莲，算她造化！她一定是托你送她肥皂之福，也许是托那漂亮的空中小姐之福。

哦，对了，希望我去花莲时，她还在，她如不在，希望换个更漂亮的。

看了你对花莲的形容，我真怪我白操了一阵心，我想你可能比我还快乐——那虽是个孤独的地方，但是个美丽的所在，美丽的地方再经一个台北飞去的美人一点缀，一定显得更娇艳了。

你决定在农职，我又高兴又担心，高兴的是你可以不受老修女管理或"摆平"，我们约会时又可以得到不少方便；担心的是你竟住在男人堆里，整天飞眼，恐怕飞得太辛苦，飞得不好，一下子飞成"女"施珂的样子，那不糟了？

听说可以打"鲜花电报"（电报局可以代送鲜花给收报人），结果仔细一问，原来只能由外埠打入中国台北，中国台北"没有打出去"。

整天逢人就打听花莲情况，对花莲颇有了解，过几天我去的时候，大概可以跟花莲市[①]市长比赛啦！

台风又要来了，真叫人焦急，陈彦增告诉我农职在花莲市的美仑区，比较安全。

---

① 花莲县，后同。——编者注

他们问 G 走前哭没哭，我说不要她哭，刘鹤代她哭了，她在进飞机前招手，好像个电影明星，招过手后又走出来，再招一次，更像电影明星了！

敖之　1962 年 9 月 2 日下午

有急事可打电报给我。

打电话最好在 11：00—12：00 或 5：00—6：00 最合适。

十六

亲爱的 BABY：

如果你答应不骂我，我要很红脸地告诉你一件事，我要向你道歉、向你忏悔、向你赔不是，请你"奉主耶稣的命"原谅我：你的哥哥所谓"春光明媚"的时候，在你上飞机走后的中午，我在一个漂亮的办公厅里，碰到了——"一个可爱的女人"！看到这儿，你一定这样猜，喂，"才不是呢"！我碰到了的是一个减少漂亮女人的飞眼魔力的东西，它的名字叫"G 的眼镜"！

哈，"找有到"啦！

哈，"请没有怪我"啦！

哈，"请看我有起"吧！我这一辈子，只做了这么一件"对你没有起"的"找没有到"的事，现在好啦，"找有到"啦，令誉恢复，往者不谏啦！

晚上请陈彦增、李士振吃了一顿寿尔康，回来想你不已。

我从电话局拿来许多张电报纸，准备随时打电报给你，让"嘟嘟嘟"来吓你一跳。

1962 年 9 月 3 日早上

东部防守司令的儿子杨尔琳是我中学同学，政大政治系毕业，现在在花莲中学教书，有急事或特殊困难可找他（禁止飞眼）。

花莲市五权街34号

我还不能叫他去看你，要他先暗中监督你一阵子再说。

花莲市民国路26号有台大经济系毕业的李立志，跟我不算很熟，白天在花莲台肥厂中做事。有急事不能解决也可设法找他。

还有奸细在花莲，可是不能一一告诉你。

你小心吧，不要有把柄被我的奸细抓到呀！

3日中午

十七

亲爱的太太：

怎么直到现在还不见你的第二封信，是不是已经勾到了一个新欢啦？想到你没有带草帽去，所以"杨家有女初长成"中的那种以帽子勾人的方法你不会用，所以我比较放心。

可是花莲一定有草帽店。如果有，我倒真希望花莲再着一次火，除了你的房子和你教的教室，其他一切都烧掉——尤其是草帽店、咖啡室。

不，还得保留一件顶重要的东西不能烧——马桶。（抽水马桶？）没有马桶的结果大矣哉！请看下表：

没有马桶恶性连锁反应表（表删）。

以上是昨天的。

今早接你信，孟母三迁，再加一迁，您就是孟夫子的妈妈啦！

你去海星，我比较放心多了，固然我找你不方便，别人找也不方便。你问我这两天"有没有新的'艳遇'",我倒要问问你呢!

要的东西即寄。

你把花莲形容得像一朵莲花。

昨天寄的第二号信还是寄到农职去的,这两天一直打听农职情况,这回白打听了,改打听海星女中了。

我答应你叫我做的,我也请耶稣的妈妈监视你答应我的。

你没有带画片去,怎么在四壁能布置风景画呢?你要不要《花花公子》(playboy)里的大腿女人,我可以奉送,她们唯一的好处是可以"避邪"——保险修女不敢进来。

为了赶时间,捉拿灵感,字迹潦草,你别怪我呵。

台风来了,今早我把"后窗"重钉了一次,一边钉一边想到你,真替你住的地方担心,但也为你高兴——这回风衣有用场了!

不过看你信中说"建筑完全现代化",我又放心不少!

"6号"快到了,可打个电报给我。

为了在台风前赶到此信,还是寄限时。

敖之 1962年9月4日 11:30

十八

亲爱的G贝贝:

在真的太平洋畔,想不想台北的太平洋旅馆?你是哪儿学的?你好会写情书呀!看你写的:

> 我唯一想的是你,关心的是你。

这种多情该多可爱呀,哎呀,宝宝当没有起呀!

你嘱咐我别不告诉你就来花莲,理由是"学校管理甚严",我怎么能相信呀?我有时候会想:"她怕我不告而来,当场拿获吧?"——你一定要老实呀!

呀!呀!呀!我想到老修女们买香蕉呀!——卡大卡大的香蕉呀,专门躺在被窝里偷吃的呀!不要剥皮就能吃的呀,剥了皮就不好吃的呀!

周弘的结婚请帖,印得还算别致,另信寄给你看。

你真好意思!你在农职惊鸿一瞥,第二天就搬走了——你把他们的胃口都提起来,然后就坐十元一次的计程车跑掉,你怎么这么寻人开心呵!我猜你走的时候,"他们"一定每人坐了一辆计程车追你——像"萧何月下追韩信"那样追法,结果花莲市计程车生意暴涨,表现了空前未有的繁荣局面,"农业"增产,"经济"景气,此皆"农业经济系"出身的小贝贝之功也!

昨晚写到这里,赶回来应付台风来临,心里一直为你捏一把汗,愈想你愈不乖——你跑到花莲那可怕的地方干什么?前两天伊朗地震,死了两万多人;花莲地方又有台风,又多地震,还会着火,计程车又贵,香蕉又供不应求……越想缺点越多。

昨天一晚我这儿总算房顶没塌下来,漏得很多,幸亏昨晚有先见之明,把窗户用防水甘蔗板钉起,否则更不堪想象。你那儿怎样?你的"现代化建筑"!

今早醒来,天凉而阴沉,外面风声凄厉,愈发想到跟你温存的情景,触物思情,为之"心酸酸"不止。("心酸酸"是个闽南语片的片名,这是我第二次告诉你的闽南语片名,第一次是"无你我会死",你还记得吗?)

因为整日不能外出,吃得真窝囊,到现在(夜 11 时)胃还不好受。没电,没报纸,一点也没有关于花莲的消息。真倒霉!想不到这辈子为这么一个鬼地方担心受罪——都是你害的——要不是你住在那儿,我真诅咒它干脆被台风吹到海里去算了!每次台风都是它招惹的,台风最对它感兴趣,老是从它那儿登陆。

敖之 1962年9月6日夜深

十九

亲爱的宝宝的贝贝:

没得你允许就买了一双绣花拖鞋和一个钥匙环,另外把寄去的信封都贴上了邮票(限时),不知道你会不会怪我。花莲海风太大,所以我买了绣花鞋,怕你着凉;为了要你锁紧房门,所以买了钥匙环,同时可以使你的房门钥匙和安东街的钥匙连在一起;为了早一点得到你的信,所以一律请你用限时寄给我。

呵,贝——贝,我好想你呀!

今天台风虽然过去了,可是天还是阴沉多雨,沉闷得令人不开心,好像有十只蚂蚁在肚皮上爬,爬呀爬的,他妈的在爬。

1962年9月6日

今早接你信及你寄来的"小气的还债"。

一直等你电报或电话。

你如中秋节不来,我决定赴花一次。

日期你来定。

敖之 1962年9月8日

杨尔琳来信附上。

根据他的信，知你常往市区去，干什么呀？

要的饼干等即寄。

附录
杨尔琳来信

天仇：

你什么时候摸到了一个"媳妇"？怎么连十三年的老同学都瞒住了？接信后害我好找，农校在花莲市的最南边，找倒是找到了，却错把刘小姐当 G 小姐。下午到花莲市最北端的海星女中去找你的媳妇，冲破重重门禁，所得到的答复是到市区去了，我以为又到刘小姐那儿去了，再往回赶，结果又不是，看来你的媳妇只有等你来找才有幸一见了！

大台风将来，海浪高过二层楼，但是请放心，海星女校舍坚赛金门堡垒，修女们又热诚感人，纵使十个波密拉来绝碰不到"迷死 G"一根毫毛！

来花莲请先告知，咱好到车站接你，决破费百十大文为你及媳妇洗尘。咱住处如左图所示。（图删）

祝好

尔琳　9月4日

二十

亲爱的 BABY 小姐：

饼干、果子酱、辣萝卜，皆于今早寄出。

《经济学》也托陈彦增今早寄出。

你的平信今天仍未收到,是不是寄丢了?

今早孙英善电告,我在花莲的第五号"密探"已来信,并已探知你离开农职。

你到底何时北来?为什么一点消息都不给我?

现在已是一天的中午了,别人都睡午觉,我却在等你的信。

杨尔琳的第二信附上。

敖之　1962年9月10日午

附　录
杨尔琳第二信

天仇阁下:

G小姐给我戴了一顶帽子,说我是"密探头子"。这顶帽子戴在头上可真不轻,我什么时候成了密探?而且还是头子?阁下耍人真不浅。

她很美,特别是那两弯眉毛显得非常秀丽脱俗,难怪把阁下的"哈脱"给拴住了!阁下大概不会再挥慧剑斩去这恼人的真"Gordian knot"吧?

G小姐想家,说想在中秋回去一趟,但加了一项条件,如果你在中秋节前来的话,她即不回去了!

速来!咱还有事须请你当狗头军师。

尔琳　7月9日晚

二十一

亲爱的太座：

什么虫咬了你，居然被咬病了？这一定是个怪病——也许是安东街澡盆里爬过去的，打针痛不痛？哎，贝贝，你真叫人担心！

我的意思是，月中我们一定要在一起亲热几十个小时，我看你若不想在考场坐一天，就不必北来了，由我去花莲会你；如果你想考试，那么你就来，由我去机场接你，总之你全权做主，你命令我怎样，我就怎样。

我想搭14号（星期五）早上的金马号公路局车去花（坐7：30那一班），下午3点半可到，今天去公路局，她（车掌小姐）说现在路断了，两三天内可通。

我预备在花住三个晚上，下礼拜一回来。

请速通知我，请速决定。

你的"平信"迄未收到，怪事怪事。

你妈妈热情洋溢，佩服佩服。

敖之　1962年9月11日下午6时你快来电话的时候寄上身份证。

二十二

亲爱的不听话的贝贝：

罐头早已于前天早上限时包裹寄出。

身份证已于昨天限时寄出。

买机票如困难，可否托杨尔琳？

速示归期呀，亲爱的！

敖之　1962年9月12日夜6时三刻

刚才喝了半茶杯香槟，有点昏昏然。

以前斜眼的照相作品三张奉上。

二十三

贝贝——不空不空：

我不敢写信给你——一写就忍不住想你，想呀想的，寂寞得很！

这四天（三天半）的聚会给我的印象太强烈了，你上机后，直到现在，我还不能安心工作，总觉得你还在我身边，总还想跟你亲热温存，总浮现着你的声音笑貌、你的尖叫（不是杀猪）、你的大便速度、你的裸体恰恰。……

昨晚在美而廉，徐訏一见我就说："看你的人比看你的文章年轻得多！"——可惜我的新衬衫送去洗了，穿的又是小褂，否则一定更年轻些。

美国新闻处的副处长司马笑送我一张听国际学舍五人乐队的票，第二排，10月3日可去听。

连日大忙，不可开交，昨晚只睡三个半小时，现在即刻要赶到南港去，回来再写信给你。

亲爱的

敖之　1962年9月21日午1：45

二十四

贝贝——不写信来的贝贝：

你一上飞机就想哭，刚把嘴张开预备哇哇一阵，空中小姐就把蛋糕塞进你的嘴里，于是你就哇哇不起来了。——对此情况，本人小有了解，同时深庆得人——深庆空中小姐阻止了一场悲剧。

飞机上的马桶是白的吗？

那位老师搬来了吗？我知道你一到花莲就不听话，就要把我交代下去的事打个七折八扣，或者使出你最拿手的骗我本领。总之，我一写就要气，我不愿再写啦！关于此事，你凭良心办吧！

你开始记日记，我的日记却停了近十天了——忙得厉害，简直没空。最近胡秋原硬要曲解吴相湘、萧孟能的疏忽，跑到"立法院"，小题大做地向"立法院"提出质询，真是小儿科！台北这方面你走后很热闹，我月底以前都要大忙。你在花莲倒清静，写两封信来亲热亲热吧，亲爱的，不要太苦了我，也别写信给别的人，我会嫉妒的。

我还没注册。

敖之　1962年9月23日晚饭前

你最近吃得怎样？

二十五

GRACE，亲爱的空空的不空不空：

为什么深夜时写信，最后一封才写给我？杨×ד老不死"，何必写信给她？

小心把你的青春"吸"去！

我真高兴修女们开始对你不满——我希望她们联合起来，拿起扫把，把你赶回台北来！

你去花莲不到一月，居然就开始卖弄起风骚来——裙子穿那么短干什么？对女生们都如此一摆三扭曲线毕露，到了花莲市区见了男生还得了吗？

何况最近花莲，旷夫怨女云集，其中又多为你的老搭档——我真的不放心了——你在校内，我也不放心（怕演"恐怖角"）；你在校外，我也不放心，怕那些狗男女带你去太鲁阁。幸亏你在信里称他们作"死人"，吾心大慰！

李芝安的姐姐漂亮不？比空中小姐如何？

小褂决定遵太太之命彻底淘汰——良心保证。此后头可断，血可流，小褂一定不穿——穿就不得好死，就是空空。

上有天花板，下有水门汀，中间有良心，良心在担保，太太请放心可也！

最近胡秋原在"立法院"无理取闹，诬告吴萧诸人，我已写成一篇一万二千字的文章。昨晚×××找我聊天，他大骂胡秋原，说当年胡秋原为反对"出版法"攻击当局，今天又要当局用"出版法"制裁吴萧诸人，前后矛盾得可笑。

穿衬衫，一定做到，再说一遍，不怕你派密探侦察，也不怕你突击检查。

你得把你跟二阿美人同居的人证物证拿出来才算数，我在你的信封信纸上闻了半天，怎么闻也闻不出来阿美人的骚气（或臭气），明天当敦聘一高山族来代闻，如果还是没有闻到，有你瞧的！

你的李敖之　1962 年 9 月 26 日

刚写成一万二千字文章，头昏眼花腰酸背痛手软脚麻之际书
需要何物，勿吝开单采购。

二十六

亲爱的花莲之花：

刚由印刷厂回来，足足一整天！

前晚自晚 9：00 到清早 8：00 写了八千七百五十字（第一次在家里由黑夜到天明）。接上前写的共计一万四千字，稿费七百元。题目是《修改"医师法"与废止中医》，预计此文一出，必遭老头顽固们围剿不可。

我只在写《给谈中西文化的人看看病》时这样累过！

我愿意累一点，一来可忙得"忘"了你（想你的滋味真不好过）；二来 10 号可大玩——是一个好的鼓励。

昨天寄去大梨二只，收到否？

这期《文星》我本不想写了，但是吴基福的文章一来，我就忍不住手痒。

使你失望的是——小褂没进当铺，我发誓我的东西不再进当铺——必要时，李善培的例外。

下礼拜今天，这时候，我们已在一起——"连"在一起了，想来飘飘然不止！

并且，还可以参观你的新毛衣———见我面就要跟你诱人的肉体分家的新毛衣。

敖之　1962 年 10 月 3 日周末夜 7 时还没吃饭

二十七

刚准备打电报，接到你信，看你这次计划北来换了多少次班机！星期二早上我会去机场接你。

一切须"跳恰恰"方能讲出来的话，见面再说。

G 小姐

李敖之 1962 年 10 月 7 日

二十八

太太，亲爱的太太：

太想你，太想太太。

卡有想你，卡有想太太。

徐訏前天送我一本诗，印得卡有漂亮。

你走后，开始大忙，光文章，就有四篇要写（其中有给法院的辩解状），至今仍在头昏眼花中。昨晚南港来人告诉我，又有一青年律师愿义务替我辩护。

明天一东北籍人儿（东北大学工学院院长）"久仰"本人，挽王"委员"请我吃饭，六十三岁的本人义务辩护律师也要来，少不了又谈一阵打官司的事。

现在我唯一想的一件事不是发财、不是官司打赢，而是你快快回来。又有南部的一个女读者写信来呢！可惜有"外子"，讨厌的！

老萧已忙病，昨晚缩在蚊帐里。

你对我似乎越来越冷淡了，上飞机后不再走出来做第二次的电影明星；到花莲后第三天还未接到你的信，多么无情呀！

敖之 1962 年 10 月 13 日

二十九

亲爱的李太太：

今天中午赴东北大学工学院院长之宴，此人胖得像个大皮球。座上客纷纷露仰慕本人之意，本人却缩在那儿，望徐訏兴叹！

徐訏跟此院长为二十年老朋友，今午亦来，他的儿子也来了，蛮漂亮的小伙子，跟我同岁。

今天大家大谈了一阵胡秋原，他们说我此文太毒，胡秋原等于被我剥了皮，官司一告，赢固无光彩，输亦不好看，而胡秋原在"立法院"多年来之声望亦遽然失去，真是流年没有利！

出来顺便在中和乡访六小姐七小姐，可是找了半天，竟找不到六小姐的家，只好等你返北后一同寻访。

台北有好电影，可是却没去看，一来你不在身边；二来太忙。

昨天周末，今天礼拜，都不能休息。昨晚4时才睡。不过你千万放心，我是累不坏的——不信，你回来，看我使你哼哎啊呵呀哦唔呢哈呼啦呶啾吸嗡呜！

敖之　1962年10月14日

三十

太太，亲亲爱爱会叫会喊会哼会跑的太太：

……

昨天徐訏劝我少抽烟，我也实在想少抽一点。

马桶目前已渐康复，不日即可出院。

10月15日

今天萧启庆退伍归来，两人看了两场电影，亦忙里偷闲也。

10月16日

今天下午第一天上课，姚老头对我惧敬备至，请我做他的"保镖"。班上女孩子十几个，好像看鲁滨孙一样地看本人，走在路上，人亦多所指点。这回真出了恶名了。

敖之　1962年10月17日

三十一

亲爱的花莲 G 老师：

小册英文书三本今天寄上。袜子跟水果、信封等一齐寄去。

明晚是历史系迎新会，不知道有没有新货色。我早就说过，如果有一个女人有你二分之一漂亮而不折磨我，不往花莲跑，我一定爱她不爱你了。可惜的是，跟玛利亚私通的那家伙不帮忙，可恶之至！

官司事连日盛行调停之势，居浩然的太太已经跟胡秋原谈判，胡表示将不告居大少爷了；现在老萧的朋友们又进行"和谈"，其中"立法院"前副秘书长袁雍（我的好朋友袁祝泰的老子）又想跟我商量，我则无可无不可，反正把老胡骂了个痛快，如要和谈，本人拒绝任何条件。他要告，我出庭；他要撤，我随他去，看他怎么下这个台阶。

真盼这个月快快过去，到了下月，我们又可以亲热了。这次我要使你叫声不绝，时间选定在正午 12 点，让全台北市的人听了，以为是"试放警报"呢！

敖之　10 月 19 日

真盼下学期你能同我一起上课！

三十二

亲爱的太平洋畔的小人儿：

痛、痛、痛、七海可利痛，

床、床、床、安东弹簧床。

夫妻恩爱、功归于床。

……

看了你的信和你妈妈的伟大观点,我叹了一大口卡长卡长的气:"什么时候我才能碰到一个不骂我的'女朋友的妈妈'呢?"——我想来想去,想不出原因来,大概是"伯母"两字叫少了吧?

梨两个、袜子两双寄出了,袜子那家卖光了,跑了好几家,总算买到,虽和上次的"摩赶况",但是边儿很厚,也是美国货,想你会喜欢。告诉我你喜欢也未?

信封另寄去。

还要何物,立刻来信。

刚去公路局看了一次去花莲的金马号,下月 10 号就可以坐上去了,愈想愈开心。

敖之　1962 年 10 月 20 日

三十三

太太、太座、太美丽、太可爱的小东西:

两天接不到你的信,天昏地暗,日月无光,心情恶劣,食欲不来,苦不堪言,想去花莲。不过——

昨晚例外,昨晚北投一"立委"请我吃饭,五年不见,大吃一顿。

今晚例外,今晚可能会有席。

明晚也例外,明晚那位跟我父亲同班的王先生举行新火锅开业典礼。连日大吃,不知你听了流口水不?

刚与徐讦握别,他问我:"听聂华苓说,你把你漂亮的女朋友照片给她看,她大为称赞,能不能给我看看?"等他看过了,他惊艳不止,大有《西厢记》中张生见崔莺莺之概!我骄傲极了!连日极想你,夜里都没有睡好。

敖之　1962 年 10 月 22 日

昨晚在北投吃过饭,与王先生漫步下山,空气风景都清爽已极,心想若身边是你而不是一个六十四岁的老头子,该多好!

三十四

亲爱的贝贝贝贝贝:

你居然在花莲偷偷摸摸地养了一个预备队——新货色,多可怕的消息呀!比目前美军中校格鲁佛被杀还要可怕!为了避免你弄假成真,本人特郑重宣布:

本人在历史系迎新会上一无所获!会上诸佳丽十分之九都是猪八戒的姑妈,另外十分之一是猪八戒的姑奶奶。故本人之无新货色已属不容怀疑之事实,毋庸在花莲之"台北人"妄相猜度,专此奉闻,诸维亮詧。如能互相敦励,以策来兹,双方遵守约定,男不拈花惹草,女不养汉偷人,天下太平,岂不更好?特此函请女方查照。

上给

G 收执

李敖谨启

今早见报,居浩然小子居然没有他老子居正的种,反倒偷偷拜托老婆向胡秋原讨饶,湖北人真不行,真没种!我开玩笑说,看这样,非讨个老婆不可了,老婆可以化乖戾为祥和,可以揪着丈夫的耳朵谕令和解,而懦种的丈夫们也可以假托听太太的话而不再斗法,这不是很好的障眼法吗?

于是,我决定结婚啦,对象是

G 河南农经系台北市同安街 46 巷 1 号

你赞成吗？

你何不就近打听一下由花莲去日月潭的情形？我们真可以在下月 10 号后去日月潭度蜜月，你最好能多请一天假，那样我们就可以大玩一次了！

敖之　1962 年 10 月 24 日

袜子包裹收到没有？

三十五

这信因是在家里写的，今天未能发，故先寄上另一信（第 24 号）。

连日为征文事跟老萧老景吵得不亦乐乎，前昨皆近清晨 5 时才睡。

恭贺你买了一条漂亮的长裤，我一定喜欢看你穿——虽然我没看过（只在你游台北阳明山和农场实习的照片上看过平面的），但长裤也有缺点，性欲冲动时脱起来太误事。

周末又到了，一个可怜的周末！

敖之

六小姐来信及照片附上。

三十六

亲爱的海星女中的花瓶：

你的花莲同游计划非常好，我决定从命。

今天见报知台湾中华航空公司开办了台北花莲班机，真是好消息！

我想在下月 10 号坐早上 7：30 的金马号车南下，下午 3：30 可抵花。你说星期天上午没接到我的信，"没有阳光"，可是我呢？我这儿阴了一整天！

王剑芬也参加《文星》征文了，可惜未能取她，现在把稿子寄你一阅，请别给别人看，看过即请寄回。

我把台湾地图找了出来，顺着公路、铁路、航路、船路，各神游一次。哎呀！亲爱的 11 月 10 号呀！快点呀！

敖之　1962 年 10 月 29 日

三十七

亲爱的小小小贝贝贝：

你怎么一个人睡觉要大哭呢？好可怜哪！是不是因为小贝贝感到空虚寂寞？还是因为那天晚上门外的香蕉摊被老修女们抢购光了？还是因为老修女们个个闹肠炎、拉稀屎，占住马桶不放？还是高山族的四只臭袜子（或是四只臭脚）洗干净了，房间里少了刺激的空气？还是因为松山的大舅子小姨子妈妈的流泪病传染了你？……我想来想去，百思莫解，最后恍然大悟，原来是日本梨吃光了的缘故，所以我决定再给你寄两只梨去。

还有，你的妈妈我的"伯母"何时做寿，我昨天在东门书摊旁看到一个卡大卡大的玻璃瓶，我想买来送她。那个瓶是这样的（图删）。

据我初步估计，至少可装五十加仑的眼泪，用法是（图删）。

用后用盖密封，绝无蒸发之虞，但是五十英尺（米）内严禁烟火，因为可能会"轰"！

敖之　1962 年 10 月 30 日

三十八

亲爱的今天发薪的人儿：

发薪了吗？要不要台北的经援？

你只不过身上还剩十元，就"大惊小怪"，真是没见过场面。真正一文不名，当票上身，债主进门的场面你还差得远呢！

前几天又有新经验觑你，李善培当了照相机七百元，花掉二百元，给我五百元托我添二百代赎——他以为我是财主，没想到财主不但没法垫去二百元，反倒花光了他的五百元！

这几天赶写一文——《评中医及医师法》，忙得每夜4时才睡，每次睡时，都少扳一次指头——离去花莲，又近一天了！

台湾中华航空公司能否有折扣办法？

敖之　1962年11月1日

下午大睡四个半小时后，今晚恐怕要开通宵。

三十九

亲爱的想回台北的人儿：

看你两次来信的语气（三次提到北来），我猜到了你想在这次假期回台北，是不是？

你回来也极好，我们在台北玩玩，去碧潭等地。台北最近好电影又很多，你是在"红尘"中过惯的人，在花莲清静久了，再去个更清静的地方（如天祥），你怎么吃得消？

所以，小姐，亲爱的小姐，你还是回来吧！

以后有机会，我再去花莲。反正在你寒假辞职返北前我们一定要同游一次。

请通知我飞机班次，届时在机场恭候美人天降。

如这次你担心爱哭的老太太知道,干脆回家拍一次"妈"屁如何?你去天祥经过只字不提,是不是做了亏心事?

你的照片,我真喜欢,尤其是你:ㄐㄩㄝ ㄓㄜ、ㄆㄧ、ㄍㄨ、ㄕㄨㄛ、ㄕㄞ、ㄑㄧ、ㄔㄜ ㄊㄧㄥ、ㄉㄜ、ㄋㄚ、ㄧ、ㄓㄤ。我真想拍你屁股一下,把你从铁栏杆上打下来。

看你照片,你好像穿了新行头。

看到女中的建筑照片,我放心不少。震垮它们,似乎非新西兰地震莫办。

我去花莲最担心的一件事是很难找到一家旅馆适合我们做爱。因为隔音设备一定没有,且花莲抓私宰之风甚盛,人家一听见杀猪声起,立刻军警云集,人赃俱获,把我那可爱的小白猪抓去怎么办?

你的放大照片,先寄来吧,等得人心痒痒的,你该多多照些照片寄来,你不是爱照相的吗?

毛衣现在寄去还是你带回去?

昨天是《文星》五周年纪念会,在中山堂堡垒厅举行,盛况空前,可惜你不在场。大官儿黄杰"司令"、王超凡"中将"、叶公超等均来祝贺,《自由中国》所谓男女作家冠盖云集,我好像变成了"明星",人人都要看看文化太保的"真面目"。有的直接过来,有的从旁打听,有的请人介绍,誉满耳鼓。自下午4时起至6时半结束,然后与孟能等十多人同宴于华春园,喝了不少酒,喝酒时一直说我太太不在场,我没有喝下去。(今天余光中太太、"女诗人"蓉子等都听说我有一个漂亮的女人,都要向我要你的照片。——比照徐訏、聂华苓的前例。)

昨早与傍晚跟萧老头儿聊天,他预言我的这篇文章可能会遭中医师们攻击。叶明勋也觉得很可能。

拉杂一写就是五页，有很多话要同你说，希望你快快来，我的"身体"也要同你说话呀！

敖之　1962年11月6日午后

四十

亲爱的去过天祥的美人儿：

今早去上课，遥望看见杨××打扮得活像个小妖精，粉红色的高跟鞋鞋跟至少有这样高（图删）。

……

今天整天接不到你的信。明天我还可再写一信给你（星期五你可以收到）。

非常兴奋地等你归来！！！

敖之　1962年11月7日

四十一

亲爱的安东街女主人：

今晚归来，看到一、二楼墙上贴有"文告"——是小宣传家们攻击二楼×××的儿子的：

×××爱哭鬼，一点小事就哭

×××是我的孙子，也爱女生

虽寥寥数语，可看下一代人心如何：

一、纯粹白话文学；

二、善于心战、宣传战；

三、会匿名（我接到许多匿名骂我的信）；

四、四句话，三个重点，皆中要害：

a 爱哭鬼

b 我的孙子

C 也爱女生

此三种重点无一不代表固有文化与道统,以及孔夫子式的诛乱臣贼子的方法。

敖 1962 年 11 月 7 日 9∶40

放大照片极可爱,卡卡有美丽,卡卡诱人起非分之想。

错怪了,错怪了,千千万万别生气,早知道你不想来台北,因为你想在花莲跟别人去旅行呀!

星期六 12 点在军用机场恭候。

敖之 1962 年 11 月 8 日

棉花随信寄去。

四十二

亲爱的 13 号:

本来想把那张刘鹤哭泣处的条了偷放在机场椅了上然后请你参观的,但是没想到 × 耽误我这个计划。

今早上课,同班的一侨生问我说:"昨天你在飞机场送一个漂亮的妞儿,还拍了一下她的头,有没有这回事?"——不晓得哪个尖眼睛看到的,他死不肯说。

好呀!我想起来了,你在中学的门房是老李,还有个"张老师"——"他的生活丰富得像一杯醇酒",在你的纪念册上写着:

往事的回忆，已成为生命王冠上一朵美丽的花，为着明天，去采集更多的鲜花吧！

快快从实招来吧！像《伪叛国者》中那个女的在教堂中告解一般地坦白吧！否则的话，本人当将传闻来的文件公布，以正视听啦！

李老师　1962 年 11 月 14 日

昨晚回家，收拾房间，好不凄凉，一个人上楼梯，开灯，收起你丢下的粉外套，藏起你留在梳子上的头发……幸亏老景老广老萧陆续来访，才算稍解寂寞。呵，贝贝，我恨你了，你来一趟——"惊鸿一瞥"一次，竟使我这样不能"恢复"成我自己，我知道没有你，我呀活没有成，没有成，呀，没有成。

O！贝贝！要爱我呀——即使ㄅㄤ、ㄊㄞ、ㄇㄨ、"醋"！

敖之

附　录
《中兴评论》中 G 旧作《往事》

（括号内为李敖评语。写《G 的真面目》的重要史料，原本怕你湮灭，故以复印本寄呈。）

我拖着沉重的步子，最后一次走出母校大门时，不觉呆立在街旁。再一次回顾那整齐的教室，美丽的校园，小路边挺立的棕榈树，它的宽大叶子此刻正在晚风中向我频频招手，六月花圃内开得繁茂的玫瑰花，也在仰着脸对我微微地含笑。操场上油绿的草地，映着淡蓝的天幕，飘不完的云朵，舒缓地荡着，像我扯不断的离愁（现在扯断了没有？），这里，我曾生活了六年的地方，在将离去的刹那间，我特别感到它的亲切和可爱。但充满了诗情画意的中学时代，已像一串多彩而奇异的梦，随着岁月飘逝了，我到哪里去追寻它呢（到二女中）？过去的事回想起来，只能平添惆怅和神伤，但谁又能全然忘怀！

六年前，我背着书包，走进这陌生的环境里，我杂在一群天真的孩子中间，我的好奇而凝神的眼睛（可爱的），注视着那些快乐而年轻的面孔，那么多学习的伴侣，对我的生活是一种新的感召。我兴奋得像一头小鹿（该是小猪），跑遍了学校的每个角落，想着这里将是我今后生活的园地时，我的幼小的心灵里，揭开了梦的远景，憧憬着那远景里的一切，我真的几乎要流出喜悦的眼泪来。

但在这个新的生活环境中，我是寂寞的，我怯弱而孤独，胆小而忧郁，下课时，我坐在教室里看小说，休息时，我站在操场边，看着别人兴高而采烈地游戏，我伴着自己的影子，咀嚼着落寞和哀伤（可怜的贝贝！那时候好像还不会扭屁股）。

有一天，上体育课，我正坐在草地上四下失神地张望时，珍拿着网球拍笑着跑到我面前，从此我们便做了好朋友，我真说不出此后她对我的影响有多大，我再不孤独，再不忧郁了。（同性恋？）我们一同读书，一同游戏，晨雾迷蒙时，我们手牵着手走进校门，黄昏日落时，我们肩并着肩徘徊在校园里，谈着过去和未来的事，或是躺在如茵的草地上，吵着笑着，做着青春的梦。这纯真的友谊是我生命中开出的第一朵鲜花。高二的那年，她生病去世了，生活的打击、死友的哀悼，混杂着痛苦的回忆，永远埋葬在心底。

我最喜爱的张老师——蓬着头发，抽着烟斗，穿着破皮鞋，他待人和善、热情而诚恳，他是诗人，他嘴里有说不完的趣事，他当过兵、打过仗、做过生意，他的生活丰富得像一杯醇酒。我最不能忘记的一天，是上国文课，当他讲完了朱自清的《背影》后，他接着说道人生是一场战斗、又是一场梦时，他哈哈大笑起来。那种神情，他本身的文学气质，启发了我们对文学的兴趣。他治学的认真态度，更时时鼓励我们对创作的努力。他教我们爱生活、爱人类、爱自己的理想，哪一天我再能坐在外面有一排凤凰木的教室里，听他讲艺术、文学、哲学和人生呢？

我们的校长，高高的身材，挺直着背，戴着宽边的近视眼镜，略显苍老的脸上，常挂着一丝和蔼而丰润的笑容。劳苦的教育工作，折磨了她，吞噬了她二十年的生命，但她对自己的一生，毫无抱怨。她爱事业，爱自己的学生。记得高三下（学期）的时候，我们为着准备一连串的考试，每天都要忙到晚上才回家，她总是和我们一起回去，鼓励我们的学业，要我们注意自己的身体。每日晨操，她总是站在台上看，晨光映着她的灰发和那坚定而结实的身躯，确是一幅动人的影像。她虽是年过半百的人，她的心却和我们一般的年轻，每逢学校开运动会或晚会时，她忙起来，到处跑来跑去，老师和学生全被她感动了。学校的工作做得好，名誉自然建立起来。毕业的同学直到现在也还感到骄傲啦！但这又是谁的功劳！我们只有衷心地感谢她、纪念她。

门房老李（又一个），也是个令人怀念的人，几年来，因为他管着我们的出入、信件和便当，和我们的关系最密切。（什么关系？）他脾气好，待人真诚，尽管你发多大的怒，他还是笑嘻嘻地把信递给你，这样大家便愈发觉得他的可爱了。校门两边的花，他每日按时浇灌、修剪，那花永远开得大大的，象征着老李的精神——朴实而勤苦，但愿他别后健康、愉快，共母校而常青！

灿烂的夕阳，染红了高处的树梢，几只归鸦，拖着疲倦的影子，从头上掠过,自校内楼顶上投来的黯淡的阴影,渐渐笼罩了我。一股辛酸与别离的悲戚,从心底升起,站在这人生的驿站边,对过去,我有着沉重的怀念(要用起重机),对将来,我有渺茫的希望,现在呢!我的增长的年龄、累积的岁月,逼我走向新的路程。

临别时,张老师在纪念册上写着:"往事的回忆,已成为生命王冠上一朵美丽的花,为着明天,去采集更多的鲜花吧!"(四年台大,她采集的鲜花太多了!)

想到这里,我转过头来,仿佛看到新的理想带着微笑向我招手。(语重情长,热情似火!)

敖之敬批 1962 年 11 月 16 日

你病好了吗?念念,千万保重。

四十三

敖之亲爱肉感的李夫人——在飞机场乱向侨生飞眼的:

昨晚在 John A. Bottorff 家,在座的有洋鬼子男四头,伪洋鬼子(嫁给洋鬼子的中国人)两头,××夫妇(太太是×××),我的亲戚——陈大革的表姐(Bottorff 的家庭教师),以及电影明星干引。

那位英国作家的中国太太竟不会说一句普通话——只会说广东话,而我又不能跟她讲广东话,我会的唯一一句广东话就是:

丢你老母稀饭。

所以只好同她讲英文。(在座的王引不会说英文,×× 和 ××× 的英文程度连个 pagan 都不知道,所以本人的洋泾浜英文居然还是全房最好的,真是 wonderful！）

昨晚计喝啤酒一瓶、咖啡一杯、清茶一杯半、吃土司一、热狗（事实上已成凉狗）一、汤一、冰激凌一、香烟半包,11 时后,太保（饱）而归。

我又把你在花莲的照片传观,大家称赞不绝。

1962 年 11 月 16 日

昨天去南港,晚上跟徐高阮等小吃小坐。今早马宏祥的老子来找我给他二小姐找事,后来老马的弟弟又来,预备吞掉老马的稿费,其实早被景新汉"吞"掉了,我只好送他 50 元。后来辛八达又来信,杂事太多,真要命!

敖之 1962 年 11 月 17 日

照片洗好后即寄。信封也要寄。

四十四

亲爱的小贝贝呀：

你的病好了没好？我想我问这句话已经是多余的了,因为你的病好了,一定好了,好得可以去温泉玩了——表演美人出浴了。

又过"没有你在身边"的礼拜天了,想到上礼拜天的种种,真不能安下心来工作。我是多么的多么的盼望寒假快快到来,你快快离开海星女"监狱",回到台北来。

法院传票已送来,星期四（22 号）下午 3 点在台北地方法院（"总统府"隔壁的司法大厦中）刑七庭开庭。我还是不准备用律师,还是自己来好。

第一号密探居心叵测，我考虑新的人选。也许升第二号密探为第一号，职务同前，薪水不加——不过看上等橘子十台斤的面上，本人尚在谨慎考虑中。

又要开始大忙，不过我仍想在下月 8 号（星期六）去花莲。

敖之　1962 年 11 月 16 日没有接到你的信的星期日

四十五

亲爱的河南人：

20 号晚上，光中、孟能和我在梁实秋先生家里大聊一阵，梁实秋先生跟我说："我们是小学同学。"原来他和我都是北平市立新鲜胡同小学毕业的。他很风趣，不过一般说来，见解上太多文人气。

昨天上午慰问本人的电话不绝。下午 3 时出庭时法院是人山人海——尤其是指指点点的女学生，据今早 *China Post* 上载：

More than 500 people, most of them young girl students, swarmed into the court yesterday and tried to attend the hearing session. Their interest appeared to center around the young writer who became famous by taking on a veteran historian and legislator in running "pen battle".

昨天在法庭上，胡秋原的律师向法官"告密"说："李敖诽谤别人如儿戏，他现在在庄严的法庭上，居然还一直在笑！"

昨天胡秋原气得很，老萧装傻，我则有问必答，不问不答，问一答一，绝不多答。

我刚到庭上，就有人问哪个是李敖，徐复观在人堆里说："就是那个小孩子！"

我向胡秋原做个鬼脸。

我们三个人站了两个多小时，我站得腰酸背疼，我想胡秋原一定也累得很。

年轻人极多，向我问询握手，说我们支持你。台大法律系的学生向我丢过来一张条子：

李敖：

别出言太意气，留心构成侮辱法庭罪 Contempt of Court。

台大法律学会

晚上刘凤翰请我看电影、吃饭、喝啤酒。在马路上有人指点，说："那就是李敖，是祸首！"

自庭上出来，一直被人群围住，或问我："为什么不请律师？"我说："我的律师被胡秋原先生请去了！"——胡的律师周汉勋，就住在文献会茅房的下面，每天早上起来呼吸新鲜空气，都要看到陈胖子的大屁股。

马宏祥的父亲问我感想，我说："你们'国大代表'制定'宪法'第十一条我太相信了，我以为它会给我保障！"第十一条是言论自由。

今天早上来人和电话不绝。

我却一直担心，一直想你。老想给你写长信，一直抽不出空来。

大舅子也来电话，拉我下月初一起去花莲。

前天晚上看到小姨子旁边一个高高的新男朋友。我问是否她向你妈妈告的密，她说你来台北的事是你自己泄露的。

你那篇谈"张老师"的文章收到了吗？为什么只字不提？

和事佬们又纷纷出面和解，我都听腻了！

你早起跑"马拉松"？快把脚样画来，我寄球鞋给你。

你要些什么东西？快开单子来！我要寄去，我要你不缺什么——只缺我。

第二被告 敖之 1962年11月23日

昨天胡跟法官说他并不想打官司，像居浩然这样子，只要"稍稍给我过得去一点"，他就可以撤回，而萧李二人却不肯给他这点面子。

四十六

亲爱的不让我去花莲的人儿：

牛哥挖苦我们的漫画，真好玩。（画删）

刚才陶希圣约谈一小时，他笑着说："胡秋原、徐复观他们说我们的关系如何如何，他们也不想想，李敖在《给谈中西文化的人看看病》中，首先就骂到我陶希圣！"

孟瑶在师大学生面前说："李敖代表这一代青年人的崛起与反动的力量，这是一个好现象。"

刚才我打个电话给小姨，拜托小姨写信求你准我去花莲，答应请她看电影为酬，最后我称呼她为"亲爱的小姨"，她笑起来了。下午寄去一限时信及照片。

敖之 1962年11月23日

四十七

亲爱的 G 贝贝——拿着歌本唱呀唱的贝贝：

宝宝"善解人意"的地方还多着呢！宝宝为贝贝买了擦眼镜的绒布，可是还没寄，贝贝就来信说找到了，所以宝宝只好自认倒霉！

据辞职的第一号密探报告，你有大量照片在手，快快把它们寄来！快快！

台大信封上课时才能买到，这个礼拜我没去上课，所以下礼拜买来再寄。

刚才出去为你寄去梨及绒布（还是寄了），顺便跟"斜眼"看了一场《假期惊魂》，女孩们的大腿真白真美，但是仍不能跟你贝贝的比。

快给我写信吧！再不写我就要去当和尚——不，去当 undertaker 了，你看我信纸，用的是"台北市殡仪馆承办部便笺"。

他们请我去做主任呢！

敖之　1962 年 11 月 24 日灰色的周末

四十八

亲爱的不写信的水仙花：

余光中拿梁实秋和我的文章在师大的翻译课班上试由学生翻译，试验结果，认为我的文章比梁实秋的容易译，换句话说，语法比梁的西化得多。

今天又没接到你的信，呵，贝贝，你是不是不爱我了？我这些日子天天想你，把你留下的每一张照片看了又看——包括你和别的男人合照的。我还仔细看海星女中的楼房照片，幻想我在半夜三更偷偷走到楼上，打开你的房门。……（编者略）

今天上下午皆去印刷厂，一个不能休息的礼拜天。

今晚 Ray Donner（我三姐的洋学生）约我到他家去聊天，我喝了一瓶啤酒。

1962 年 11 月 25 日

你那样受花莲人欢迎,真使我担心你在下学期不肯回台北来,我要先说明白,你绝对不可失信,一定要准备下学期回家,再也不要在鬼花莲搞鬼了。——据我那学地质的朋友许以祺面告,花莲一地铁定在寒假时因地震下塌,尤其海星女中一带,必定陆沉于太平洋无疑,届时不管是台北人花莲人,一概要葬身海底!听了这个专家报告,看你还回来不回来?

你怎么能在花莲喝酒?你们河南美人(杨贵妃同乡)老是表演"醉酒""出浴"之类,真是有伤风化!

……

你在信里口口声声要我把官司了掉,可是你不嫁给我怎么能了?请看1962年10月24日《联合报》"黑白集":

贤内助

小孩子们在外面吵架,如果双方的家长能够站出来,不偏袒自己的孩子,互相道个不是,各自将孩子领回家去,加以管教,当可平息一场争吵,像这种通情达理的家长,实在是难能可贵的好家长。先生们在外面吵架,如果双方的太太能够站出来,不偏袒自己的先生,互相表示歉意,各自将先生领回家去,加以规劝,当也能平息一场争吵,像这种通情达理的太太,当然也是难能可贵的好太太。胡秋原、居浩然二先生,同属斯文,而且同为湖北老乡,平素交谊颇笃,向有通家之好。但因为"人争一口气,佛争一炉香",由于一时的意气之争,竟伤了和气。始而演出黄梅调的对口相声,终至告进法院,由笔墨官司而打起真官司。双方好友虽曾纷纷出面调解,但皆未能奏效。最近由于胡、居二先生的夫人互通款曲,担任调人,经过相互的拜访之后，终于化除双方的嫌隙，恢复平素的友好。一场诽谤官司，至此乃成立和解，撤销告诉。这两位"息事宁夫"的贤内助，殊堪作为当代的坤范。

由此观之，要想移风转俗，化戾气为祥和，实须从"家庭教育"做起。

如果 G 变成李太太，就可以跟胡秋原太太"互通款曲，担任调人"，官司才能"化戾气为祥和"。

所以，太太，你还是跟我结婚吧！

你要"老娘不嫁"，我就"老子入狱"，看你后悔不后悔？

除了你嫁我的一条路以外，另外只剩下一条和解的路，那就是我去勾引×××的女儿！

至于报上说我"没有回答"等话，纯是胡秋原的律师在外乱说的谣言。

贝贝千万放一千个心一万个心一亿个心十亿个心∞个心，宝宝绝对不会吃亏的，宝宝要吃亏，就是空空，就是"王八蛋"！

……

我寄给你的你的旧作，你到底有没有收到？心里有鬼、有苗头，佯装不知不可以呀！

敖之　1962 年 11 月 26 日

四十九

亲爱的不爱我的小东西：

你真的不爱我了！你怎么对我这样冷淡？

今天是一个雨天，又冷，又没有你的信，我浑身难受。我做梦都梦到你跑了，跑到了太平洋边，扑通一声，丢下一块石头（我本来想写"扑通一声，你跳下去了"，可是怕你骂我）。

幸亏在太平洋边的是你，不是我，否则的话，你对我这样冷淡，我一定跳下太平洋（过了一会儿，再爬上来）。

总之，今天不接你信，一直不开心。

明晚戴之昂举行出境前舞会，我被拉去看看，你要再不来信，我就"就地取材"啦！戴之昂是我们那次在买绿裙子前跳恰恰、跳恰恰前在咖啡室大笑，坐在我左边跟我打招呼的那个人，跟你哥哥是中学同班，所以明晚大舅子及孙英善都要去。

今天大舅子来电话托我托老萧预支他的稿费，我真不想帮他忙，因为他有了钱，就要去花莲杀猪，而我在台北磨刀霍霍，只能杀棉被，你说可怜不？究其祸首，全怪小贝贝——站在升旗台上误人子弟的小贝贝！

不高兴的人　1962年11月27日

五十

亲爱的不怕地震的贝贝小姐——不买小姨子账的大姨子：

你看是不是来了！

〔"中央社"花莲27日电〕花莲今天下午发生一级地震，感觉轻微。测候所说：今天地震发震于14时53分33点9秒，初期微动，继续时间11秒9，实动最大震幅0.65毫米，总震动时间约12分钟。

快快回来吧！你要不回来，我真要做undertaker而去花莲收尸啦！

今早上课，人人见了问我官司事，一些陌生人也向我指指点点。

台先生同我说:"这个官司真奇怪,被告反倒不肯和。胡秋原这下子可完了!"

"杨再见"可恶之至,害得贝贝没在天祥喝到咖啡。不过也好,我高兴任何使贝贝在花莲不开心的事,在花莲过得不舒服,才想回台北。

还有这么久不能见面,我不敢想该多难熬!今天才11月28号,唉!狠心的贝贝呀!

想看你新围巾的敖之　1962年11月28日

五十一

亲爱的诬赖宝宝是"健忘的"的贝贝:

宝宝给贝贝写的信,其中一定可以看出来宝宝已收到贝贝三张照片的事,为什么贝贝还要骂宝宝?

看《火中莲》时幸亏花莲没着火,否则变成真的"火中(花)莲"了!

写这信的时候,又是一个闹哄哄的白天过去了!我真有点怕回安东街,这样冷清清的晚上,我会觉得寂寞!唉!贝贝呀!我好想你呀!想你想得非写得这样肉麻不可呀!

跟政大学生新闻记者合照的相,是一个小侨生,会说"丢你老妈稀饭"的。

文献会的陈胖子因失恋闹情绪,我拿了一把剪刀、一把小刀给他,让他挑选,他气得直跳。

搂不到贝贝的宝宝　1962年12月7日

写到这日期,我想起来,九年前的今天,我认识了罗惠芳。

五十二

亲爱的半修女：

昨天下午逛书摊，书摊老板介绍我一个人——刘心皇。他最近写了一部《郁达夫与王映霞》。

昨晚舞会，你哥哥勾引到中国小姐杨蔼云，连跳了好几十支舞，最后还送她回去，我当场代表刘鹤予以连续警告，他却满不在乎，连说："你要不保守秘密，我就向妹妹告你不老实！"

皇天在上，圣母在上，孙英善大肚皮太太在上，李善培在上……都可证明我昨天"很老实"！

我昨晚向孙太太说："若是我太太在场，他们全完蛋了！我的太太可以风靡整个的舞会！"

唉！刘鹤完蛋了！

想你想得睡不着觉的敖之　1962年11月29日

五十三

亲爱的G大小姐：

我建议你22号一定要回来，不管以后如何，反正下学期不干了，多请两天假又何妨？何况学期近结束，功课不会太忙。或者设法替小阿美人们先讲或后补讲皆可。总之，你在22、23、24、25、26、27、28、29、30、31、1、2、3号皆要在台北。

天气阴冷不堪，独个儿在家，每晚3点才睡，被窝真"凉"，不想你，睡不着；想你，也睡不着。

孤零零的周末太保　1962年12月1日星期六

为了使你运用方便，这次我没把邮票先贴好。如果你写信给别的

"男人",可以不必用我亲手贴好的邮票。

五十四
亲爱的要我整天想念的贝贝(想得直流口水):

昨天的信提议你22日回来,请快快表示意见!

你不来信,居然委过于没有信封,真是岂有此理!这就好比说,我不去大便,因为没有草纸!

在舞会中,你的"死哥哥",不但跳恰恰,并且还跳扭扭!

昨晚在孙英善家小坐,他们要在年底请我们吃饭。

你说这次回来要回家去看妈妈眼泪,可是不能出来睡怎么办?能不能把我们的事干脆告诉他们?总之,不管你怎么办,晚上我们非得在一起亲热不可,不然的话,宝宝要气死了,要火烧丈母娘的房子,把丈母娘烧焦——由"白太太"烧成"黑太太",把小姨子烧成"老杂姆",把小姨子床底下那只小老鼠烧成"大老鼠"。

今天下午跟东方望谈了五小时。他谈了不少在外面听来的传说,他也听说我有一个漂亮的女朋友,是台大农学院的。

聂华苓的老母死了,我写信去慰问。她来信说:

《张飞的眼睛》已于昨晚读过了,甚合我心。但我想起你的女朋友应该不是"盲目"的少女,应该是在感情中打过几次滚的人,否则,你的那套想法,年轻的少女受不了的。

记着:理论是另一回事。可不要伤害女孩子。

再:你的伤风好了没有?快快告诉我,要不要寄药去?是怎么伤风的?是不是跟别的男人光了屁股在一起着了凉?不管如何,请你快快把"伤风"给我"克"掉!

再过二十天就要见到你搂到你的宝宝

1962 年 12 月 2 日孤单的星期天晚上

五十五

亲爱的心肝宝贝:

你说 27 号回来,在台北住八天,也是一法。只是可惜了贝贝最爱过的圣诞节,不能有宝宝在身边"孝敬伺候",未免美中不足。

为了使月底腾空可以大玩,必须使《文星》早些付印,所以 22 号恐怕很难赴花,遗憾呀! 遗憾! 好在五天后就可以搂在一起亲亲热热难解难分了。

你的意思如何?

老萧、许登源、陈彦年三人为了几个臭钱闹成△不愉快,我居中替他们排难解纷,煞费脑筋。

余光中主持本月 9 日"现代诗朗诵会",约你去。可惜你不能来,你若能来,现代"诗人"们看到当代 Helen,一定灵感大发,纷纷情诗满天飞了!

光中约我也朗诵一首,我敬谢不敏。

我只会朗诵我在高二念完所作的五绝一首:

丈夫振臂起,刀斩群蝼蚁,
打倒王八蛋,消灭狗男女!

如此而已。

宝宝买了一个气化炉(四百七十元),你回来时,可以用澡盆洗热水澡了!也可以用烈火做点小菜了!(我最恨我的朋友们反倒吃过你做的大菜与饺子,而我反倒没吃过!)

昨晚独自一人,折腾到4点半才睡。

敖之　1962年12月4日

快快寄照片来!

要吃什么东西、要用什么东西,快快开单子来!不方便寄的可托"死哥哥"带去。

五十六
亲爱的花得只剩一百元的小娘子们:

围巾丢了,活该!

伤风好了,恭喜!

梨有虫了,抱歉!

哥哥要来,倒霉!

你在2号发薪,3号就只剩一百,怎么行?我决定孝敬一点点,明早寄去。

花莲晚上海风甚大,我下午去买了一件小礼物,已经付邮,希望你能享受一下这种最新的"西化"产品。

下午刘绍唐(《传记文学》的发行人)请我去美而廉喝咖啡。美而廉中的人都纷纷问到你。哈,我的大美人!

1962年12月5日清冷的晚饭后

五十七

亲爱的"亲爱的":

我近来只收到你的三张放大照片(不是在天祥没喝到咖啡那一次照的),你在天祥照的一概没收到,到底是怎么回事?

今天大舅子来,我请他吃×××、×××、××××……(不敢写吃什么,因为你不准写)。杨蔼云事,他大喊冤枉,埋怨我不止。

他说你要他带饼干与奶粉,我说:"这是我太太明明揩你油,因为她知道你去花莲一定要敲她竹杠,所以她先揩了再说!"

唉,贝贝,宝宝不高兴了!你为什么不让宝宝寄而让忧愁大王带去?是不是"见外"了?贝贝不拿宝宝当自己人,宝宝不高兴。

寄上五百元,请贝贝随便花用,不够花千万通知我,我再寄。

你的宝宝　1962年12月6日

五十八

亲爱的二女中校友:

你说你多小气!还说要把太空被到台北时还我!

我寄去的是双人被(单人被太小,不适合"小姑独处",因为一个漂亮的女人睡在被窝里春情大动,咬牙切齿,哼呀乱叫,滚来滚去,绝非单人被所能遮盖,故非双人被不可),但是双人被并不意味你可在花莲勾引一个野男人来享用!——如果一定要两人合睡,那么枕边人一定得限于跟你同性恋爱的老修女!或者是那个省运会的选手,不过,我想,她的脚巴丫子一定比老修女臭!——为了不上当起见,最好你先请IVORY肥皂的鉴定人——刘鹤先闻闻看(让老修女和短跑家坐在升旗台上,唱过国歌后由刘鹤当场试验),图解于下。(图删)

太空被印有个小型的"录音机",你找不到,专门收听是否有男人的声音。

你到台北后,我检查棉被,如果声音是先"啊"后"哼",那一定是偷人了;如果是先"哼"后"啊",那一定是一个人了;如果是不"哼"也不"啊"或不"啊"也不"哼",那一定是不假外宿,到花莲市区去开旅馆去了!

总之,你小心着吧!

宝宝　1962年12月8日

五十九

亲爱的一想起你就要×××的贝贝:

昨晚 Ray Donner 请吃饭,他的四川厨师做得真不错!"斜眼"大喝了一阵酒,喝得醉眼更斜了!

余光中昨晚未能来,打电话来说今晚的"现代诗朗诵会"我一定要去,因为他已在师大课堂上宣布——"李敖要来",当时他的学生"为之轰动"!

我今晚去的时候,要带你在"白光"照的那张照片去,装在玻璃套(不是保险套)里给他们开开眼界。因为你不在身边,所以非得带你的照片不可——你是我的小守护神。

今天没接到你的信,非常气闷,气闷得像我伤了风的鼻子。

今天是星期天,跑下一楼去取了七次信,可是还没有取到你的!

呀!

哎呀!

贝贝呀!

快来信吧!

悲哀的宝宝　1962年12月9日

六十

亲爱的大概已经见到"死哥哥"的贝贝：

前晚应邀参加师大之"现代诗朗诵会"，"乐群楼"楼上形成人海。朗诵前光中介绍有名的来宾，介绍到本人时人人争看文化太保之真面目，掌声之大，任何人不能比。事后诗人夏菁说："他这种散文家这样受欢迎，我们下次非让他也朗诵几首诗不可！"

会中美人颇有一二，刘海伦也来了，向我眉来眼去一番。有一个报告节目的师大女生（外语系的），浑身粉衣服，颇不恶。

师大学生趋前结识我，约我演讲，可是我实在没兴趣（如果那身粉衣服的美人请我，我一定讲）。有你这样可爱的美人儿属于我，我还想什么别的女人！讲什么臭演！

你说圣诞节前先做象征性北返，我极欢迎，唯一的条件是既然北来，必须每晚皆跟我同睡，不能睡在家里——听小舅子打呼，听小小舅子尿床，听小姨子吃香蕉，听"眼泪大王"泪水澎湃（像是海星女中附近太平洋的水声），否则的话，我夜里不肯好好睡觉，要向松山诅咒！

快快告诉我你的决定。

前晚在朗诵会上我交给大舅子五十元，托他买点心送你。——虽然明知他和刘鹤要"揩油"，可是也没办法，但愿他天良未泯，能够留下些点心或蛋糕皮给你吃。

敖之　1962 年 12 月 11 日

六十一

亲爱的小气的贝贝：

贝贝好小气，小气好贝贝！

昨天接到你两封信，今天就一封也没有！

多一封都不肯写，贝贝好小气！

宝宝好大方，宝宝有钱，宝宝不在乎，宝宝大便一次要用八张卫生纸！

你22号到底"象征"不"象征"？快快告诉宝宝，宝宝想你已想得不能忍耐，心里躁得很，我提议你干脆跟家里说明白，你晚上要去杀猪，他们若不信，可到大龙峒"台北市屠宰场"去找。屠宰场的规矩是半夜三更杀猪时（真的杀猪，杀真的猪），任何人来参观都要顺便杀他一刀，结果"眼泪大王"必被屠宰无疑！

为什么你不能告诉家里，说你没有李敖先生不能睡觉？

我寄去一册"纪念册"，是留给你惜别海星女中时用的。你可以叫高山族、阿美人、玛丽亚修女族等等每人写一张，也算这辈子你没枉去花莲一场！

你离海星时送她们什么礼物，我提议送一根大香蕉，将来可采用做海星女中的校徽。

……

宝宝再说一遍，你到底跟宝宝结婚不结，宝宝希望：

七海可利结，结！结！结！

想你想得大便不通的宝宝
1962年12月13日

六十二

亲亲爱爱的小姑娘：

"十诫"来了，你回台北可以赶上我请你，不过有一条件——你得先守"第六诫"。（"不可偷人"？）

……

我以前跟你说过,我曾送我的老情人一双玻璃丝袜,结果却穿到她妈妈的腿上去了!这回我寄去一点小意思,想不到其中一部分竟又变成玻璃丝袜——妈妈腿上的,真是妙事!我想不到文化太保竟跟女朋友的妈妈的大腿上的玻璃丝袜这么有缘!

你假借我的名义,托"男老师"们寄限时信,他们可占了便宜了,一来可跟你眉来眼去,二来可偷看。(他们一定偷看!)

你托他们寄信是什么报酬?飞眼一次寄一封?还是寄一封飞眼一次?还是寄信前和寄信回来各飞眼一次?快快从实招来!

无论如何,你要想办法从22号到明年1月3号都要在台北!

台北有舞会,我真矛盾,又想带你去,又不想。带你去,你会因跳舞而快乐;不带你去,我可以不必在舞会上做王八。

……

你做"Double Tenth"裁判兼运动员时穿的(白鞋)是哪一双?是不是自己偷偷买的?还是借花莲人的?如果是借的,你要特别把脚洗好,才许你到台北来!

因为松山机场最近新设了一处"臭脚丫子检验站",请庄因做站长,因为庄因的鼻子最大。

足足一个月不见你了,等得宝宝好苦!宝宝好苦命!

宝宝想你,想贝贝,盼望贝贝快跟老修女们说:"再见——女王八蛋!"

敖之 1962年12月14日

六十三

亲爱的诬赖大王:

冤枉!冤枉!真冤枉!宝宝真冤枉!

宝宝每天都写一封信，居然你在 13 号没有收到，一定是出了毛病——有人偷信，所以被你诬赖。我真担心信到哪里去了！我决定从这封起重新编号，因为你们花莲人都是小偷！

　　这两张照片已看到了你改了新发型，是不是花莲的斜眼师傅改的！风骚之至，宝宝喜欢得不得了。（一张中那两个小阿关卡有丑，另一张你头上戴的是什么？我没有看出来！）

　　花莲人寄来的底片已如数洗好两套，欣赏之至。将一套寄上。宝宝有许多歌颂的话，不过不写在这里，宝宝要等贝贝偎在怀里的时候才肯说！

　　你引 Napoleon 的话，你知道他后来为什么不爱 Josophine 了？因为她老是坐在马桶上吃东西！

　　你写的回来计划我看不懂。我反正什么也不管，只要你 22 号回来再说！其他一切我都不管！你 22 号不回来，宝宝就要发脾气——发像上次发的那么大的脾气——也许更要大一点，也许写信去骂你妈妈，去骂海星老修女、去骂小舅子、去骂小小舅子，去骂许多许多人！

　　我坦白告诉你，我已经等你等得不耐烦，这样爱，宝宝吃不消，宝宝躁得很，宝宝想贝贝，宝宝不能忍耐，宝宝要搂贝贝——要在 22 号搂上去！

　　你再不回来，宝宝要打人、打狗、打电报、打喷嚏。

　　总之，宝宝现在已经不高兴了！

不高兴的台北人　1962 年 12 月 15 日

六十四

亲爱的好贝贝，心想美国的，有白白嫩嫩大腿的：

昨晚王崇五（"国家安全局"国际关系研究室副主任）请我吃饭，他早年留俄，曾坐过五年牢，被判过死刑。昨晚他太太向我说："王伯伯只坐过一次牢，不算稀奇，俺坐过三次。"我说："对你们二位，俺都佩服，一位坐得久，一位坐得多，都各有千秋了！"

王崇五读了一年来我的文章，很想认识我，他劝我少写文章惹麻烦，虽然我毫无背景、无野心，可是写多了，总会树敌太多。他说他生平最佩服的文章只有三个人：陈独秀的气势，胡适之的明畅，鲁迅的锋利，而今天之李敖，一人竟有他们三个人的长处。

他胜利后做济南市市长，现在很不得志。不过他们那一世代的人真有"种"。

你买白鞋的事，并没有告诉过宝宝。

宝宝真担心你怎样搬回台北来。你现有的衣服全部穿在身上，可能胖得变成了爱斯基摩人①。

你总是不肯告诉宝宝你北来的时间的分配表，你到底什么时候来？22还是29？（你说27？27是星期四！你怎么能来？）到底要看你那穿丝袜的妈妈的眼泪多久？（几天？几夜？几小时？）

你怎么能不跟丈夫商量商量？

你总该先跟我商量商量看，不该先告诉她你的确实归期，你该跟妈妈说："君问归期未有期，松山眼泪满粪池！"

至少，至少，你该在松山机场给我们一个公平竞争的机会，请杨传广做评判员，在飞机下落时，我和你妈妈像西部牛仔拔枪一般

---

① 因纽特人。此处遵照作者原文，未作修改。——编者注

一拥而上（像每天晚上老修女们抢香蕉似的），看谁能先把你抢到怀里！

其实宝宝是聪明人，宝宝才不在大庭广众光天化日之下跟一位老妈妈比赛，宝宝只消做一做××手势，不怕贝贝不倒到怀里来。

或者根本宝宝就不用去，只消托斜眼带去一个××，贝贝一看到，自然就飞奔前来。贝贝的可爱的屁股刚一坐上，不需要雇计程车，而要雇一艘小船。因为当时松山机场必定发水灾无疑！老太太的泪水突然泛滥，坐计程车必被淹死。

1962 年 12 月 16 日

六十五

亲爱的发假誓的贝贝：

你说你"手按《圣经》"发誓，其实你的《圣经》根本没有带到花莲去，你手按的大概不是《圣经》而是抽水马桶的盖子！

今天上午和武陵溪（写《古事今判》的）正式认识，一个蛮聪明的"河南人"。

午后去南港，在公路局候车时我指给萧孟能看："……那是我跟小丫头认识的地方。"上车后我又指出你那天坐的座位。

2 月 24 号这天有三件事：

1. 认识贝贝
2. 认识胡秋原
3. 胡适死了

到南港后才知道是胡适的冥寿，特地到坟上看看，签过名，人多惊谓："李敖来了！"

坟设计得不佳，阴阳怪气的。

胡适住所全开放，我参观全部衣物，并吃了一块蛋糕。胡秘书、院警等跟我坐在沙发上穷聊了一阵。我在胡适的书架上找出我四年前的今天送给他的书，想到四年前见他那次，如今真是物是人非了！

我代表你参观了W.C.，胡适的马桶跟咱们家里的一样——唯一的不同是盖子是白的，而且马桶前面没有瓜子皮、香蕉皮、葡萄干等，非常遗憾。

晚上请赵中孚及在法院参观我们打官司的一位东吴的小朋友吃饭。赵中孚说："你太太回来，我请你们吃饭。"

台大法律学会请我讲演，我不想讲。

很多人问到你，打听你。很多人想见到你。

文献会那瘦瘦的袁先生23号举行盛大舞会，一再请我约你来！

敖　1962年12月17日

李敖八十岁画像：如果能活八十，就是这德行。（画删）

六十六

亲爱"一只腿"的太太：

"小气鬼"的太太虽然只是一只腿，可是还是全世界最漂亮的！这样决定好不好？

贝贝22号回来

（1）22

（2）23

（3）24

（4）25　25号早上回家一次，可是告诉他们晚上有圣诞通宵舞会，第二天（26号）早上就要回花莲，绝不可"忍痛"住一晚。……

而且，还要准备请31号那天的假，准备可以再回来。反正老修女总该再准你一天假，不然你就装病，不上课，用太空被包住头，任凭她们拉，也不起来；打针，也不起来；送香蕉，也不起来；送宝宝的信，才起来，光着屁股起来。可是宝宝不写信，害得老修女没办法，只好手淫泄愤。

31号那天如果老修女不准，你可到"东部防守区司令部"报告——告密，说她公然违反台湾当局领导人命令——31号不放假！

你可警告她，"国定"的"例假"和她自己的"例假"一样，不能提早。如果她提早，就可宣布她的"经期失调，白带过多"！

你嫌我求婚跟"粒屎"一样的轻松，其实才不呢！宝宝是怕羞的人，从来不会求婚，一求婚脸就红，红得像辣椒。你不答应，算了！宝宝才不在乎！宝宝屁股后面有一大堆女人，等到将来你"浪女回头"了，宝宝会把腰一叉，说："吓！你又来了！对不起啦，'客满'了！"

想想吧！不要后悔呀！

你16号的信怎么又说我"不来信"？我真真每天都写信，并且最近又新编了号（绝不会编漏了），所以如果一"缺号"，一定有问题！请仔细查查看！

贝贝真是好心肠，在花莲做了那么多使老修女眼红的好事，好事做多了有阴德，阴德积多了有好报——将来生下儿子，上帝会多增加一只手，不，说错了，"三只手"是小偷，该多生了一只脚才对——儿子是三只脚，而他的漂亮妈妈只有一只！

好啦，不要再犹豫啦，没有时间再通信讨论啦，就这样决定——22号回来！伟大的22号！

下午杨国枢、许登源、陈妙惠来，陈妙惠跟杨妖姬们住同房，她告诉我说:"杨××、王××她们常常讨论李敖和 G 的事,她们都奇怪地说:'他们两人怎么会好起来?'"

现在:——"再见"!

22 号:——"见"!

高呼"打倒老修女"及"《中华日报》混账记者"的宝宝

1962 年 12 月 18 日

六十七

亲爱的小妞儿:

你怎么 18 号的来信上又怪我没信?到底是怎么回事?我确确是每天寄出一封,并且编好了号(新号,例如这一封信是 new,号绝不会编错,你排排看,若缺号,一定出了问题)。

铁定 22 号回来,前信已如此代你决定。为什么不告诉我 22 号一定回来?飞机有问题吗?

……

现在整天想你星期六回来,简直做不下去事!快快告诉我,否则电报要打过去啦!

敖之 1962 年 12 月 19 日晚饭后

六十八

亲爱的今早飞去的人儿:

你走后,我上课,困得要命。下午在印刷厂,稍好。

晚饭时他们说:"G 叫起'宝宝'来,自然得很,一点也不落痕迹;而李敖叫起'太太'来,就显得生硬——好像宣传一般,G 真伟大!"

执行秘书也向我说:"前天下午来找你的那位小姐好漂亮!"宝宝开心极了!

今晚又要一个人睡了!我现在就要回安东街,我真不"敢"回去——回去和"寂寞"相伴,我要在东门逛逛书摊再回去。

又变成可怜的贝贝的宝宝
1962 年 12 月 26 日晚饭后

什么时候你才会说"嫁!嫁!嫁!"?

六十九

亲爱的想出国的贝贝:

到今天早上为止,算是大致把我们的三楼恢复原状——最后一件事是洗床单!

今天到街上,买了一个小花瓶,蛮可爱的小花瓶,花了三十元。

昨天中午在渝园给老萧"受训",好玩已极。你快回来,我说给你听。你到底什么时候回来? 14 号,13 号,还是 12 号?

另一张与政大学生照的相。

也很累的宝宝　1962 年 12 月 28 日

七十

亲爱的贝贝,快离开花莲的,又要跟别的男人一起游山玩水的:

……

今天寄了一百多张贺年片。

今天中午,请萧老板娘、陶先生、林先生在掬水轩吃饭。老板娘送我一本漂亮的裸体女人的日历——她怕她丈夫看,所以送给我。日历的美金价格是一元五角。

我又有一个新密探——李×贤。这个密探，你一定不认识——我也不认识。

1962 年 12 月 29 日

七十一

对不起人的贝贝：

你只骂宝宝困昏了头——不贴邮票，为什么不看看你的欠资信！

你说你被罚了四天，真是活该，宝宝以后如果再生气，并不再不写信，而要一天到晚拼命写——写限时，但不贴邮票，那么写三百封，就可以把你的薪水全部罚光！

……

大丈夫　1962 年 12 月除夕之夜

七十二

亲爱的小贝贝：

今天没有接到你的信。

李善培的哥哥从美国寄给他两双毛袜子，他送了一双给我——正是你喜欢的那种，快快回来，回来看看宝宝穿新袜子！

我又同刘绍唐、李善培到中华艺术陶瓷公司订制了一座红灯罩的花瓶台灯，明天可装在卧室里，把卧室布置得美轮美奂，恭候贝贝光临。

这一阵子为了布置房间，花了不少时间。

宝宝另信寄去几张别人寄来的贺年片，其中漂亮一点的寄给在花莲的漂亮的人。

敖之　1963 年 1 月 5 日

七十三

亲爱的宝宝的♡：

找出在新店的照片几张，寄给你看。注意其中有两张有花的，是你送我的花。

"在法庭"和"入狱"（坐电椅）的两张漫画，真是气派。（图删）

你这个农学院的妖姬，不但惹得助教式的教授陈大郎追，还惹得政客式的院长张研田找，真是佩服佩服。

今天是6号了，再过至多十天，你一定该回来了，真要感谢上帝、感谢释迦牟尼、感谢穆罕默德、感谢李敖先生的吸引力、感谢台北的花花世界、感谢民航机、感谢老修女——为了她虐待你，使你对花莲不再留恋——虽然花莲有不少野男人！

今天是星期天，收拾了一天房间，晚饭吃得卡有饱，等下子就去台大，为你买信封信纸——当然还要跑到"好朋友"照相馆门口，瞻仰瞻仰那橱窗里面的美人照片。

……

想你想得在房中踱来踱去的宝宝
1963年1月6日

七十四

亲爱的被人把情书扣留的贝贝：

真糟糕，真糟糕，怎么会遗失四封信？幸亏我编了号，否则甚至连丢掉几封也查不出来了。

谁偷了信不敢逆料，不过最可能是信仰耶稣的人。且最可能是老修女，因为今天《联合报》上说"寂寞的女人多爱偷东西"。

不过，在"寂寞的女人"中，尼姑可能比洋尼姑（老修女）好一点，所以我建议你，在老修女准你在 15 号以前返北之日，你可以代表我推荐她去"新竹市女众佛学院"，改信佛教。佛教中有一派叫"密宗"，专门搞男女这玩意儿。还有拜"欢喜佛"的，此种佛像根本就是两人性交在一起，看起来极过瘾，比她半夜三更玩香蕉好多了！

……

宝宝新袜子一直没穿，为了等你回来再穿。

今天台北天气最冷，你在花莲一定也冷得在床上乱滚。

不要管他妈的老修女同不同意，小丫头们一考完，你就卷行李！

宝宝　1963 年 1 月 7 日

特准：

杨尔琳、章苏民为搬家顾问，只能对一切物品行李动手动脚，对于"生物"皆严禁动手动脚。右（上）给 G 收执，李大敖手令。

1963 年 1 月 7 日

七十五

亲爱的今天没收到信的不写信的人：

信封信纸早已限时寄去，为什么不写信呢？

我的《十三年和十三月》，惹得老家伙们大不高兴，最不高兴的是沈刚伯，其次是姚从吾、吴相湘。昨天萧启庆告诉我的。

今天下午同於梨华、林海音、萧孟能同去方豪神父家，吃喝一阵，大聊一阵。方豪说星期六晚上请我们在楼外楼吃杭州饭，并说约你一起来。於梨华、林海音要看你的照片，我没给她们看。

於梨华说她在外国住久了，看到台湾已不顺眼，可是她在外国做主妇太久了、太苦了，她准备搬回台湾来。台湾生活最舒适。

……

今天是礼拜二,希望下礼拜一、二可以见到你。

快快呀,宝宝已经等不及了!

敖之　1963年1月8日

七十六

死赖在花莲进行阴谋的贝贝:

我统计一下,贝贝在花莲,到目前为止,勾引的男人计有:

1. 请吃火锅的
2. 海星工友三人
3. 张研田一行六人
4. 照相的一人
5. 密探三人
6. 拍卖行老板娘的丈夫
7. 《中华日报》记者(浑蛋!)
8. 军训教官五人
9. 民航机驾驶员
10. 空军飞机驾驶员
11. 空军二人
12. Bus(巴士)司机
13. 东部防守司令
14. 花莲市市长
15. 花莲中学校长
16. 偷宝宝三封信的人(浑蛋!)

17. 送限时信邮差

一共三十一人！另外听说还有一名花莲水肥大队队长及美而廉老板。

贝贝呀！宝宝又不高兴了！叫你根本不要管老修女同不同意，你还是要问她意见，惹她吃不到香蕉不耐烦，莫非你口口声声17号，真的与那上面统计的第"7"号有一手？

宝宝要发脾气了！

宝宝脾气就要发了！

海星女中是个贼窝！在那里，丢掉我三封里面有许多"机密"与"肉麻话"的信，你说怎样办？我已经气得不耐烦，我恨你，恨你去花莲，去了还拖着不归，还要说什么17号、17号、17号，真是他妈的！

愿那泄露题目的小修女重新换一套你不知道的题目！

生气的李大爷　1963年1月10日

刚由南港回来，法院的传票又来了，是下月11号出庭。这次你可以参观了！别忘了那幅漫画——"你少多嘴！"

七十七

亲爱的娃娃新娘：

你说你后天（星期日）可以回来，宝宝知道后高兴得不得了——好像七天没拉屎突然大通特通一样。宝宝已经等得坐立不安，就好像你在花莲也坐立不安一样，并且比你更厉害，因为宝宝爱贝贝的程度远超过贝贝爱宝宝。

……

你说去日月潭,宝宝举双手赞成,宝宝十三年来,一直想跟美人携手同游,一直未能如愿。这次你说去,咱们一定去,谁不去谁是孙子!孙子才不去!他妈的,去!什么时候去,过了阴历年最好。大年初二就是周末(26号),那时候一定没有人。过年我恐怕要回家一天,阴历初二你来台中,然后同游日月潭,再同回台北,你说好不好?

感谢老修女,居然把贼窝开放,让贝贝早点回来。贝贝,无论如何困难,至迟也要在星期天(12号)下午回来!无论如何不能再拖,该先把飞机票买好。宝宝从这封信后再不往鬼花莲写信,再写贝贝一定收不到,宝宝这辈子再也不往鬼花莲写信,宝宝气死了花莲。

你在花莲收拾行李,宝宝在台北收拾房间,把房间收拾得"春色无边""春意撩人""满室生春",恭候大美人大驾光临!

快告诉确定的飞机时间!不然宝宝要大打电报,打得贝贝、老修女、小修女们心惊肉跳!

最后一封向花莲写信的人　1963年1月11日

七十八

亲爱的胆小如鼠的贝贝:

胆小、胆小、真胆小,贝贝胆真小!贝贝看到老修女校长就要吓得不敢穿长裤、不敢搂着学生照相、不敢在15号回台北,贝贝真没用!

贝贝一见到老修女校长就吓得屁滚尿流,一见到就要提着裙子往一号跑(虽然裙子里不一定有△裤。)

贝贝,听我说,能不能在这最后一次不必受老修女威胁? 15号回来,把分数给她寄去,又有何不可?又不耽误她的课,怕个什么?

现在你恐怕正在跟"杨章二再见"吃饭,地点大概是花莲美而廉,有诗为证:

花莲美而廉,
杨章二再见,
臭鱼拼命吃,
吃了变大便!

今天听到你的诱惑人的声音的宝宝

1963年3月4日

七十九(此信起,G在美国)

亲爱的贝贝:

……

也许人世的沧桑已使我逐渐变得冷酷而麻木,也许是我的恶性重大而难改,在我的生活和生命里,已经没有对"明天"的憧憬,我也许该羡慕×××一流的人,他们满脑袋"明天"和"家庭第一""小孩至上",我好像在这方面非常不及格,我非常惭愧。

站在一个女孩子的观点,如果她聪明智慧,如果她知道一个幸福家庭所必须的条件,如果她了解一个无聊文人的没有出息,她应该知道什么是她最后的抉择,医学博士、工学专家、留美学人、安谧的小家庭、美国的定居……这一切一切,都该是一个可爱的女孩子的真正需要与真正归宿,浪漫文人给她的应该只是昙花一现的 romance,一些欢笑与眼泪,和那眼泪流干后的梦醒。现实是最残酷,也是最真实的,如果一个灵巧的女人不把她的未来抛掷在不承认现实的幻觉上,那她的幸福,将是无穷的。

如今,现实如此黯淡,人生如我,哪里还有什么理由和热情来选择什么?我只是任凭别人的选择。别人可以选择我入牢狱,可以选择我自己否定自己,可以选择我所背的十字架的式样……我就俯首而已。我所做的一切都该使我负担它的苦果,因为人人看我是罪人恶汉,人人都是如来佛,我如像在人人的手心里反抗。(像孙悟空?)

……

如果你聪明智慧,你该完全就你的立场来做通盘的打算,来看人生。不要想帮我或可怜我,那样对你不会有丝毫好处,对我也不见得能得救。在你没有善泅的把握的时候,你绝不该去救一个你以为他快淹死了的人。你救不了他,可能反倒断送了自己。当然你也可能成功,成功以后然后后悔。

我不信宗教,但是我该信总有个地狱,这个地狱专门装李敖这一类东西,也许全世界只有他一个好装。总之,他该下地狱。

我想起 R. L. Stevenson 笔下的 Dr. Jekyll and Mr. Hyde,他的研究与探讨工作使他最后人格分裂成两个极端型的人,互相交战,最后他不能接受任何他人的共处与合作,不能接受善意,对他的善意与感情,不但对他无补,反倒换来自身的无比损失。这就是人生,它无法控制,也无法受制或自制。

我觉得人和人生愈来愈荒谬,而不可理解,有心栽花花不发,有心为善反遭恶报,残忍反换到仁慈之果,仁慈反倒伤害别人,帮人忙反倒落埋怨,为人作嫁反倒害了人,策划明天反倒今天就完蛋,杀人越货反倒名利双收或成为民族英雄……这一切一切,都是荒谬荒谬,而荒谬即是正常,即是人生。

我多年前就喜欢苏武给他太太的诗:

努力爱春华,莫忘欢乐时,生当复来归,死当长相忆。

蛮动人的。其实改写一下也未尝不可——

努力爱春华,可忘欢乐时,生当不来归,死当无所忆。

都是诗。

有时候我非常想你,有时候我不想,或不敢想、或不愿想、或不肯想、或其他。亲爱的贝贝,你怪我老是不写"密麻麻的情书",这封信好像是"密麻麻"的,不过很可怕。我意识并感觉到我的分裂在笔尖下集中成文字,而文字本身,却又不该是完整的吧?

我非常知道你的心情和痛苦,你知道我也了解你。我们不同的也许是我会因了解而漫无心思,而你会因了解而大哭一场。最后,真正恢复笑容的,也许你比我来得快。

无疑的,你是一个快乐型的人。我庆幸并且羡慕。

我记得你常常跟我说:"宝宝你可以一个人,不依靠什么而生活,我不行,我一定要依靠什么。"

你是对的。

你知道如何去争取青春与享受人生,当然你有时也会失败,甚至有受委屈或受欺骗的感觉,但你该知道这是人生中许多不可避免的过程和不快意之一,就如同亲人会死、留学考会考不中一样。可是对我说来,几乎全是这些,我表面上好像一拳把老妖怪们打倒,其实真正倒下的,可能是双方,我的成功就是我的失败。

你飞机起飞开始,我哭到晚上,老景等目击我这一套并不新鲜的发泄方式。从那天以后，我的眼泪已流光，我又回归到漫无心思，于今为烈！

在伏案卖命十小时以后，赶这封信今早发，我该有把它寄给你的勇气。总之，由你决定一切，我毕竟是又无能又懒又感情麻木的一个家伙。

你有一次在孙英善家里大笑，笑得趴在沙发上。很久没看到你大笑了，我喜欢看你笑。

敖之　1964 年 9 月 24 日晨

八十

亲爱的贝贝：

今天花三百二十元换了一副新眼镜，黑边的。我左眼已七十五度，右眼仍是五十度。"中国眼镜公司"的人都是本人的读者，一位张先生、一位赵先生，与我寒暄一阵，打了一个大折扣。

又去买书，书店老板又发现"是李敖"，又打了一个大折扣，并指着书架上的《文星丛刊》说："别人的书还在，你写的却卖光了。"

我常常在书摊上看到《文星丛刊》，可是大多没有我的，都卖掉了。文星书店中《传统下的独白》《胡适评传》等都缺货已久。

今天请徐讦在渝园吃饭，他刚由香港来，说最近在香港《新生报》上看到"十三妹"论李敖辞去文星职务的事。"十三妹"说是政治压力，并怪台湾连一李敖皆不能容（香港的消息真灵、真快）。

徐讦比两年前老了，又胖了一点，更消极老氖，似甚怕得罪人。

久未上街，走动一下，甚累。

快寄照片来。

书稿脱期，现每天要赶七千多字。

今早参加教育召集，费去一上午。

敖之　1964 年 10 月 1 日

八十一

亲爱的贝贝：

尚义的《狂流》已请陈彦增全部校补完毕。前面已印好一半，稍待时日，即可出版。此书我决定不由文星书店印行。这是我生平第一次为死友整理并印行遗稿，将来我死了，我这些臭摊子大概没人能够胜任了。

老子的一部《中国文学史》稿本，我也想整理付印。明年 4 月，是他去世十周年。

世界上最伟大人物多是私生子。从耶稣、达·芬奇、伊拉斯莫斯、小仲马、林肯、威廉大帝，一直到索菲亚·罗兰，都是私生子的世界。且据 T. 赫胥黎的说法，私生子又比婚生子聪明。揆诸前例，吾人焉能不信？

不但是私生子，即使"野合"出来的人都硬是要得。孔夫子不就是"野合"的产品吗？

忽发怪想，写给贝贝看。

敖之　1964 年 10 月 15 日

八十二

亲爱的贝贝：

昨晚陈之藩（《在春风里》《旅美小简》的作者）谈从美国回来的一些事。他谈到於梨华对她丈夫的"凶横"，最后谈到我批评於梨华的那篇文章，结论是——"恶人自有恶报，於梨华碰到李敖！"

何凡也附和着说:"全世界唯一能整肃'资本家'萧××的,只有李敖一个人。"

陈之藩又要回美国去了,他一再要我赶紧去,他说我这样的人只有在美国才能"人尽其才"。

李善培在山上做了小和尚,今天来信,怪可怜的,每天清早4点半就要起床,那时候,我还没睡呢(小和尚们起床就拜佛拜四十分钟,6点钟才准吃早饭——稀饭)。

再寄四张照片给你,也极盼得到你的照片。

敖之　1964年10月30日夜1时

八十三

亲爱的贝贝:

我现在生活状况如下:

午12时	起床。
12—2	整理,午饭(包括读报)。
2—6	写作四小时(4点钟喝咖啡,算是下午茶,4点半读一阵晚报)。
6—8	整理,晚饭,办杂务(偶尔去书店一次)。
8—1	写作五小时。
1—2	整理,吃点东西(包括扫地等)。
2—4	写作(包括睡前洗个热水澡)。

小运动随时做做。

整理房间也算是运动一类。

每日生活很单调、平静,简直没有什么变化。

偶尔跟"李鸿藻"等看一次电影。

"李鸿藻"可能要跟他的一个女学生结婚,那个女学生又瘦又干又丑又小又黑又矮又闷闷的,"李鸿藻"跟她比起来足足大两倍多,太不相称了。

敖之　1964 年 11 月 9 日

八十四

亲爱的贝贝:

天愈来愈凉了,我好想你。

我的《教育与脸谱》初版两千册已全部卖光,最后一本大概是刘真买去的,据说送给周至柔了。

我的七本书中,现在文星书店"现货供应"的只有四本(其他《胡适评传》《为中国思想趋向求答案》及《教育与脸谱》都已卖光,光得像贝贝的屁股)。

司马笑的太太——六小姐丈夫的远房表姐——现在在《台湾日报》上大写《我嫁了一个美国丈夫》,我现在寄一页提到我的一段给你。

……

下月 5 号又开庭,又要和他妈的 × 见面也。

我仍工作过度,很容易疲倦。前天下午同老萧逛牯岭街书摊,逛了一下午,回来疲惫之极,身体真是不太行了。再过五个月,就已三十之年,呜呼老矣。

宝宝　1964 年 11 月 27 日

八十五

亲爱的贝贝：

4月25日，下午起（中午是在三姐家过的），我"三十大寿"在萧家度过，大概的"祝寿"人有萧孟能、萧孟能爸爸、萧孟能儿子、萧孟能太太、萧孟能女儿、刘绍唐、刘凤翰、陆乾原夫妇、陆啸钊、郑锡华夫妇、张继高（吴心柳）、宋卓敏和他的小女儿、李声庭、李士振、李世君、李世君的干妈、黄胜常和他的情人高继梅和高继梅的哥哥高唯峻（你还记得那次黄胜常和高唯峻在周胖子请我们吃面食那一次吧？）、陈彦增、郭鑫生（幺棒子）、张白帆、我家的老太太、三姐、三姐夫、六小姐、陈大革、七小姐等三十多人，非常热闹，直闹到夜里3点才完。

谢谢你寄来的生日卡。我也收到不少礼物，如萧同兹的领带夹领带、郑锡华的小记事本、刘绍唐的花篮、李士振的座笔，以及其他西装、刮胡刀、晨衣、烤面包炉之类。刘凤翰等为我合买一部大书，要六千多块，名《大清实录》，最近就要送来。

我这一阵子生活还是老样，只是太忙太累，背部很不舒服。生日以后病了一天，现在好了。三十开外的人了，老了，老了。

我记得十多年前（也许是近二十年前），读朱自清的一首小诗——《仅存的》，里头有几句说：

发上依稀的残香里，
我看见渺茫的昨日的影子，
远了，远了。

如今已三十开外，人生能有几个"三十"？

……

宝宝　1965年4月29日

另寄生日照十张。

八十六

亲爱的贝贝：

昨天晚上请林今开（林枕客）吃晚饭，他谈到1949年他在高雄做记者，一天发消息，不晓得高雄川叫高雄川，他遂起名做"爱河"，以后一传再传，今天人人叫这条臭水沟叫作"爱河"了。

这种例子很多。4月27号法庭开庭（是萧孟能太太告胡秋原），李白华律师告诉我，现在描写法官黑暗的一句成语——"有条（金条）有理，无法（法币）无天"，是他在抗战胜利后讲给郭卫（一位法学家）的，以后也不胫而走，直传到今天。

又如"中国不亡，是无天理"的话，本是胡适讲给孙伏园的，后来也传遍天下，大家也不晓得原来是胡适说的。

又如我父亲在北平时，曾亲历一项谣言，早上在东城出自一人之口，到了晚上，居然传遍西城了。

这四个小例子，我忽然连带想到，所以随便写给你看看。

我现在的官司情形如下：

一、台北高等法院——胡秋原告我，我反诉。

二、台北地方法院——我重新告胡秋原，让他也尝尝被告的味道（另外雷啸岑马五先生、萧孟能太太也分别把胡秋原告进去）。

三、台中高等分院——我告徐复观。

四、台中地方法院——我告中央书局（为了他们印发徐复观骂我的话）。

四个官司集于一身，这真可说是"官司缠身"了。

昨天收到居浩然自澳洲[①]的来信，他读了我在《教育与脸谱》中你信里的话，写道：

不过她对你确是蛮好的，从美国还写信替你惋惜，但说你众叛亲离则不知何指。你有群众？我从未听到过。亲离可能指她自己，此外亦不知何指。

这一阵我又忙上加忙，《民族晚报》《台湾日报》都拉我写连载的专栏，尚不知能否应命也。
……

敖之　1965 年 5 月 7 日

八十七

亲爱的贝贝：

你圣诞夜写的信昨天收到，你说"一直没接到你的信"，我很奇怪，因为 10 月 23 日、10 月 25 日、10 月 29 日、12 月 2 日我都有信给你，此外还零星寄过书和杂志，12 月 23 日还打了一张电报，不知你"何出此言"，是不是没接到我的信？我一再向你要你的电话号码和要你寄回的美国福利部待填表格的副本，还一直得不到你的回讯，所以更令我起疑！

[①] 澳大利亚。此处遵照作者原文，未作修改，余同。——编者注

这封信，决定寄挂号，算是"投石问路"。

昨天国民党《中央日报》上，已正式登出《文星》杂志被罚禁止发行一年的消息。光凭此一停刊消息，你就不难猜想在消息后面的许多"节目"了。总之，这一阵子"困扰"极多极多！若不是我的坚强和定力，换成别人，非得精神分它几裂不可。

梁实秋力劝我休息休息，放弃杂志上的攻击，改换走学术专著的路。我也逐渐感到我在争取言论自由的努力上，如今已达上限，已达毛姆（W. Somerset Maugham）小说所谓的 The Razor's Edge，我颇多感触。

……要写的专书太多了。不论是学术性的、普及性的，我的主旨都要坚持"经世致用"的原则，我最不喜欢逃避现实、最不喜欢"置四海穷困而不言"！

……

敖之　1965年12月30日夜深

八十八

亲爱的贝贝：

去年12月30号写了一封挂号信给你，不知你收到也未？我这方面，这一阵子所遭到的困扰和谣诼极多，《文星》方面，除了90期、98期被查禁（已见报），又"罚"了停刊一年的处分（已见报）外，今天"警备总司令部"又送来（54）训唤字第9345号令文，又查禁了《文星》第97期和我的《孙逸仙和中国西化医学》一书并扣押这两种出版品，理由是这两种出版品中都载有我的《新夷说》一文，"内容将国父遗教断章取义故为曲解，足以淆乱视听，影响民心士气"。这次事件，是我遭遇到的第一次自己出版的书被查禁。在我的生命里,这也是重要的一天。(过去《文星》被查禁,只是因为我的单篇文章,查禁的是杂志,这次则是书,是《文星丛刊》被查禁的第一本,我又是"不祥的"祸首!)

今晚与"监察委员"黄宝实及李律师等吃饭,谈了很多。

对书的被禁,我没有什么灰心,也没有什么感慨,我几乎没有太多感觉。如果有,那只是我所遭遇的环境,未免对我太过分、太过分。我没有任何政治野心、没有任何党籍,不加入任何团体和宗教,甚至息交绝游,没有职业。只是靠写文章过活,在"宪法"标准下写文章,如此平凡又平淡而已。但是我低调如此,却仍不为环境所容,仍旧是如此"断我生路"——唯一"生路",我真未免感到有点被欺太甚也!

我在这边还不知道被逼到什么地步,如此吉凶莫卜之时,你该知道我多么怕你们回来,我仍旧不得不说:能不回来,最好不回来,我真不愿你们跟我一起受罪!

敖之　1966年1月5日夜1时三刻

八十九

亲爱的贝贝:

今天又是忙糟糟的一天。

中午醒来,与萧同兹一起吃饭,他谈到他过去主持国民党宣传时,在化"敌"为友方面的努力。……

3时后回来,忽接徐复观限时信(这是他最近给我的第四封信),约我去中国大饭店喝咖啡(我们已喝过一次——官司照打,咖啡照喝),又扯到5点半。他说他提倡中国文化的原因之一,乃是把握"不把任何可抓住的武器遗留给敌人"的原则的缘故,他认为中国文化是一个不可放弃的好武器。他认为若能从中国文化的研讨中，推衍出中国文化中本有自由民主的因子，岂不更好？我却觉得他这种看法是有问题的。

徐复观又说他极不希望我被抓起来。我说："抓起来就抓起来！我认倒霉！可是我一旦被抓起来，从政府、国民党，直到你们这些跟我打群架的文人，都要背上恶名，背上害贤之名，背上迫害青年之名，看你们失不失立场！看你们觉得划得来划不来！如果你们不在乎有伤'令誉'，我绝不在乎坐牢！大家如果玩得不漂亮，硬要给世界人士看笑话，大家就走着瞧吧！"

最近青年党的机关报——《醒狮》上，又以6000字激烈攻击我的长文，我还没看到，有人已在《自立晚报》上连写五六天回骂了。国民党的《政治评论》这一期上，以《〈文星〉走了〈自由中国〉的道路》为社论题目，已展开最毒恶的攻击。这篇社论，并在国民党的《中央日报》上登出大广告。(《中央日报》已拒登《文星》的任何广告，这也是对付过《自由中国》杂志的老手法！)"李鸿藻"晚上来，已问我如被捕，他能为我做什么。我说："替我送几张 Playboy 中的大屁股女人到牢里来吧！"

敖之 1966年1月6日夜2时

九十

亲爱的贝贝：

今晚孟能请客，欢宴徐訏、陈刘笃（香港出版人、发行人协会头子），在座者有吴心柳、吴炳钟、吴申叔（王莫愁丈夫）、王洪钧、李子弋、丁中江兄弟、欧阳醇。徐訏一上桌，第一句话就是："李敖长大了没有？"我说："长大了一点点。"

徐訏又埋怨今天的女孩子已经不喜欢他那一类文人了,她们都改喜欢李敖了。言下颇有没落之感。

听说这次《文星》被禁事件,香港地区,以及日本、美国皆有公开消息或评论发出,你见到了吗?

这一阵子此间舆论界已对我形成"围剿"之势,轻淡的如《公论报》《新生报》,重要的如《中华日报》、《政治评论》、《中华杂志》、《民主评论》、《醒狮》(青年党的机关报)、《新天地》、《古今谈》等,花样很多。但从远大的观点看,究竟是支持的是主流,反对的势力也大都畏众怒式地或天良发现式地采取沉默的表示,此足见公道尚在人心,足见我们的努力不是不得大众肯定的。

我相信我们这些非政治的思想运动,非政治的促进中国现代化的运动,一定会愈来愈根深蒂固,一定会早晚得到大多数人(包括当权者)的最后了解。在这种最后了解到来的时候,也许我已经被冤枉得或没有必要地坐了牢或不存在。如果真的演变到这一地步,那对我和抓我杀我的人说来,都是划不来的——我们双方,都是大傻瓜!

敖之 1966年1月贝贝离台后两年零两天

九十一
亲爱的贝贝:

一直惦着给你写信,可是这一阵子又为人过旧年(我自己反对过旧年,并且一直不过。后来我老子死了,我怕我家老太难过,乃为她过旧年),又忙着为"文星事件"擦屁股(这屁股好难擦!),又因"文星事件"而不得不重新检讨我的写作方向和谋生计划,所以这封信一拖,又拖了二十五天!

孙智燊从美国寄来1月5号《金山时报》的社论——《关于台湾

〈文星〉杂志被勒令停刊》，内容颇仗义执言，要求大老爷们"应有勇气改过，收回成命"。"文星事件"据我所知，美联社已发出消息，海外侨报大概都是从美联社得到的消息。你信中所说看到的侨报，是哪一种报？英文报纸上有没有消息？盼你有空将所有的你能见到的消息、新闻稿、评论和一般反应剪下寄给我，别忘了。

你离台后两年零三天，我参加王企祥、徐露的婚礼（新郎、新娘我全认识）。有三位女读者（皆已婚）特别找人介绍，要认识我。婚礼中又碰到毛子水，毛子水说："你看到人家结婚，你羡慕不羡慕？"我说："我注重实质，不注重形式！有些人也跟我一样。"他听了，脸红而去，因为他也"那个"啊！

但无论如何，毛子水是很有修养的人。他被徐复观千骂万骂，他总是不闻不问，真见功夫。

忘了告诉你，我的香烟已戒掉两个月零二十多天了（去年11月15日开始戒的）！我不但自己戒，并且联合张白帆、辛八达一起戒，还有陆啸钊。四个人除陆啸钊外，我们三个人直到今天还没抽烟。烟戒掉，使我每个月省掉不少钱，使专卖的统治经济制度，少了一点垄断的苛税！

文星书店方面，我从10月7号起不再去了，至今已经快四个月，不去的内情很复杂，主要的原因之一，是我要更进一步地不跟人来往和减少别人找我的可能性。我这样做，也算是减少一点"文字狱"的罗织理由吧？此外，我延长了半夜写作读书的时间，经常天快亮才睡，如此起得更晚，一个人孤独的时间也就更多，相对的"麻烦"和"麻烦"的可能性，也就更少了！

过旧年后（初三）跟"李鸿藻"去洗了一次土耳其浴，蒸汽蒸得热汗直冒，很好玩。只是浴室不太卫生，故也不愿再去了。

上月26号与美国大使馆专员美国新闻处中的一个洋鬼子吃饭，我认为他们都是美国国务院中外放的冗员，对中国的了解完全狗屁。前年4月14日，费正清（John King Fairbank）请我和殷海光、许倬云等吃饭，在座的就有三位这类美国国务院的冗员，被我大骂一通。费正清很赞成我的话。我真想由我来写一本 The Ugly American，好好批评一下这些速成的所谓"支那"通，叫他们知道知道：中国不是那么容易就了解的！

Kennedy 最头痛于国务院的笨家伙，Hopkins 曾笑他们是"要交女朋友的男学生"，美国由这批浑小子来办中国外交，不搞得乌烟瘴气，那才怪！

从大陆跑出来的周榆瑞（写《彷徨与抉择》的），最近从伦敦到台湾来。大前天我们一同吃早饭（那时我还没睡）。他说他早就听说李敖是台湾最会写文章的人，非常高兴能跟我神聊一气。此人颇爽快，他住在伦敦的文人区，我问他是不是 Crub Street，他说还没穷到那样子。

敖之　1966年2月5日晨4时

九十二

亲爱的贝贝：

我前天傍晚到台中，办三件事：一、看老太病；二、校诸老子遗稿《中国文学史》并写序；三、跟徐复观打官司。现在三件事都办完，一小时后，就要北返。

两天来睡眠极少，有点累。

我控告台中中央书局的官司，终于在二审（高等法院）打赢。中央书局诽谤罪成立，被罚银元五百元，折合新台币一千五百元。中央书局请了两个律师来跟我打,我没有律师,可是打赢了。这是我有生以来完全打赢的第一个官司。中央书局这次败诉,被罚之款乃是给"国库",不是给我。我将另外要求民事赔偿,我已登报表示,要两万元赔偿,一万元捐给东海大学法律系,给专门研究诽谤法的人;一万元捐给台大医院,给专被老疯狗咬过的倒霉者,我自己一个钱也不要。

《中央日报》广告课长为了登过这个启事,竟被警告一次,表示以后再也不登他妈的李敖的启事了!

还有十多分钟就要开车,先写到这儿。

敖之 1966 年 3 月 22 日

九十三

亲爱的贝贝:

托六小姐从台中挂号寄给你的《中国文学史》一部二册,你收到了吗?这部书我写的序文,颇可看出我对中国文学的见地。我的"大眼光"是从根上扎刀,一刀见血,剖出骨髓所在,而不从枝枝节节上去费精神。——一篮烂苹果,还有什么好挑的?

去年 7 月 22 号,陈世骧到台湾来,大家一起吃饭,他说他看了我的《没有窗,哪有"窗外"?》,颇为欣赏我的文学观。我常常想:一般人只知道我的思想能力和史学能力,却不知道我在文学方面的"本领",这真是"妈妈的"!

这次在台中校正爸爸的遗稿,校完后,我对自己说:"看了这本文学史中的中国文人相,他们真是不行、真是笨。尤其在方法上和表达法上,他们更是差,以致民国六年胡适登高一呼'文学革命',乃有天下风从的效果。当时胡适并未读过多少中国书,可是因为方法好、表达法好,所以立刻能把握住大趋向。中国文人中像他那样聪明的,真是太少了!"

告诉你一个最妙的消息:孙婉到文星去做事了。从今天起,先到我家里上班,帮助我做"和文星分家"的细节。我和文星分开,一些技术上的麻烦须一一克服,我估计至少需要两个月,才能分出它个眉目。

……

刚做了一阵出书的计划,现在已经是2号清早4点(或1号深夜4点),要睡了!

敖之　1966年4月1日

九十四
亲爱的贝贝:

今天是我三十一岁的生日,正好又接到你19号寄来的"小疯狗"贺卡,谢谢你(此后地址不要再写文星了,可直寄信箱或家里)。

……

今天生日,收礼十几件。贺客有孙婉、张白帆、官成飞、黄胜常、高继梅、陈彦增、三姐全家四口、六小姐和她那一半、七小姐、老杨、老萧、老郭、小张等。夜又与老萧谈到两点多,谈分手细节。

今天我还照了一张相,洗好后,当寄给你。

已是清晨5时,先写到这儿。

敖之　1966年4月25日

给尚勤的两封信

1966 年在狱外写

与《文星》bye-bye 事,无法在信中详说。当然最主要的原因是"外压力",我曾开玩笑说这是"内忧外患",所以不得不拆伙。我已正式写信给孟能,决定 4 月 1 号起不再拿他们的"看稿费"(即书店方面每月付给我的全部费用),我决定从 4 月 1 号起,完全靠独自的力量生活。

我的计划是付利息借钱,印自己的一些"不惹麻烦"或"少惹麻烦"的书,靠我销路不错的著作,维持生计,开展生路。我这种做法,短时期内尚不能"脱债而出",可是日子久了,书出多了,每月每册书的零星入账,也就颇可集腋成裘——这是我的如意算盘,尚不知"可行度"有多少。

我希望我能少被当权者误解一些或仇视一些,少查禁我的一些书。我不靠他们吃饭,但他们也总该让我"有限度地"("不惹麻烦"地或"少惹麻烦"地)吃我自己的饭。(即使我坐牢,也得管饭吃吧?那时候,就要全吃他们的,我再也不必卖命去自己找饭吃了!)

如果当权者硬是不让我活——不让我在外面活,那我只好进去活,我目前除了自己出书的一途外,已没有第二条"维持人格的活路"可走——我无可选择!

至少到目前为止,当权者对我的态度还算相当聪明的。至少他们清楚地知道我是绝无野心的,清楚地认为我只是纯文字上有限度的危险性而已。他们对我,当然是感到讨厌,可是似乎还未构成深仇大恨。换句话说，他们对我的观察表情，只限于鼻子以上的动作——疾首蹙额；还未到达鼻子以下的动作——咬牙切齿。什么时候，他们的观察表情从鼻子以上坠落到鼻子以下的时候，便是他们聪明做法的终点，便是我寂寞岁月的起点。那时候，一切将是十二个大字："当权者，背恶名；坐牢者，变'英雄'。"双方都不愿意，真是何苦来？

当然我相信，至少到目前为止，当权者中毕竟还有相当程度的聪明人，并且这种人，目前还说了算。所以我还一直能以"弥衡"姿态出现，虽然做得是愈来愈吃力！

我不愿我被逼得愈来愈没有选择，我希望当权者知道我李敖也不是不会丧失掉忍耐力的，我希望他们也能多少知道我李敖的限度与极限，更希望他们永远了解我的"入围"并不就是他们的"胜利"。逼我走绝路或者使我走投无路，又能证明些什么？难道这只证明我李敖是一个"不容于世"的"失败者"吗？难道这硬是要逼求出我李敖是一个"铤而走险"的"不良分子"吗？

Ernest Hemingway 笔下那个快死的小女人（在 *A Farewell to Arms* 中），曾表示她对死的看法。她说她不怕死，只是恨死（I'm not afraid. I just hate it.）这种心境，如果移之于我对坐牢的看法，也是一样。我实在不怕坐牢，可是我恨坐牢，我讨厌它。坐牢最没有意义，其没有意义，对双方都是一样。被关到牢里的，固然有一时表面的"失败"；可是硬要把人关进去的，又岂是不失败的"成功者"吗？正相反的，他们也未尝不失败，甚至更失败、真失败——关人入牢只证明关人者没有更好的法子和更聪明的手段去"胜过"那"囚犯"，因此他们不得不借助于"光着屁股的暴力"（naked power），去表演图穷匕首见。他们是狼狈的制造者，每多锁一次铁栏杆，就多制造一次愚蠢与狼狈！

信手写来，越扯越远了。这封信，尤其是后半部，可叫作"李敖的牢狱观"。"司法行政部"应该把它复印十万份，分送给每一名"禁子牢头"看，每一名"典狱长"、每一名"狱吏"看。他们看了，一定会说："李敖王八蛋！"

1966 年 4 月 8 日夜 3 时 50 分

1974 年在狱中写

尚勤：

老太来信提到你给她信中"希望不再走上'悲剧'之路"的话。悲剧本是人生的一部分，就像死是人生的一部分。即使你跟别人隔绝，也不能免于悲剧——自愿遁世的修女要和上帝演；老处女要和猫演；被迫遁世的人要和小房里的白蚁、蜈蚣演……没有能跳出悲剧的舞台。只有一个人是例外，那就是名伶 J. N. Booth，他跳出舞台，溜进包厢，演了一出更逼真的悲剧——杀了林肯。但我们别忘了：林肯的生死和论定，正因为他是悲剧的主角，虽然他收场在别人的舞台前面。

表面上，似乎有两种人是悲剧免疫的：一种是早夭，一种是凡夫俗子。早夭在开场就演了收场，凡夫俗子则以为他们幸运置身场外，其实只是迟钝无知而已。悲剧，像死一样，总是跟着人的，死因或者不明，死法或者各异，但或早或迟，他们总骑上《启示录》中的灰色马。

悲剧的认定，往往不在悲剧的本身，而在你的观点。所以悲剧倒也并非一定要禁演。很多时候，你以为你演了悲剧，但从长远的观点看，你却因而不再演出大悲剧，所以这种悲剧，也毋宁是自嘲式的喜剧。另外，有些悲剧实在也有它"黑云的白边"（Every cloud has a silver lining），有它塞翁失马的一面，有它的潜伏的喜剧成分。这种情形，尤其在会演悲剧的人，常能感到。会演悲剧的人不在会哭，而在会笑。会哭只能把悲剧搅成小文所谓的"乱七糟八"，这一种"爱哭面"，只能在台湾演歌仔戏，跟一流标准的距离，也正是万华戏院到 Radio City Music Hall 的距离。

我这个跟歌仔戏班一块儿吃馄饨的，如今在小地方的小地方，向你们大城里的人大言不惭，真未免坐井观天。写到观天，我抬头从高窗一望，天是浅灰，楼是深灰，不同的只是深浅，同的是阴雨绵绵。此情此景谈悲剧，倒真得天时地利呵！

敖之　1974 年 1 月 27 日狱中

信收到，书大概不久会收到，老太寄来 Dec. 20, 73 *The Oxford Press* 剪报，上面赫然是我们小女儿演 *Hansel and Gretel* 歌剧的照片！当然在小孩子观点，这是喜剧；但若从剧中女巫的观点，这真是"折杀奴家"的大悲剧！

给谷莺

亲爱的谷莺：

你记得希腊神话里"夜莺"的故事么？"夜莺"本是一个公主（名叫 Philomela），被一个她不喜欢的男人占有，最后，她逃掉了，那个男人在后面捉她，她便受天上神仙的保护，变成了"夜莺"。

当我想到你的身世，看到你的名字，你知道我作何感想？我仿佛看到一只最可爱的空谷中的夜莺，再找不到保护她的神仙。

我不是夜莺眼中的神仙，我是魔鬼。

当你用眼泪使我走开，我觉得我不该再加深你的难题，虽然在难题下面，我会加上一个问号。

我痛苦地觉得人间对你太残忍，在你刚对人生睁开了眼睛，你已被环境捆住了手脚，别人强迫你背上十字架，你无法再挣扎，你不肯再挣扎——你背上了它。

别人只会从你身上取去食物或给你食物，但是他们不能取去或给你"生命的意义"。在你一生中，也许只有我的出现和隐没，才会有这种意义。

也许你会笑我自大，这是因为你还太小。当你不"红颜薄命"的时候，当你走向灰门修道院的时候，你会明白我所说的和所做的一切。

答应我不要再哭，我也答应你。当你我发现人生的苦痛是那么当然，我们该知道眼泪不是应付它们的最好标记。

如果此后你有什么快乐要人与你共赏、有什么烦恼要人同你分担,如果你愿意,请你记得我。

你永远别忘记:有一个肉体暂时离开你的人,他的心灵却在你身边,他随时等你叫他为你做点事。

在多年以后,你会看到我的一部小说,在那里面,你会真正找到你自己。

1964 年 3 月 31 日在台湾

给 H 的十三封信

一

亲爱的 H：

你好残忍，也不给我来个电话，整天等电话铃响，耳朵都过敏起来了。从上个星期二开始，就没见过你的面；从星期四开始，就没听到你的声音。接着是周末和星期天，我知道你并不在家，我不愿意想你去了哪儿，总之，我好嫉妒、好气。

昨天晚上气呼呼地回来，做工到两点半，决定早睡一次，躺在床上，翻来覆去，怎么也睡不着，于是吃了一颗 Doriden，用你睡觉的姿势——趴着睡，才算睡着。

可是睡得不好，像一只睡不好觉的山羊，一清早就醒了。

你记得印度象吧？它也像你那样睡，或者说，像我昨天晚上学你那样睡，可是当它病了的时候，它就不趴着睡了，它要站着睡。

快给我来个电话吧，H，不然的话，我要站着睡了。

敖　1964 年 8 月 3 日

二

亲爱的 H：

什么时候来看我？我让你看看什么是真的男人。

别以为你碰到或踢开的那些男人是男人，他们全不是，他们只不过是"雄性的动物"而已。

你没有见到过真的男人,你只见到许许多多的"雄性的动物",而你以为那些"雄性的动物"就是男人。

好可怜的漂亮女人!

我要修正你二十多年来对"男人"的定义,我看到你跟那些假男人在一起时,我好难受。

为什么十足的女人不(能)碰到百分之百的男人?——我要彻底追究这个答案。我要从你身上得到这个答案。

不要笑我很自负、很神气,你碰到我,你会失败的。

敖 1964年8月4日

三

亲爱的H:

送上图片两张,一张是你在8月6号上午看中的,一张是8月28号下午看中的(只看中了上半身,所以只送你上半身)。都是我"心许"并"答应"给你的,我现在送给你。

我觉得在这个世界上没有真正了解我的人,至多只能了解我的一两个层面,然后就根据这一两个层面来论断我或折磨我,这就是人生。

我真希望我不是我,而是两张图片里面的平面女人。

敖 1964年9月2日

四

亲爱的H:

我不再陪你打牌,也不再打电话给你,我只送你这把小钥匙,什么时候你"信任"我,你可以用它打开我的门。

你并不了解真的李敖，你也不给他真的机会去了解他，你只让他消失在人群中，使他 secularization，那有什么意思？

你永远可爱，我也永远爱你。但我可以抑制我自己不去找你。我要把我关在我的小天地里，在书堆里面霉掉。

你该知道，如果我没有止境地为我所爱的人去做我不爱做的事，那我将不是李敖，而是任何 secular。如果你"征服"这样一个 secular，你会问你自己："征服"了一个"奴才"，还是一个男人？

这是一个要由你自己提出来的答案，不要忘了我认识你第二天写给你的话——"H，什么是你的答案？"

李敖　1964 年 9 月 4 日在台北

如果买到 Murine 眼药，我会托 ×× 带给你。

五

亲爱的 H：

等你的电话，好像是一个漂流荒岛上的水手在等救生船——那样的殷切，又那样的渺茫。

但是等到了又如何？那可能是一条"贼船"，而你是"女海盗"。

我要被折磨，被罚在船上做苦工。

我会嘴里喊着"亲爱的 H"，而心里骂着"该死的海盗"。

有时候我真的不明白，不明白女人为什么要折磨男人。生命是这么短，短得整天寻欢作乐都来不及，秉烛夜游都不够用，为什么还浪费生命来钩心斗角？浪费时间去 play a trick on one？

我们是人，我们有性欲，我们会老，我们会失掉及时行乐的机会，我们会后悔，我们不该再谈十八世纪的恋爱，我们该把衣服脱光,上床(或上床,把衣服脱光)。

窗外刮着台风,我好寂寞。

敖 1964年9月9日醒来以后

六

我亲爱的 H:

昨天晚上送你回来,吃了两粒 Doriden,勉强睡了四个钟头。今早4点钟就醒,一直工作,现在快10点了。

今天早上下雨,天气阴沉得好凄凉。我好想你,好寂寞。

你的病好了吗?我真担心。你应该听我的话,若还不舒服,赶快去看医生。为了怕你碰到"风流医生",我特地拼命忙了一阵,剪了一堆"女医生"的广告给你,希望你去送钞票。她们该把你的红皮夹里付出来的十分之一给我做 commission。

《战争与和平》的作者托尔斯泰,在他另一部名著《安娜·卡列尼娜》里,有一段描写男医生给女病人看病的文字。那女孩子被看过病以后,还要哭一场!真是 wonderful!

但是反过来说,男病人给女医生来看病也很麻烦。无怪乎1813年俄国的县医会议上,竟有会员提议请女医生走路了。

我现在"傻"想,我真不该学文史,我该学工医。那样的话,在你健康的时候,我是工程师;在你生病的时候,我是医生,趁机"风流"一下,该多好!

我又想到,这个世界所以能有我,跟一个女人的"羞医"不无关系。我爸爸的第一任太太,得了女人病,但她宁死不肯看医生,可是又没有女医生。她的多年不能生育,惹得旧式家庭中白胡子爷爷和灰头发奶奶等人的不满。(他们要"抱孙子"!)结果我爸爸跟她离婚后娶了我家目前的老太太,她连生了四个女儿后,终于把我(有男性生殖器的)硬生出来,这样她才没遭到"被迫离婚"的命运!

由此可见,本人在这个文明古国里多么重要。

可是呵! H,你实在不了解我多么重要,你会逼得一个天才爆炸,爆炸成一个傻瓜。

现在,这个傻瓜被你最后判决:永远不许"主动"、不许打电话、不许挂 pinups、不许去第一大饭店、不许这个、不许那个……只许待在家里,向台北市××××号信箱写情书。

开放了你的信箱,却关上了你的心。Oh! H,你是一个该比我多下一层地狱的女人。

永远"被动"的(床上除外)李敖写
1964 年 9 月 28 日星期一

附呈上有关医生毛手毛脚的漫画三张及女医广告八则。

七

亲爱的 H:

你收到这封信的时候,我已经到台中了。

我要到中部来走动一下。

今天清早两点钟就醒了,满脑袋都是你的幻影(phantom),再也睡不着,所以干脆起来工作。

……

"君子"说你见过 Grace,我倒不记得,你也不记得,大概没有。

Grace 是一个快乐型的女人,阴险不足,爱说爱笑,尤其爱翻我底牌。她今年春天在西雅图碰到一位教授的太太,这位年轻的太太因为我写文章骂了她的丈夫，曾经声言要打我耳光，并且"发誓"研究心理学，用李敖做 sample，写学术论文，用来证明骂她丈夫的李敖有"变态心理"，并且，还是精神病。这位教授太太在西雅图和 Grace 一起吃饭，两个小娘们一拍即合，由 Grace 提供李敖全部秘密资料，"出卖"给对方。这件事，直到现在我还"咬牙切齿"，气得呼呼作响（关于这位教授的太太，你可看我的《文化论战丹火录》第 46—47 页）。

Grace 就是这样可爱的女人，她会突然用笑声吓倒你、用眼泪淹没你，然后，又突然做一件惊天动地的事，那种事，什么女人（包括肯尼迪夫人和赫鲁晓夫夫人）都做不出来！

……

我抄一段 8 月 15 日她的来信给你：

傅小燕大概 9 月初来美，看见人家都要团圆，心里实在不是味道。你一再反对我回台湾，要我在美国等你，我真不知道要等到几时呢？一年也是等，十年也是等。等到我老了嫁不出去，你才满意。本来冀望你今年 9 月来，现在看来不可能。但最晚我只能等到明年初，可是你无法来，我只好另作打算。你的朋友都说我太好说话了，一天到晚嚷着要回台湾使你感到即使你不来美，我也会回去的，有人肯为你作此牺牲，你自然心安理得了。其实，我何尝愿意回去，你也一再说台湾不是久居之地，可是你现在反而咬定出国是逃避，你要对历史文化"交代"，那当然是另当别论了。……不是我夸口，在纽约的女孩中，我是很吃香的。可是我不愿那样做，那样做对不住自己的良心。

看了这段爽爽快快的信,你有何感想?我个人实实在在麻木得感不出什么想,我只想睡觉,睡一下再说,睡醒了以后,又觉得那个写信的多情女人在向我吵架,我只好是:"I'll think of it all tomorrow!"

有时候我认为,在这个世界上,知道我的人可分为两类,一类是说:"李敖这小子,罪孽深重!"另一类是说:"李敖这小子,罪该万死!"总之,不论哪一类,我都是被玛利亚的私生子拯救的对象,他都要说他被钉上十字架是为了解救罪人,解救我。所以,我硬被别人派定欠了耶稣一屁股账,真他妈的倒霉!

不管那么多,有罪就有罪吧!反正在这个世界上,谁都没有资格上天堂,大家都要下地狱,只是在十八层地狱中有层次高下之分而已。反正我笃定不在最下一层,最下一层一定是你,不是我,除了你以外,还有夏娃、埃及艳后、维多利亚女皇、吴××夫人和她手上的酒瓶子。

还有李老亏和他的干妈,也通通都要下地狱,下到最后一层,跟麻将牌挤在一块儿。

真正该在最上面一层的是煤矿工人,他们在"阳间"里已饱受"人间地狱"之苦,所以应该受优待。我李敖的位置照理该跟煤矿工人相去不远,这样才公平。因为只有掌管地狱的阎王爷,才知道我在人间和生前多么痛苦!

这种痛苦,没有人会知道,小猫不知道,小松鼠不知道,小白兔不知道,小H也不知道。小H也只知"三缺一,找李敖;胡它个,双龙抱"。并且不能输钱,一输钱,就气得吱吱叫。

随手写来,天又亮了。现在是早上7点一刻,正是你在三轮车上的时候。

敖之 1964年9月29日

中午坐"观光号"南下，不知能"观光"些什么。

八

亲爱的 H：

刚刚寄了一封九页的信给你，有一段谈到 Grace 跟我的事。寄出后，忽然想到一篇写她跟我这段事的文章，也许你会感兴趣。

这篇文章叫《我心伴他同飞》，登在今年 1 月 27 日台北《征信新闻》的副刊上。Grace 是 1 月 8 日走的，她走后十九天，就有人知道，并写出来了。

这篇文章技巧与修辞都不算好。事实大体尚接近，例如讲到我妹妹的婚礼，讲到我开神父们性生活的玩笑，讲到 Grace 偷橘子，讲到我攻击传统，讲到我穿长袍青衫，讲到我打笔仗，讲到我陪 Grace 看榜，直到最后送她上飞机，都有这些事。当然其中有渲染、改造的部分，并不全真实。

据《征信新闻》的副总编辑说，这篇稿子是中坜地方的一个女孩子投来的。真是奇怪。他又说，登出后不久，又接到另一位女孩子的投书和稿件，指出这篇文章明明是写李敖，并且把李敖写得太伟大了，事实上，李敖并不这么好，李敖是一个大坏蛋。……

《征信新闻》的副刊编辑大概怕麻烦，怕惹起新的笔仗和李敖的报复，居然不肯把骂我的那篇稿件发表，所以连我自己都没法看到我是怎样一个坏蛋，真是太可惜了。

再有一个多小时火车就开了，我暂时要离开我的 H 这么远，真不开心。并且你还不知道我到中部去，你一定以为我在睡大觉呢！

我怕你没收到这两封信来我这里，所以在桌上留了这样一个条子："H，我今午去台中，明天晚上回来。"

H，你永远不会知道我多么想念你。

敖　1964年9月29日午前

附上《我心伴他同飞》。

九

我亲爱的 H：

3点钟到了台中，躺在这个安静的旅馆里，非常舒适。唯一的缺憾是离你太远了。虽然在台北时你也可能不见我，但在心理上，我总觉得我在你身边，总觉得比在台中"亲密"得多。

我这次"偷渡"到台中，算是一次 Short absence 吧？ Mirabean 说 short absence quicken love, long absence kill it, 想这次总该 quicken 一些，虽然你说你任何人都不爱！

敖之　1964年9月29日夜7时

十

亲爱的 H：

今天早上4点钟上床，想你才能睡，可是想多了又睡不着。

可是我想到那条菲律宾做的△裤，我又笑起来！好大呀！你一定要活到一百岁，才能长到那样大的屁股。

可是你活不到一百岁，你是"红颜薄命"的。这一点，我会跟你密切合作——我也是短命的。

并且，为了长个大屁股而活到一百岁，也大可不必。万一长得过了火，屁股大得连棺材都装不下，怎么办？那非得定做一个有曲线的棺材才成。

我觉得，棺材的样式是最保守的东西，它应该进步才对。进步的方向之一是，棺材应该因人而异。例如一个驼背的人，棺材应该做成椭圆的；一个独脚的人，棺材应该做成缺四分之一形状的；一个缺手的人，棺材应该做成"8"字形状的；一个胖墩墩的人（例如董教授），棺材应该做成圆形的，另外还要附做一个圆形来装他那胖墩墩的摩托车。至于我自己，要在棺材上装一具麦克风——以便骂人。

至于你，我的美人儿，棺材上要设计一些图案，至少该在棺材上"胡"一把"大三元"。这样的话，你即使"红颜薄命"，也不会"死不瞑目"了。

同时，棺材旁边还要开一个洞，准备可以伸出一只手来，来算"番"，看看到底赢了多少钱。

现在是上午 9 点 40 分，我要离开旅馆到图书馆去走走。今晚 7 时半坐观光号回台北——我认识 H 的地方。

敖之　1964 年 9 月 30 日

十一

亲爱的 H：

火车出轨，改坐海线的柴油车，昨晚 11 点半才到家。用电话和"君子"联络，知道你的"消化系统"又有小毛病，我真为你的身体担心。

你去找"女医生"了吗？

今天早上《中央日报》上登出我辞去《文星》杂志编务的启事，很觉轻快，再也不搞这一套啦！

你是不是在昨天中午打电话给我？我很想知道，可是我"没有资格"打电话问你。

我由台中为你带回一包"你的头"（云南大头菜）。

明天又是星期五了。你该重看《鲁滨孙漂流记》一次,我永远是你的——"Man Friday"。

敖之 1964 年 10 月 1 日

十二

亲爱的 H:

你真可恶,"你的仇人"Ray Donner 的 party 你不参加,也不许我参加,等了你一天你全不来电话,我知道你在家里又打牌打疯了,害得我过了一个孤寂的周末!

昨天晚上在牌桌底下跟你的大腿亲热,直到现在,还余味无穷。我不相信世界上还有比你的大腿更可爱的大腿,这种大腿,我不知道上帝是怎么造的、你妈妈是怎么生的、魔鬼是怎样加工的。总之,它真迷人,并且迷死人。

我记得报馆的采访记者叫 leg-man,现在这个字该因李敖而赋予另外一个意义,那就是:对 H 的漂亮大腿而言,李敖是她的 leg-man。

It is God who makes woman beautiful, it is the devil who makes her pretty. 唉,有漂亮的大腿的女人!你一定是魔鬼工厂里的最佳产品。

我若是你,我一定再也不要认识任何男人,我要去做一个"自恋者"(narcissist),整天摸自己的大腿,不假外求。想想看,这么好的大腿自己不摸而给男人摸,多划不来!

可是,感谢上帝或魔鬼,幸亏你没有这种想法,因此,从今以后,我还有第二次、第三次……以至无数次钻到牌桌下的机会。

唉!他妈的,我多幸福啊!

永远是你的李敖写
1964 年 10 月 3—4 日

十三

亲爱的 H：

昨天下午 Donner 跑来，两个小子从我家到饭店，再从饭店到羽毛球馆，一共喝了六瓶啤酒。

Donner 一再称赞你的美丽。

我"代表"你"骂"他。

前天晚上去看了一场 Marnie，那个女人神机莫测，性格变化无常，最像你。总之，你们都是梦一般的女人，也都是要男人命的。男人无法对付你们，除非他是 dream-reader。

作为一个实际的男人，我喜欢梦一般的女人。

敖之　1964 年 10 月 8 日

如果今、明、后三天你还不来电话，那我限你大后天（11 日，星期天）早上去过"天堂"后到"地狱"来，不可黄牛。

给阿贞

亲爱的阿贞：

　　谢谢你昨天晚上做我的小"国宾"，虽然我们的看法并不"统一"。但我永不忘记你给了我一个说"莫名其妙"的话的机会，当然这些话的效果，可能全是"徒劳无功"。

　　在回家的路上，你说你刚才在国宾"冷得发抖"，因为那种冷气"不正常"。我引申你的意思，说："不正常从五年以前就开始了！"想想看，亲爱的，还有什么生活方式、什么遭遇，会比你这五年来的一切更"不正常"呢？

　　也许你愿意知道，对这种"不正常"的感受，"局外人"如我，比起"当事人"如你，也许并不轻了许多。当我想到社会对你的不公平——太早太早就开始的不公平，我的痛苦，不会比你更少。恰像那神话中被关在古塔里的小女神，想拯救她的人，在某些方面，可能比她还着急。

　　当然昨天晚上，你有十足的理由说我未免操之过急，这是因为你选择一般的尺度来衡量我的缘故。对一个主张"活在今天""活在今天晚上"的人，你用"过去"和"未来"来纪律他，将显得没有意义。五年前憧憬的"未来"，对一个小女神来说，已经被五年后冰冷的"过去"所打破，这种残酷的现实，我觉得该带给你一种新的奋斗与觉醒，而不是一种新的沮丧。

　　请想想我的话，亲爱的阿贞，打起精神，努力去过一种新生活，选一种新生活方式，剪断过去的幽光魅影，不要对人生失望。

其实，想开点说，人生又是什么？人生就像你昨天晚上送我的那支 Salem 香烟，它一定要经过不断的燃烧，才能有意义，正如那古诗中的蜡烛和春蚕，它们一定在成灰和丝尽以后，才算"徒劳"完毕。从死亡的终点站来回溯人生，一切似乎都是"徒劳无功"的；但是你若换一种角度，也许你会发现，正因为一切都要成灰丝尽，所以把握眼前、争取现在，才是真正有意义的事。寒冷的过去所已做的，和渺茫的未来所将做的，都不因我们的肯定或否认而有所改变，对变化无常的生命，我们能够控制的，实在还太少太少。正因为人生如此飘零不定，"活在今天"对于我们，才显得比其他生活方式更值得选择。我们不该忽略这种选择。

昨天你上楼后，我一夜没睡好，我预感到你不只是我梦里面的人，你从这个梦里走出来，变得更真实、更美、更楚楚动人，使我在成灰丝尽以前，永远难忘。早上"7 点钟"快到了，我认为我的信到你那儿比我的人到你那儿更好。也许下一次——如果你允许我有下一次的话——我不会送一封信到你那儿了，我会送一些"火柴盒"，使你"燃烧"。

李敖（或"阿敖"） 1965 年 9 月 4 日的清早

给阿贞之外

火柴盒十四个，送给阿贞，亲爱的。

李敖　1965 年 9 月 6 日

给 Y 的四十八封信

一

Y，所谓"没时间写信"的：

中午你说要看的旧俄作品，本打算下午就带给你，可是我被刘心皇、萧孟能他们扯住，不能分身，所以只好明天再交给你。

果戈理的《外套》英译本，据我所知，有三种，一种译做 The Cloak，一种译做 The Greatcoat，一种译做 The Overcoat。附上的 A Treasury of Great Russian Short Stories 里头收的是第三种译本，是 Constance Garnett 译的，我另有一种 Six Great Modern Short Novels 的版本，也是 Constance Garnett 译的。

由于你提到这篇《外套》，今晚回来，我特别打开铁柜，看看我的外套丢了也未。如果也如果戈理小说一般，被贼偷去，我的难过，一定不在那个小官之下。不过我死后不会像他一般变成鬼——我现在就虽生犹死，就是标准的"死魂灵"。

看果戈理的作品，好像不能看他最后的书信集之类，他死前发那一大阵神经，对他自己过去作品的否定，真叫人倒胃口。老毛子作家好像死前都要发一阵神经，托尔斯泰也是无独有偶的一个。

你要不要看 Marc Slonim 的 An Outline of Russian Literature 等参考书？我这边也有一些。

李敖　1967 年 3 月 8 日夜

二

Y：

3月8号晚上本来写好了一封信给你，内容讨论果戈理《外套》的版本和他晚年"大发神经"那一段。后来重看那封信，觉得太累赘了，所以决定不给你了。

9号接到你的信，10号又收到纸条。我本来想写一封长信答复你9号信中所涉及的几个"主题"，可是两天来一直被假洋鬼子和洋鬼子们扯住，不能分身。所以那封长信，恐怕还要拖几天。不过我盼望我不写那封信——写信缺少"表情"。对Y传教缺少表情，那该多糟糕！

今天下午我到泰顺街《人间世》社，想把我那篇被查扣的文章要一个副本。《人间世》因为全部被查扣，所以社中也没有，只剩下一份校样，我复印了两份，决定把一份"送呈Y"，因为邮寄不便，我还是亲自交给你。

你说："以前'您'（能不能不用这个字？）'骂人'的事太多了，现在只有挨骂的份，可不也是报应。"也许你说得对吧。有时候，我真的很惊讶我的"长处"竟是那么少！为什么别人最强烈感受到的，不是李敖的别的，而是李敖的"骂人"呢？难道李敖最突出的部分，就是这些吗？今天《自立晚报》开始连载的《李敖与天才》（美国宾州西屋公司研究所所长孙观汉博士写的），也特别提到我的"骂人癖"，也正好跟Y女士慧眼所见的相同，美国学科学的人和台湾学文学的人"隔海唱和"，真令人不胜临深履薄之至！

你问长镜头拍的照片是不是真的有？当然有！你想我怎么敢骗你？不过你要看，没那么便宜，你要有交换条件才行，付一点点"代价"给李敖吧。Y，如果你肯冒一点险，多一点尝试，你也许会发现：

李敖远不如传说中那样可怕。

"您" 1967年3月11日夜里2点

三

亲爱的——小国民党：

今天碰到一件好刺激好刺激的事——我撞车了！

车的左眼被撞得凹进去，保险杠折损，左前轮撞坏，左门撞弯，上面玻璃纷飞，我的左肘和头都受轻伤，同车的洋鬼子美国CIA的特务Miles膝部撞出血来……真够刺激。

肇事的原因是我开快车，正好碰到另一个开快车的计程车司机，所以就顺理成章地来了一场"相见欢"。Miles看我在出事后谈笑自若，当场替我拍了几张照片，他说他要洗出来送人，叫人看看"文化太保"的镇定功夫。

出事后，一个五分局的警官查看双方的身份证，一看到我的，就对我说："吓，你就是李敖！我们有拘票，正要抓你，快跟我来！"我说："跟你来可以，不过你们要抓我，却等到我撞车时候才找到我，未免太迟了吧？"他把我带到警局以后，叫我坐在外面，自己进去和长官叽叽咕咕一阵，不料却被打了官腔，他慌忙出来，向我道歉，连称弄错了弄错了。后来我才弄清楚是怎么回事：原来是我在《文星》98期攻击法院黑暗，惹得"司法行政部"的所谓执法者勃然大怒，叫检察官以妨害公务罪起诉，检察官把传票发到文星书店，传我不到，警官以为我故意抗传，所以才要见我即拘。警官却不知道，检察官早就找到了我，所以他这次臭表功，竟弄得表错了。

从警察局出来，再去检修我的"姨太太"（车）。大约需要四千元和一星期，才能整形完毕。钱是保险公司替我出的，我准备再多花一点钱,索性多美容一番。

星期天中午 12 点,我独自在东门美而廉门口等你,我的"姨太太"不能来了。

今天中午接到你的信和信中信。这真是一件怪事,不晓得是哪个无聊男人干的。看笔迹,不是我这方面的朋友。信封是我的,不过这是我近两年前用的信封(上面是 15 Hung Yang Road 字样,是我在文星书店办公室时用的,这种信封已作废近两年)。这件事情很蹊跷,无聊男人幸亏没在信封中装些什么,否则的话,我真含冤莫白了!(贴邮票的方式也不是我那种,这个作伪者,其实是一个笨蛋。)

多可怕呀!亲爱的,我们被特务包围了!何况你又是特中特。你的身份,使我想起莎士比亚笔下 Caesar 被刺前的哀呼:"Et tu, Brute?"(梁实秋译作:"你也参加,布鲁特斯?"我觉得不太好,因为不够生动,该译作:"还有你,布鲁特斯?")于是,我更"不胜临深履薄之至"了!

今天下午开快车的原因,思念起来,其实跟女特务有关:我记得(你)说过一句赞美我卧室书桌上台灯的话,我想买一个送给你,似乎由于心存抢购,结果撞个满怀。傍晚我重去那家商店,不料已经卖完了,我好扫兴。除非你肯接受我把卧室中这一个送给你,否则的话,我的扫兴,恐怕 720 个小时也扫不掉!

你说:"你夹子里关于我的资料太少了,可是,我不供给你,我看,不如拆去吧,否则我也要做一个'您'的。"其实你不能怪我。记不记得是谁说的:"漂亮的女人和年轻的国家一样,是没有历史的。"你觉得你有历史可以进入我的"资料"吗?你错了!你没有的。你的人生严格地说,还没有开始,因为你还没有碰到真的男人,一个真的"您"到"你"。所以关于你过去的资料呵,Y,在我看来,只是国民党的党史而已，你会觉得我嫌少吗？

我随信附送一个 file 给你，看你能不能做成我的。你是做不成的，因为我的历史太多了，与其搜集我的资料，何如"见我即拘"我这个人？想想看，如果李敖不被国民党抓去而被小国民党逮住，这该多妙呵！

高兴从"您"变到"你"的李敖写
1967 年 3 月 16 日夜 2 时三刻

四

Y，the Snake：

我还没"惩罚"到你，你却先给了我"惩罚"。

你的不守信，说话不算，完全像某某党。

你摧毁了我五天来的一个希望，你好残忍。

你要我写《女人果然祸水乎》，如果我写，我不会写这个题目，我要写一篇《女人寡信残忍论》。

在我心情最坏的这一阶段，"还有你，布鲁特斯"！我永远不会忘记。你说你不怕冷、不怕雨，也不怕我。现在我知道最后一项是谎话。其实你怕得要"吹一口大气"，要"有很多戒心"，我很难过。我真后悔在信里写了那么多吓你的话，我忘了你是一个跟"高中小男生赛车"的小女孩，我道歉。

为安全起见，以后我写的信，应该先送"警备司令部"检查一次，先查禁掉所有"恫吓妇女"的话，然后再准予寄给 Y。

你说你"不想被逮住，也不想逮人"，这话"响当当的"，不像是 KMT 说的，而像是自由主义者说的。你居然有自由主义的倾向，小心贵党开除你党籍！

我们两年前就该认识，可是你的"戒心"，把我吹到了 1967 年才落到你身边。收到你今天的信，知道你又要吹我了，你竟忍心要"吹一口大气把它吹得远远的"！你既如此浪费青春，我又有什么办法？我似乎只有走开，两年以后再去东门美而廉（不，再也不去他妈的美而廉，从《文星》那一次开始，就没在美而廉会面成功过），我的命运似乎像《飘》里头的白瑞德，我没有话说。

每在我很痛苦的时候，我的胸口就会有抽噎式的悸动。自从早上接到你的信后，悸动不断地困扰着我。我记得你说的"好在你受着伤，也需要休养"的话，唉，我领教了你在我"受伤"时候对我所做的一切！

你要的书，可能又物色到一册《穷人》，拿到后，我会挂号寄给你。愿你有一个快乐、安全的星期天，并祝你快乐、安全，永远地。

Lee Ao the Fool　1967 年 3 月 18 日夜

五

Y，亲爱的：

今天下午突然下雨，我怕你淋着，特地从街上赶回，挂了一把伞在报箱上，并且附了一封信。可是我没想到你走得很早，所以等到 5 点 10 分，我又把伞和信收了回来（她们下班的时候，因为外面正下雨，所以纷纷觊觎那把伞，表情颇好玩）。

谢谢你今天对我的早晚两次关切。在"大"字底下，我伤心我不姓"林"。你不但不对我称呼"亲热"一点，反倒退步地从"你"到"您"起来。你真胆大，你这样做，难道不怕我星期天"惩罚"你？总有一天，我会忍不住，而用"大林"的方法"惩罚"你，那时候呵那时候，你将永远是我的，而不再跟那些雄性走在一起。你小心吧，亲爱的,我会使"总有一天"提前到来!(也许就是星期天!)

还有,你真不识"好人"心。明明因为你而撞车,你还诬赖我看别的女人。你这样想,不能证明你不相信我,反倒证明你不相信你自己——你不相信你的可爱,足可使我"目不斜视"。你真没有自知之明!

不肉麻或"吹气"一点怎么可以?让我说吧:有了你,还看什么别人,你可以使别人"花容失色"。奥黛丽·赫本说她的一个鼻子就可以抵得上一打整个的女人,你呢?你的一个鼻尖!

又是1点半了,要睡了,临睡前我要喊一句:"王八蛋何××!"

于我心有飘飘然者　1967年3月19日星期天前的第二天

六

亲爱的小盼:

虽然现在已是21号的凌晨,可是在感觉上,19号好像还没过去,十小时零一刻钟地"飘在云里",使我直到现在,还脱离不了"云层"。今天下午去看修车并试车,我没开,由保险公司的一位朋友代开的,我知道我一开一定又出车祸,因为我不能专心,我满脑袋里都是你。

感谢那一"段",使我有了你的五张投影,把你的照片拿在手里,多少可控制你捉摸不定的"飘"忽。我觉得只有你在我怀里、在我底下,我才能感到安谧,感到生命和死亡。不管是生机盎然也好,视死如归也罢,我都有一种莫可名状的安谧,我快乐。

英国的女诗人,写她爱的境界是"灵"魂所能达到的"高、广、深"(height, breadth, depth),我年纪愈大,愈感到用"深"来爱人是一种什么味道。"深"并不玄秘,有许多时候,它甚至用粗浅来表达,表达到"波澜起落无痕迹"的境界,而它的外形,可能反倒雅俗交织,高低难辨。真正"深"的地步是一种淳化,隐士和老农在一起,隐士淳化的程度,会使凡夫俗子看不出他跟老农的分别。事实上,隐士也不希冀在凡夫俗子面前要有什么分别。

我对爱情的态度,如不谦虚地说:"庶几如此。"隐士绝不在乎别人说他是老农、是乡巴佬;我绝不在乎别人说我是狼。我蛮喜欢的两句古诗是:

不畏浮云遮望眼,
自缘身在最高层。

这好像是阿 Q 的境界,也是真正男子汉的境界。而真正男子汉,绝不在乎被人讥讽是阿 Q。

偶发佻狂之言,随手写给小盼看。

1967 年 3 月 21 日清早

七

亲爱的 Y:

附上一册罗素的《婚姻与道德》,也许可以"挽回"一点你对他的印象。书背那一段介绍文字是我替水牛出版社写的。我帮了水牛不少忙,他们送了我三万块钱,那笔钱,就是"李敖坐上汽车"的根源。李敖若沦落到需骗读者的钱才坐上汽车,那也不算本领了!

今天是星期二,再过了星期三、星期四、星期五、星期六,到星期天上午 10 点钟,又可以看到你了。你不知道我多么想见你,只可惜你不给我多一点的机会,只可恨时间过得慢,过到今天,才是星期二——距星期天还有四天多的星期二!

你说星期天要带武侠去淡水,我已经准备好了,不是"卧龙生"的,卧龙生的已被毛子水和"陈丽卿"买光了。星期天你武侠完毕,可就便入山学道,"云深不知处",岂不也好?省得云游在外,整天倾倒众生,搅得文坛醋气熏天。区区管见,不知 Y 女士可采及刍荛否?

敖之　1967 年 3 月 21 日下午

八

我亲爱的 C(盼):

昨天你下班时候穿的风衣,我好像没见过。

你留下的两句,其实每句都是一篇大哲学:

"多情而不牵恋",此情圣之风也;
"友善而又淡然",此君子之交也。

二者实行起来,都是"有若无""实若虚",都是极难实行并且极难见谅的。分寸之间,说得好,是艺术;说得不好,就是"工于心计"了。"工于心计"的人,常常不被见谅,殊不知"工于心计"的人,在某些方面,却真正是最能懂得相处艺术的人。真正"工于心计"的高手,绝不把美丽的事情搞得很狼狈,乃至搅到一个尴尬、悔恨的结局。对我来说,我毋宁是喜欢"工于心计"的人,只要"工于心计"对人没害处,恰到分际,一个人为什么要做蠢事收场?我看了太多做蠢事收场的人,尤其是他们干下的那些"心存忠厚(动机不算坏),反倒害了人"的笨事。庄子中的混沌之死,就是最早的一个例。我个人方面,有时候,我故意不跟别人混熟,对朋友御之以英国式的礼貌和冷淡，以保持距离和永恒。这，可算是我的刁滑处，一个被小Y认为很会保护自己的人，岂不应该刁滑一点吗？

关于 Beyond Desire，谢谢你的信和书。你用"被屈辱"的字样，真的用得太重了，我真没想到我是该被"盼"的。我只想申诉一点，就是：小Y，请记住，不论我对你做什么，不论你把我所做的归入什么范畴，你该知道我对你绝不单是一个会保护自己的人——我会同样保护你，使你不受伤害。我舍不得"伤害"你，如果你"无法挥去"那种感觉，我自当努力约束我自己，我会跟我自己作战，直到我自己也分清什么是"灵"与"肉"或"欲"与"情"，我真怕我自己已经不能再分清这些。如果我真的没有希望，那我倒想做一名"混沌"，让那些好心的浑蛋把我爱死掉！

我多么希望有那么一天，我心爱的人不再有戒心，放弃了恐惧，靠到我身边，用小食指，在我背上，写下她"不说也罢"的笔名。

背"台词"者　1967年3月22日清晨

九

亲爱的合群者：

刚才你上楼前，看到"姨太太"了吧？她还没整形完毕。由于老是阴天，喷漆部分总没法做。前后的保险杠都是新加的，后座后面我又加做了一块横板，可以写字或打桥牌，放酒瓶子也行。明后天还要送到工厂去加工，这次可真把"姨太太"折腾惨矣！

接到柏杨转来孙观汉给我的信，星期天当带给你看。信中说最喜欢看我那篇《论"处女膜整形"》。（我这篇文章，你看过没有？）

基隆之游如何？这回可算是"心在海中"了吧？你想寄港的风雨、海的音容，却不想把"很多想念"寄给我，你真无情，你哪里是"多情而不牵恋"！你不把"很多想念"寄给我，我好气，气得要"盼"一番。气虽然气，可是我不敢发脾气，否则又冲撞了我们盼盼，星期六又要收到爽约信了！（一而已矣！岂可再乎？）所以，我现在不得不"力"行睦邻政策——当然是向左睦，而不是向右睦，若向右睦，陆啸钊要生气了！

"小James"是谁？是不是装订厂的小老板？

离群者　1967 年 3 月 22 日夜

十

我亲爱的 Y：

谢谢你送我的"基隆港"和"阳明"。在图中找了半天逃亡渡口，都没有找到。其实找到又怎么样？一想到这个岛上有你，而离开这个岛就离开你，我就甘愿"泡"在这里了。雪莱说自由比爱重要，他是谎话家。

午前从刘心皇那里拿到《穷人》，将随信奉上，给你"吃"。刘心皇他们每星期四上午开"国大"联谊会，一群老得走一步掉一块的人，挤在一堆，谈天下棋，大陆"丢了"十八年，他们还在"光复大陆设计研究"中。

你说你后悔答应我去淡水，我有一个好法子使你不后悔，是不去淡水——可是要去别的地方。你说好不好？

今天下雨，想送你回家，非常想。

敖之　1967 年 3 月 23 日

十一

Y，我亲爱的：

下午你走的时候雨很细，我决定不 bother you。楼上看你在雨中消逝，真美。你那条围巾，我真想把它偷下来，放在枕头边，陪我入睡。总有一天，我会"绑架"你（既做小偷，又做强盗）——不再一星期见一次，而要足足看你一星期。一星期才能见你一面，真是太长了，并且长得不放心，那些讨厌的限时信和尾随者，它们多少会使小 Y 起二心，会使她写出"很后悔答应去淡水"一类的刺话，呵，我好气呵我好气，气得简直要血压高一高。

一位妈妈告诉我的朋友说："这个社会不能没有李敖，李敖应该存在，只要他不追我的女儿！"你看，我多可怕，我在女人中间的信用多可怕！

可怕的人要睡了，留下这封信和一篇胎死装订厂的"禁文"给你。这一类的文章，也许慢慢可增加你对我的"面具"的了解。作为一个善于自保的人，我不该有"面具"吗？

想买一只摇椅的"你心"写　1967年3月23日深夜

十二

小 Y，从摇椅中"摇啊摇"出来的：

是不是"小黑"又偷了你的糨糊？是不是还是"积习难改"——没有糨糊就不写信？今天傍晚从外面赶回来看你的信，可是呀，只看到两份报纸。我把报纸翻了又翻，抖了又抖，希望能——像魔术师一般地——出现你的信（或是纸条）。可是呀，没有，什么都没有，除了"淡淡的失望"，什么都没有。

今天早上看你打电话，你招手，招得好（háo）好（hǎo），你好会招手。

我在车上又发现你留下的太阳镜，我想到你戴太阳镜时的神气，戴得好好，你好会戴太阳镜。

有时候你很乖，有时候你就不。今天老是想到你很乖。我跑到衡阳街，在一家象牙店里物色一块小象牙，特请名师，为你治一颗小印（31号可取），算是对你乖的一种奖励。你可以用这颗图章开空头支票，开得满天飞，飞得跟满天飞的情书一样（"支票与情书齐飞"）。自从"众师情人"到"文化界的大众情人"，你一共写过多少情书？萧××真傻，他应该遍访天下，把这本"小Y情书"印出来。

明天，8点钟，东门（非北投）美而廉，见。

老黑　1967年3月28日清早

十三

小Y：

刚去车站送老太太返中。

你那条绣黄玫瑰花的手帕，掉在车里了。

孙博士的信，还在车里。

还有太阳镜。

今天又忙又热。

送你一套彩笔、夹子两个、小书一册。

敖之　1967年3月30日

十四

小Y：

有时候，我把车停在隔壁的巷子里（公用电话那一条巷），使熟朋友以为我不在家，我好不受干扰，多一点时间工作——这算不算"工于心计"之一？

你怎么这么早就上班了？今天 7 点三刻，是不是你在四楼阳台上散步，享受"曦"光？你猜我怎么知道？我"闻"出来的。

这一阵子我起得太早了，阳光之下，工作效率甚低。我决定恢复我那晚起的好习惯——直到第二次胃溃疡为止。

午后为你去拿图章，不料他们不守信，要明天才能好。你在淡水照的相，也同样要被拖到下星期才能冲洗好。这个世界好像到处都是不守信的人，对你我说来，碰到的不守信的人数你比我还要多一个，因为还有一个李某人。

很想在你下班的时候，把你"掳"过来，请你喝一杯咖啡。你辛苦了一天，晚上还要上课，实在该喝杯咖啡提提神。怎么样，我的小人质，过来喝一杯如何？

1967 年 3 月 31 日

十五

今晚吃了一个大白苹果的"心儿"：

还有什么能比得过看你"谈笑风生"，享受跟你在一起的快乐？跟你在一起的时候，一切"除了小 Y"以外的事都云散烟消，你会觉得你飘在云里、浮在水上，飘浮之间，你会感到生命与原始、色彩与天籁。你不再 Dirt。在她轻盈的笑谈中，你已被洗练——你是一头"小白驴"。

丁尼生说纯爱 keep down the base in man，对我说来，小 Y 的圣洁，实在已把我洗练得不敢再碰她。她喊痛过，叫怕过，惹得你无限怜爱，使你不忍心再使她感到"屈辱"——在她还没放弃这种观念的时候。

"凡有翅的",可以盘旋攫获;"凡没有翅的",请勿动手。弱肉已不再被强食,要慢慢地,忍耐、等待,从食指开始。

我从泥土里来,又要归于泥土。在来临与归去间,我的生命将被烛油烫醒。泰戈尔已叮咛过:"不要忘记那执灯的人。"我不会忘记,直到"天边",直到永远。

又是深夜,小黑已睡,小猫已睡,小 Y 已睡。今晚,小 Y 会不会"午夜梦回"?梦不要回,等着我,我会用四只脚,跑到你梦中。

1967 年 3 月的最后一夜

十六

今天早上,小心儿看不到我的车。是不是又撞车了,还是去北投风流没回来?都不是都不是。今天早上 7 点半要"教育召集",要花一上午的时间去军队。这是戒严地区,我是壮丁。

凡有印的,都要开空头支票;凡没有印的,都不开。小 Y 小心呵小心,小心儿小心呵小心。不然的话,段 ×× 近了。

大雨时候,我赶到杭州南路,又绕到南门市场,转了两次,都找不到你,我想送你上学,我怕雨淋了你。虽然我知道你喜欢被雨淋(像查泰莱夫人?),可是我不准,我不要你在大雨中诗意。如果你实在有"被淋症"(又以名词加入!),还是到我那"联合国"的浴室来吧。在淋浴喷头底下,随你诗意去。我答应不偷看你洗澡,因为我只要听,就很满足了。

真不知道什么时候才能见到你,才能亲你,亲你的小嘴唇,亲你的小耳朵。我真不敢再约你,我怕你会再说出伤我的话(你很难相信吧?我真的心会痛)。何况有一个人知道了,还会表演血压高、吃蛋糕。小 Y 夹在中间，该多可怜。

我的小 Y 已经很可怜了，不能再可怜。

真没想到 3 月 29 号你竟为我请假，你真好。今天下午我颇埋怨那位资本家，埋怨他不通"官方'店'限"，3 月 29 号，实在该放假。

有一个关于你们隔壁的消息，要不要说给你？还是当面说吧。

1967 年 4 月 3—4 日

十七

Y：

是不是出了什么事情？傍晚回家，发现我留给你的"C"依然在报箱中。小和尚说早上 10 点看到过你（在阳台上），怎么 10 点后就失掉了你的消息？（是不是偷"头发"时被逮住了？）

今天收到台北市政府转来的挂号信，正式查禁我的《闽变研究与文星讼案》，不出我所料，"把柄"果然消失了。

"台湾历史博物馆"的"碧血黄花史迹展览"一定不错，你可愿看一看？"倦态"恢复了吗？昨晚你真是"倦态毕露"！

彩色照片洗好了，怎么样交给你？看我这些"C"都不能如期送达，我真怕丢掉。

信箱信被丢石头的 1967 年 4 月 6 日

十八

小 Y，最后一声喊邻居的：

这不算是季子挂剑，但总算是我久已心许的一点小礼物。这种 Parker 75 型的钢笔不能刻字，所以我先把一个美丽的名字，刻在象牙上。

钢笔，我已替你装好一次你喜欢的墨水；圆珠笔，我代你换成红色，虽然用红笔写信的日子，已经消逝，但"以备不时之需"，也是好的。

"走这道楼梯的日子"，到底已近尾声。我不知道我还能说些什么。我只清楚地知道，我不会再站在第四扇窗前，第四扇对我说来，不再有窗，也不再有窗外。恰像那失去小白驴的朋友，我回到了寂寞，又回到孤单。

你，不再是邻居，而我，却是被留在隔壁的守夜者。你的离去，使墙和空气完全不同。我承担的，是一切你留下的触忆。你给了我属于我的一切，带走的，只是一片彩云。

写这封信，几次被泪水搅乱，我奇怪今晚我竟忍不住它。你也奇怪吧。Y，一个对你"板脸"并说"我不对女人太好"的肉食者，竟也有这样的时候。

敫之　1967年4月7日

十九

小Y：

今天是第二个看不到你的星期天。你上体育课回来，一个人在做什么？是不是在写信给我？还是在修铅笔，含着眼泪，想那当年为你修铅笔的小男生？我在一家文具店里，为你买到一个双孔的小修铅笔刀，是德国货，随信寄给你，你可喜欢？它可帮你追回一些你想追回的？效果如何，别忘了写信告诉我。

林海音居然也有一本《外套》，被我征收过来，也随信寄上。如果方便，可不可以用林海音这本来代替刘心皇那一本？刘心皇是书籍交流上的小气鬼，能还他一本，也是好的，留着机会，以后再伺机吃他。如果刘心皇的那本已派了用场,就不必收回,没有什么关系。

林海音又送我四张大屁股女人,是日本货,难看死了。她的《纯文学》要纪念戴望舒,找来找去找不到戴望舒的名诗——《雨巷》,只好由"资料贩子"提供,她为之"喜出望外〔套亡〕"。

我手抄了一份《雨巷》给你,你觉得如何?诗是早期的,但比起"天空多么希腊"派的所谓现代派新诗,似乎还好一点。

你遗憾我不写新诗,其实我不懂所谓现代派新诗,我所懂的,就是所谓现代派新诗的赝品,我自诩懂得什么不是真的诗、什么是狗屁的"诗"、什么是狗屁又狗屁的"诗"。对诗的看法(对此地的所谓诗的看法),和我对小说的"成见"差不多,对小说的"成见",我早在《没有窗,哪有"窗外"?》发泄过了。所以我不写新诗的缘故,乃是因为我写不出这个地区所认定的所谓"诗"。所以(又是所以),我没有"新诗",只有嘲笑。你又会说我刻薄了,是不是?如果你这样说,我就会收敛一点刻薄,"忠厚"一点,虽然明知道我再"忠厚",也进不了"好人好事"的选拔,或是他妈妈的"道德重整会"。

昨天听说林语堂上次谈鲁迅的文章,曾被委婉腰斩,林语堂也真可怜。我认为,他至少该早死十年。他的"晚节",实在表现得欠佳。此地抱屁股的文人多得很了,又何必劳他插一脚?当然,林语堂也谈了一些别人一谈就会出事的主题(如改革汉字之类,如由我李敖谈出,一定被戴上"隔海唱和"的帽子),这也算是他"言人所不敢言"吧?可是依我看来,正因为以林语堂的身份,他所谈的范围,才不应止于此。记得上次李方桂回来,姚从吾请吃饭,李方桂点名要"见见李敖",所以我也出席了。饭后毛子水和我有一场对话,大意如下:

李:"毛先生,以您的身份和地位,实在该写点激烈一点的文章,批评批评时政。"

毛："李敖呵！你不知道，我写文章，也和你一样，有剃刀边缘，文章写激烈了，还是会出事的。"

李："我不太同意毛先生对剃刀边缘的解释。毛先生的剃刀边缘，自和一般匹夫匹妇不同。一般人写三分，就要被抓起来，坐老虎凳。可是毛先生写十分，也不一定被捕，即使被捕了，充其量也不过失掉自由，在监狱中还是要被相当礼遇的，毛先生写文章的最坏后果既不过如此，为什么不多给青年朋友做做榜样呢？"

这段对话的基本意思，施之于林语堂，也是如此。香港正文出版社出资三万元，约我写一本《林语堂论》，我现在还没作最后决定。如果我写，这段意思，我一定要反复说明。你以为何如？

1967年4月9日

昨晚看了一场《太阳浴血记》。这部片子给我的感觉是：它把情与欲、爱与恨、生与死，都糅在一起，尤其最后以枪互击而又叫号呼唤那一幕，更可反证我这种感觉。谁能想到世界上居然还有另外一类人，他们只有情爱，没有（不是没有，是否定）欲恨，只有抽象的永生，没有实质的"同归于尽"或"与子偕亡"。我觉得这类人的爱，实在也并不比《卡门》或《太阳浴血记》中的主角们（非白领阶层或什么什么公爵或夫人阶层的）高级到哪儿去，当然我也并非说这种人不高级，我是说：如果这种人自以为比另一型的高级，那就错了。有灵固然高级，有灵有肉又何尝不高级？一般来说，唯灵者常常过度自豪他们灵的成分，甚至武断地抹杀有灵有肉者中灵的成分——总以为"那些人只是一堆肉，只是一幅裸肉横陈的春宫图"！殊不知灵肉一致的愉快,远不是一般"芽芽爱情"者所能领略的。女诗人的丈夫不是写过这样的句子吗?

> For pleasant is this flesh
> Our soul in its rose-mesh
> Pulled oven to the earth
> still yearns for rest

灵魂唯有在愉快的肉体中间——那"玫瑰网眼中间"——才能倾向大地,热望休息。可怜的小Y,你要到什么时候,才能同意我们这些"异端的哲学"呢?要到什么时候,才能献身给男子汉,让他"蹂躏"你呢?

敖之 1967年4月10日醒来

二十

小Y,走在路上一边走一边哭的:

没想到你的第一号信(算是第一号吧?),竟是亲投的,我预感到你今天会来。上星期六,小和尚碰到在你们隔壁做事的东吴张小姐,顺便带她到我这儿小坐,张小姐说下星期一要来领薪水,我猜你也许会来,你果然来了——"脚步放得很轻"地来了。

你还会再来吗?还会替我擦烟斗吗?

在你第一页的信背后,有一只死蚊子,也有血,是不是小Y的血?我好羡慕能吸血的。自从你不再是邻居,我连用DDT打蚊子的心情都没有了,能吸血的去叮谁我也不管了,我感到很空虚。有时候,我真不明白为什么你要发明这不见面的主意。你可知道你这个主意制造出多少眼泪吗？唉，小 Y，你是"十二个抽象字眼的迷信家"！

你的主意的后果，使"胜利者"和"失败者"并无不同。失败者变成了曼斯坦（Erich Von Manstem）所谓"失去的胜利"，胜利者又变成海明威所写的毫无所得。你呵，小 Y，你是"战争后果的破坏者"！

想我吗？一边走一边哭的小 Y，还敢再嘴硬说不想我吗？我不像你那么"虚伪"，我干脆承认我好想你好想你，我的"姨太太"也好想你好想你。你的眼镜、你的桥牌、你的"欲之上"……都还在"姨太太"那里，一切都没有变，唯一变的，只是不再见到我身边的人。在 15-16216，我曾跟我身边的小 Y 度过多少甜蜜的回忆，曾有多少亲近、多少抚摸、多少许诺与欣喜、多少欣喜与哀愁。如今，这些，都转变成"两地书"，唯一不同的是我不会称你作"广平兄"，你不是"兄"，因为你没有资格（缺乏"且"），还是让我来称你作"小 Y"。……我不该在乎过去别人怎么称呼过你，不是吗？因为过去的小 Y，并没有"开始"，而我，现在正写"创世纪"。

今天傍晚，有一个极令人不舒服的消息（内容和女人无关的），信里无法写，只好以后见面再说。我只告诉你，这个消息要使我的签名变成"李敖"，你明白了吧。

1967 年 4 月 10 日夜 1 时

我"幽默"余光中，本来想写"如来佛掌上有尿，余光中掌上有雨"。后怕他小心眼生气，就没这样写了。

二十一

小Y，忍不住又要被称为亲爱的：

王敬羲（香港正文出版社的头儿，约我写专书评林语堂的）从美国返回香港地区，写了一篇文章——《曼肯与李敖》，发表在1966年12月17号的香港《中国学生周报》（台湾买不到），他寄来剪报一份给我，我复印一份，送给小Y看。

王敬羲是《文星丛刊》187号《暴雨骤来》的作者，又著有《岁月之歌》《雨季》等，译有《林肯在伊利诺伊州》《明前来华的传教士》《总主教之死》等，师大毕业，是余光中他们的好朋友。

余光中、夏菁常常跟我提到王敬羲如何如何，并说敬羲的性格跟李敖最近。后来王敬羲从香港来台，我们终于见了面。我们的初次对话是：

李敖："喂，他妈的王敬羲！"
王敬羲："喂，王八蛋李敖！"

以下的话不必细表啦。

梁实秋跟我讲了一个笑话，他说每次王敬羲离开梁府，都要偷偷在门口留下一泡小便才去。梁实秋一直装作不知道。有一天，王敬羲居然很神气地自动招出来，他说："每次我都撒泡尿才走，梁先生知道吗？"梁先生答道："我早知道，因为你不撒尿，下次就找不到我家啦！"

这个故事，叫"姜是老的辣"。

很高兴你"慨允"我"有权处理"照片摆的地方，收到你的信后，我立刻把Y女士的投影放在书桌前面。晚间一个师大艺术系毕业的朋友林惺岳（在《文星》写文章批评刘国松的）到我家来，一眼就看到你的照片，大叫道："我知道她，她是小Y！"——我想我们之间的罗曼史，慢慢要传出去了。

你说："……你得答应，不要为了生我的气，或别的原因而不给我写信。"我好喜欢你这样说。其实，小Y想想看，我怎么会不给你写信呢？写信似乎已是我们之间唯一的连锁——唯一你批准的连锁，我不会再失去，在你我之间，你收回的，业已太多，只剩了这么一点了。

1967年4月11日夜1点半

二十二

我每一小时都想到好几次的小Y：

你的蝴蝶的故事真是美丽的故事。你说我会想起"庄周变蝴蝶"，我不但这样想，还同时想到一句西谚：When I play with my cat, who knows whether she is not amusing herself with me more than I with her. 当蝴蝶停在你的袖口上的时候，谁能说它不是在洋溢着惊奇，惊奇着凝视小Y的表情呢？

你居然有这种逸兴，居然看起坟来，居然想起了埋骨之地。你说我可活到六十岁，那时候你五十一岁了，要不要come die with me？也许我们不能"生同居"，但又怎么一定说不可能"死同穴"呢？青山绿水之间，皇天后土之侧，如果你我死在一起，又有什么不好？至少那时候，你真正达到了"与鬼为邻"的境界，我也真正享受到"倩女幽魂"。怎么样，小Y，你赞成也未？

××真是浑球，我早就知道他是。你见过1965年7月26号《公论报》上他的"××××××"吗？他的天资是一减一，IQ等于零。

他居然还加入"众师"的一列，而为"众师情人"的一员，真好玩。他居然学董仲舒，向女弟子献"天人三策"，究其微意，只不过是希望女弟子能够续留校中，续供群老清赏意化已耳！你说："他的下策倒是个上策"，难道你真的红鸾星动？我是反对婚姻的，起码赞成试婚制，你如果结婚，别忘了要先试试。Jean Harlow 不就是没先试婚，结果碰到个阳痿丈夫吗？要知道丈夫是不是阳痿，我看还是先到我身边来吧。……

看完我这些话，你要如××所说的"义正词严"吗？也许你不这样，你只把我的话当疯话，其实，我倒真是蛮"义正词严"的——我真不知道警告小Y不要嫁个阳痿丈夫这件事，有什么不对。在小Y一生中，难道还会有第二个男人，会这样坦诚地开导她吗？除了李敖，又有谁行？又有谁能？

依我看来，上、中、下三策你都不必急于实现，还是先享受享受人生再说。我还是忘不了去日月潭的事，毕业以后，何去何从，何必先考虑？何不先去逛逛日月潭，带着你的散文小说，让我替你选一选？你难道真的打定主意，不再见我吗？难道真的横下心来把我放逐吗？难道真的永远做毫无所得的胜利者，不许我"征服"吗？唉，小Y，你对我好不公平！你对任何人，都比对我宽大，别人可以陪你上课，接你放学，去看电影，或是去明星喝咖啡……可是我却被你吹得远远的，做"一个住在远处的好朋友"，罚谈永无止境的精神恋爱——如果不"殇"，直谈到六十岁！唉，小Y，你对你的"情人"好"刻薄"呵！

你可知道，小Y，五天来，我想你想成什么样子吗？你永不会知道我想念你的程度，我想你想得觉都睡不好。我是一条鱼，可是像是一条被搁浅在沙滩上的，在太阳下浴血，靠"双鲤鱼"营生，好不悲哀、好不孤寂。设法多给我一点吧,我的小 Y,多给我一点温暖和爱,我被你放逐得快死了,乘风而去,像一首"蝶恋花",你难道真的要我先在"佳城"中等你? and die for beauty ? 有一天我死了,不要忘了用你的头发陪我,为我殉葬,我睡觉都需要它,何况是长眠?别忘了。小 Y,我跟你的长发同在。你的长发,跟我同在。

1967 年 4 月 12 日夜 2 时一刻

一、后天要出庭,今天赶了一个状子,好长的状子。

二、先寄上照片两张给你。

二十三

亲爱的小 Y(肉麻一点,亲爱的小心肝):

今天是星期五,又一个星期五。自从上星期五送你上学后,足足一个星期没听到你的声音了!你可知道一星期是多长的时间?一星期有七个白天、七个晚上、七个孤寂的日夜、一百六十八个空虚的小时、一万零八十个"没有小 Y"的分钟。……在这漫长的时间里,小 Y 逼我一个人去过。而小 Y 自己,却自自在在地睡睡睡,从日上三竿直睡到月移花影,睡醒以后,却又翻开《左传》,大读隐公元年"不及黄泉,无相见也"那一段!

哦!小 Y,你真的一狠心一跺脚,决定不再见我了吗?如果我答应不再抱你上床,你是不是还是不改你的决定?告诉我要我怎样做,你才"回心转意"?即使我是囚犯,你也该来探探监吧?在我最不如意的时候,难道你——我的小 Y——也要落井下石吗?吓!你们女人!

你的短信已收到,刘心皇的"外套"已穿上,他不会再吃"伤风克"了,即使他是"穷人"。

今天收到《××》作者的一封信,寄给我一份剪报,是刘吕润璧发行的《中国妇女》第443期。内有柯允升的一篇《读上下古今谈有感》,随信转送给你。这个杂志,四年前曾大骂特骂我,现在我"从良"了,它好像也"从良"了。

《××》作者信中最后一段是:"我把月亮踢回天上去了,不过我本来也不会再写什么了。"不知她何所指。是不是为了有人骂她是"歪嘴巴",因而看破红尘?因而粉拳绣腿,祸延嫦娥之所居?我总觉得台湾的月亮是全世界最可怜的月亮,必须被那么多的"文协""作协"的人物搬来踢去,同时被"绑"在诗文小说之中,饱受眼泪和调戏。婵娟有知,它所受的痛苦,绝不在洋鬼子的火箭射击之下。总有一天,月神会联合宇宙中的各路恒星、行星,一同向地球宣战!"月不堪其扰",有以哉!

青年作协1月21号开会开除那"品行不端"者,"Y理事"可曾"躬与其役"?我猜你没有。记得上次"中国文协"开除心有锁者,心有锁者悲哀了,诉之梁实秋。梁曰:"他们和你都不对。他们不对,因为他们不该开除你;你不对,因为你不该参加。"算是一言提醒锁中人,于是悲哀的人有福了,因为她不再悲哀。青年作协本为"抵制""中国文协"而设,"中国文协"既有女外向,青年作协安能不严惩内奸?唯事有危险者,即"品行不端"一项,罪名实太广泛,若执此圣贤尺码一一相绳,恐怕除"Y理事"外,都要被开除,于是成群结队的局面势必改组,而成另一个招牌下的群队,那时候,"品行不端"之尤者又有福了,因为他会做总干事,会呼啸一声,同奔石门水库或其他,红男绿女,大家一齐踢月亮。

自古以来,成群结队之效果,大率类此。"从世界边缘走过,以历史为生"的人,静观这种活剧,真是所阅已多。呜呼!台湾地区的文学家!

你威胁我说如果再在信中嘲笑你,你就不再写信,我吓坏了。你诡言你的眼泪,"只不过是刹那的真实",就算你所言属实吧!有"真实","刹那"也好,只希望刹那刹那又刹那,不停地刹那起来,直刹那成一座养鱼的泪库,那时候,我盼望我不会游泳,我是淹死的"诗人"。

1967年4月14日夜4点40分

二十四

亲爱的小Y:

明天(22号星期六)下午3点,我把门开开,等你来。别忘了带"幸福"的感觉,带着那"想念""温柔"和"宽恕",别忘了带"小盒子"。明天,我们不会再在纸上"因情生怨";明天,我们不用文字来融化一切。

敖之 1967年4月21日星期五

二十五

小Y,甘心把我宠坏的:

真没想到你做了这么精致的生日卡送给我,就凭这张卡,我就可以活到你所规定的六十岁,像沙漠里的仙人掌一般地活到六十岁,像盆景里的仙人掌一般地活到六十岁。本来,活到六十岁就"大限已至",可是忽然看到你在生日卡中的那张小照片,那可爱的笑脸,我又高兴了,高兴得自动延长二十年,活八十岁,准备祝寿吧。小Y,什么祝寿的节目都可以,只是别叫"梦土上"的所谓诗人来写"仁者无敌"那一套。(来一个新解,因为我的"敌"人太多了!)

真的，小Y，真的，你真的把我宠坏了——我一个人已经不肯再洗澡。从前天以来，我一直飘飘的，"而寂寞不在"，你知道我一直在盼望什么，我盼望时光倒流、盼望欢乐长驻、盼望历史重演、盼望永远跟你在浴室里，永远不出来。被你宠被你照顾，是一种"幸福"，我不需要看那场《幸福》，因为我自己，不是别的，正是《幸福》的剧中人。

你这篇写××的文章，我真喜欢，我读了又读。我认为，这该是你发表作品中最好的一篇，我没机会拜读你所有的作品，但我大胆怀疑还能有比写××的更好的（至多跟××一样好）。因为××一文已写得至矣尽矣不能更好矣。写到这里，我愈来愈自信我最能代你选文章了，我觉得我最能"鉴定"你、"检验"你，虽然我的手边并没有"理事证书"可发。

这两天来一直忙着一件事：我看见殷海光面黄肌瘦，把他拉到医院检查，不料检查之下，竟是胃癌！医生说恐无希望，我现在已替他办好住院手续，还无法把最后结果告诉他和他太太，我很苦恼。今早写信给资本家，我说："殷先生在目前处境下，治病也好、送死也罢，我是最后的人。"一代自由主义者，下场竟是如此。殷已有预感，他要求死后火葬，灰撒太平洋中，在花莲附近朝东方海上立一小碑，上书："自由思想家殷海光之墓"。

还要再去医院，先写到这儿，明天15点东门见。

想在宜兰的小Y的敖之　1967年4月23日

二十六

我亲爱的亲爱的小Y：

我好想你好想你，不管你吹不吹气，不管你吐不吐气，我反正想你，想定了！

提到吹吐气，我忽然想到那个"吐纳术"的术语，你可知道什么是"吐纳术"吗？你要不要学？

昨天过了一个没有小 Y 在身边的星期二，也是一个没有小 Y 在身边的生日。昨天中午是我请保险公司的六位朋友吃饭，晚上是朋友请我。上下午都在医院，殷海光已转入台大医院，萧孟能也住在台大医院（呼吸器官的毛病），我向他们说："我到台大医院来，一举两得！"其实不单是两得，该是四得，因为我的朋友王小痴也住院了，刘心皇也住院了。现在台大医院已客满，萧孟能住进来，还是一个朋友让出的床位！你说医院的生意多好！

殷海光转医院的缘故是两个台大医院的实习医生说台大可以会诊，手术好一点。昨天上午转院的时候，正巧国民党中央第六组主任也撞车住院，结果情报人员云集。我在跟特务们嘻嘻哈哈一阵后，转过头来跟那位说我被国民党收买的"福建人"（陈鼓应）说："这回你更要在外面宣传我是'国特'了吧？"他的脸红了一阵，他说："你怎么知道我这样说过你？"我说："因为我是那个呀！"

"福建人"本来是老国民党员，后来投奔张其昀门下，拍马不成，被赶下山门，回头又做自由主义者了！好可怜的自由主义者！昨天我讽刺他说："世界上只有自己没根子的人，才会怀疑别人根子浅！"这些浑蛋东西，他们的浮萍本性，真是丑极了！

昨天下午又跟雷震太太聊了一阵，她说雷震身体很好，我开玩笑说："如果六年半前殷先生陪雷先生一块儿坐牢，他的胃癌也许不会生了！"

他妈的宏恩医院真是竹杠医院，殷海光住三天，花掉我三千五百块！

敖之，小 Y 的　1967 年 4 月 26 日晨

二十七

我的小情人：

昨天寄13号信印刷品《菜园怀台杂思》一册给你，你收到了吗？

从星期一（24号）以后，我的右手就有点不对劲起来（不属于阿Q摸了小尼姑以后的那种不对劲），它不会忘记它在饭桌旁边摸到了什么，也不会忘记后来在绍兴南街的汽车里摸到了什么，那细嫩的、光滑的、柔软的、温暖的、香味的，使人不能自制而要渴望吮吸它的，是什么？喂，小Y，别以为它是你的，它是我的。如果你一定说它是你的，那么你是我的，所以一代换，它还是我的。

为了它，我觉得我有几分阿Q——身为一个失败者，我竟有几分胜利的感觉。这不是嘲弄、不是得意，而是幸福，一种"黏"在可爱的小Y的身边的幸福。（我想到在"统一"楼下我偎在你身边那一幕，我好恬适，只有在你身边才有这种恬适。你在那时候第一次承认我是你的情人，忘了吗？）

准备考试的效果如何？考试真是他奶奶的，我最恨任何形式的考试。我一辈子不会再参加任何考试。"烤狱"是一种戕害性灵的玩意儿，是一种骗术。今日台湾教育最大的成效是训练出一批批考试机器，一批批善于应付考试的机器。这种机器的性能是：(1) 不需博闻而只需强记，尤其是强记笔记；(2) 字写得好（这是Y小姐招亲的第一标准）；(3) 字写得快；(4) 能把强记的笔记在一小时内全部写出来……这种样子教育出来的青年人，一离开考场、一进入活生生的社会、一碰到跳动性的知识，便显得手足无措，方寸大乱。台湾今日教育的危机，还不配称为制造"读书机器"，乃是十足的制造"考试机器"，青年人之缺乏性灵、缺乏特立独行、缺乏进步性的见地、缺乏启发性的思考能力与怀疑能力,都是清一色的齐头齐脚的考试制度之过!所以我说,考试是一种骗术,其技无他,合于上列(1)(2)(3)(4)者斯可矣。自中山奖学金以下,考试制所考出来的书呆子,你我都见过了,呜呼,可怜哉!

昨天有一个"神秘人物"到我家,后同他一起吃晚饭,星期六见面再谈。星期六晚上齐世英请晚饭,我们一起去好不好?星期六能不能早一点见你?想多一点时间跟你在一起。

敖之 1967年4月27日

二十八

小Y:

用新钢笔给你写信。这支钢笔也是派克75,是我三姐和她丈夫送的生日礼物。

收到你29号写的信和信上的"戴笠"造像。你提到《电影沙龙》中"××"的文字,我竟疏忽没看到!(拿到《电影沙龙》,我只看了小Y的文字,别的都没注意。)我觉得你实在可以兼作影评家!你竟有这种写多种style的本领,我好嫉妒!我本来只以为我才有这种绝技,没想到居然政治大学的一位女学生也有,我怎么能不气!幸亏"你是我的",所以本天才才"稍慰于心"。

又收到你28号写的直寄信箱的信,好高兴。真的如你所说,这回信箱中只有你的一封。从箱中拿出你的信,好像你从箱中走出来。(不是"箱尸"复活!)好像你是《天方夜谭》中的人物,小大由之。只可惜没有秃脑袋和秃脑袋后面的小辫儿,所以你还不够资格做魔鬼,只好去做"魔鬼的门徒"吧!

昨天也真好玩,在草山①走入"大成楼",在台北走入"孔庙"(那奉台湾当局领导人命令不准任何机关人士借用占用的"孔庙"!),竟跟孔老头儿这样有缘!说不定你我死后,有人会恶作剧地把我们"配享"进去呢!别忘了朱彝尊的"吾宁不食两虎豚,不删风骚二百韵"!这真是两句好诗。

在亚士都又是右手接触你,我的右手真要"缪斯"起来。

昨天送你回去后,没想到半夜三更,我竟去了一次板桥的郊外。路真难走,夜里开车,蛮有恐怖镜头。

下个月就毕业了,小Y,日月潭计划如何了?五年的大学生涯,岂不该有一个"泛湖"的计划?劝君三思后,速赐佳音。

殷海光今早开刀,打开后,医生犹豫不决,不知是割好还是不割好。最后还是决定割,结果胃切去三分之二,肠切去一截,毒菌已蔓延到淋巴系统,故已无生望,现在只有等死。刚才我第二次去看他,等一会儿夜深时再去。因为他太太在医院,傍晚我特别到他家看看他的小女儿,一个人在跟狗玩,好可怜!

敖之　1967年5月1日

二十九

亲爱的"××":

你"可以让心中那点叛逆的血液在教养和教育中'冷却'"吗?你可知道叛念一萌,就无法斩尽杀绝吗?你不想做叛逆,"只想再变成一个小女孩,安于环境、安于保护",你做得到吗?在老早老早以前,在有蛇和苹果的时代,就有人开始了失败,又何况你!你可以用

---

① 台北阳明山。

不写信表示"胜利",用"拒绝了他的邀约"表示冷却,用4点半有另一个约会来缩短你刻意想缩短的一切;但是,小Y,你可知道"叛逆之王"怎样在"静观"你吗?

收到陌生人的一封信,先问我"近来道德文章有何进展",然后说:"我是以您为榜样充实自己、自强自励的一个人,早想和您结识,恨无机缘,唯心仪而已,知您斗酒情豪,几时能对饮一杯?兹寄拙作诗集《青春之歌》一册,聊表敬意,敬请指正。"……

前天送你回去后,跟台大的一个小讲师去看电影、看殷海光,后来两人大战象棋,下到清早4点,互有胜负。后来他在我客厅沙发上过夜。到了昨天清早,他忽跑到我卧室,把我叫醒,惊呼:"要命的,敲门的又来了!"我说:"他们要来得这么勤,我干脆就住在里面算啦!"结果房门开处,进来的是——洗衣服的。

昨天下午又跑到南港,在胡适纪念馆和胡适墓上走动一番,带回几张卡片,分两张给你。

前天看的电影是《锦绣大地》(*The Big Country*),以前我没看过。明明是强者,却要蒙受懦夫之名,刻画这种矛盾是这部电影的成功处。小讲师说:"这部电影恐怕你看了会别有会心。"他说得对。(我说。)他说得对不对?(你说。)

明天下午3点,在门之东。有情人相候,寻水之湄。

敖之 1967年5月5日

三十

我心爱的小Y:

今晚跟殷海光聊天两个多小时后,回来收到你的限时信,知道你也"撞车相报",为之心焦。唉,小Y,你好叫人操心,你一离开我,便会有不安全的事发生,你说多糟!你说你该不该时时刻刻跟我在一起,让我保护你?你说该也不该?我昨天提议你陪我睡觉,你竟目为笑谈,想想看昨晚你若陪我睡,"春风几度",包你今早容光焕发,精神饱满,哪会有撞车的事发生呢?你呀,都是因为你不听话,所以落到撞车的下场。还是快快听话,到我身边来吧(我又想起,你何不到我家里来养伤,让我来照顾你?明早打电话时,我会这样提议)。

关心你的伤势,真关心。

今天早上管区警察送一台北地方法院检察官的起诉书[1967 年起字第(5148)号],把我依"'刑法'第一百四十条第一项之罪"提起公诉,说我"妨害公务"("刑法"第一百四十条:于公务员依法执行职务时,当场侮辱或对于其依法执行之职务公然侮辱者,处六月以下有期徒刑、拘役或一百元以下罚金)。这件案子,似乎也是官方对我一连串有意的"显示颜色"之一(这件案子是"台湾高等法院首席检察官发交侦办"的)。

以上 1967 年 5 月 7 日写

昨天一个台大学生告诉我五四之夜"成群结队"时有人问你的问题,蛮有趣的。

这两次会面,我们一再看坟访墓,好像与死人结缘。有时我真觉得,活在这个岛上真是生不如死,乃至虽生犹死。时代与环境仿佛是一条生死线,生死线上既是如此,生死线外不知是什么。

昨天下午 1 点半到 4 点半,我在国宾饭店游了三小时泳,五年没下水了,游来游去,颇觉畅快,希望你快快把伤养好,一块儿去玩几次。

敖之　1967 年 5 月 8 日早上要给你打电话前

三十一

亲爱的小Y：

今天一天没得到你的信息。信息者，书信及声息是也，前者靠邮筒，后者靠电话，今天一天都没有利用这些，由此可证：小Y是反对现代文明的。你可以去参加中国文化复兴运动，挤在"孔庙"中，一起去吃冷猪肉！

前两天听说的：我们的观光局已经决定用"孔夫子像"做市招，印大量的观光海报，以为这个地区的象征。日本是富士山、西班牙是斗牛，我们不是山水，也不是牛马，而是一个两千年前老掉门牙的老头儿！你说可叹不可叹？孔丘乘桴浮于海后，竟漂到台湾来啦！

你送我的三个柿饼，今天已到了不得不忍痛丢掉的程度了，我只好把三个封套留下，柿饼丢掉，我好心痛，痛得敢说不在你的伤口之下。你的伤口怎样了？怎么也不写信告诉我一声？你是不是以叫我操心为乐？还是跟你那位同室操"车"者正在一块儿楚囚对泣？别忘了哭的时候请专用左眼，右面那一只，为伤口起见，总以避免洒泪为宜。

柏杨前些日子转来一份2月20号的《国语日报》，上有消息如下：

李敖还没卖牛肉面

已买了一部小汽车

李敖上次登报卖书，说是为了筹卖牛肉面本钱，预约情形不坏。最近，李敖已经买了一部裕隆公司出品的小汽车，筹设牛肉摊的事，还没有下文。

这个消息纯粹是恶意的，《国语日报》社长洪炎秋曾跟我有官司，所以这次来这么一段故布疑窦的消息，以使读者误解，他们真下流。他们为什么不敢说我的书因被非法查禁而闹得亏累不堪！今日的新闻界真是小人！5月4号的《自立晚报》上登出殷海光住院的消息，也是同一手法，说殷海光之所以"中辍其写作"，不是"由于外来原因而搁笔"，而是因为生病，对极权者压迫殷海光之事，竟只字不提！这就是所谓自由新闻界的自由！小Y你说说看，他们王八蛋不王八蛋？

想小Y的，盼小Y早早康复的　1967年5月9日夜1点三刻

三十二

亲爱的小Y：

你要我"如果下次你不给我写信时，请先写信通知我一下"。你写这话时，可曾想到你的"作风"吗？从5月11号以后一连四天没收到你的信，5月15号傍晚才收到一封，不写信的作风，似乎阁下是始作俑者。我只不过是稍稍回敬了一下，你就开始抱怨了，咳，还没学会如何讲理的小Y！

每当女人对我不太好的时候，我便习惯性地加倍对她不好，这就是我所说的："我不对女人太好！"所以，我似乎是一个喜欢还以颜色的人，我说过："如果我不能厚颜，那么就让我小气吧！"很多人被误以为大度，其实那种大度，只是厚颜耳！我宁愿小气，不愿厚颜。欧风东渐以后，许多摩登女性学会了屈辱男人以垫高自己的高贵的手法，许多男人也甘于低贱，觉得被屈辱为荣，我只有"佩服"他们，我做不到，算我脾气坏吧！

你的伤是不是好到能上课的程度，却没好到能见我的程度？

这一阵，法院麻烦又是不断，明天下午高等法院开庭（是与胡秋原的案子），22号上午又有地方法院的庭审（是地院检察官奉命提起

我"妨害公务"的公诉,说我写文章骂了法院),真他妈的讨厌!

送一张我在"国宾游泳池"的照片给你,我题为"赤诚相见",其实你见过我更赤诚的时候,不是吗?"国宾游泳池"很干净,在水底潜水,颇有水晶宫外的味道,可为尊文做一注解也。

居浩然从澳洲来了一信,称我的生活是 doomsday life,你说像不像?刚才去看了一场《大浪子》,那女主角日光浴的时候真细嫩动人,许多镜头又被电检处的道德家乱剪一通,处此之岛,又有何话好说也哉?

敖之　1967 年 5 月 10 日下午

三十三

亲爱的小人儿:

上午做工做到一半,跑下楼去看信,没有,颇失望;下午做工又做到一半,跑下楼去看信,来了,好高兴。隔壁 21 号楼下开了一家药行,我顺便去买一盒蟑螂药,大概是你有先见之明,怕我一怒而用蟑螂药鸩杀你,所以赶快来信了,你真行。

你的伤有"起色",是第一好消息,只可惜我在这边只能干着急,简直痛莫能助。一切都怪你有一个家,拒我于木屋之外;再就是你对我的特别虐待,许任何人去看你,就是不准我去。两位老师,可以去看你;男朋友(包括有麻脸的和没麻脸的),可以去看你;乃至偷看你的木栅小和尚,如去看你,你也不会反对。唯一可憾者,乃是飞眼勾男人时只能用一只眼,其实说开来,一只眼睛足够用了,倾倒众生,别具只眼而已矣,何劳双瞳剪水哉?

台大学生所说在成群结队会上问你的问题是:"Y,你是不是小姐?"当时发问者发觉这个问题失言,弄得他自己都不好意思,我所听闻者，大意如此，所以我说蛮有趣的。

总之，这是一个谣言岛，你要是为谣言轻信，最后只好去找耳科医生。积十八年之经验，在这岛上，非多少有"不恤人言"的本领不可，你要是怕人说话，你会气得生胃癌、生肝癌、生肠癌，你活该！

大概是刚才买蟑螂药买来的灵感，我忽然想到 William Blake 的那首《毒药树》(*A Poison Tree*)，在这岛上，也许我真该在 3 月 12 号的法定植树日种它几棵毒药树：

In the morning glad I see

My foe ouctstreched beneath the tree.

这是多大快人心的事！

传统的教育只给人一种盲目的爱的哲学，或是粗浅的战争观念，并没给人一种合乎情理的"恨"的训练，这是失败的教育中另一种无形的失败。

会恨人的、会爱 Y 的、会看坟的（不是风水先生）1967 年 5 月 10 日

三十四

小 Y，整天红着双眼见"仇人"的：

这一两天我好忙。昨天与一个香港的出版家谈生意，直谈到夜里 2 点。今早送衣服的来了，可是"不送衣服的"也来了，约我今天吃晚饭，等会儿即赴"鸿门宴"。

你这次撞车没出大祸，足证上天有眼（老天爷幸亏没撞车，否则就上天无眼或有眼也看不见了，那时候，我们的小 Y 岂不要演"盲恋"了吗？那时候，"国联"更要拉你了）。

这封信不多写,只要你为我多多保重,因为你永远是敖之的小Y,你永远是。

1967年5月11日下午5点半

三十五

我的摔下车来的小情人:

你的妈妈不准你骑脚踏车,却准你骑机器脚踏车,我真不知道这是哪一国的妈妈。大概她读了吴稚晖那篇《机器促进大同说》而着了迷,所以只要脚踏车上有"机器",她便放你上街去做敢死队,你说对不对?

今天一直没收到你的信,好不开心。今天星期五,明天是周末,我们足足一个星期没见面了,我好想你好想你,我要问你,你究竟什么时候才肯见我?你再不见我,我会派一个"人"去催你,派那个七星山上的穿睡衣的老头儿!

今天《自立晚报》的一幅漫画,不是画你的吧?因为你是养鱼家,不是钓鱼家。

今天有一个笑话:我把"中国文化学院"的巧立名目说给殷海光听,在座的一个学生谈到"中国文化学院"的哲学系,我在这位哲学教授面前,开玩笑说:"你看,'中国文化学院'也有哲学系,这个学院,除了'水肥系'以外,简直什么系都有!"殷海光冷冷地说:"他们的哲学系,就是'水肥系'!"

你的伤到底怎么样了?你是不是索性将病就病,逃学起来?不但逃学,并且逃出情网?

别忘了当代老子所说的:

情网恢恢,
疏而不失!

你又哪里逃?

敖之 1967年5月12日傍晚

老子第七十三代孙。他叫李耳,我叫李敖,你只要"以耳当目",就成了!

三十六

小丫:

今天上午是地方法院审我"妨害公务"的案子,我把传票一丢,没有理它。法院一方面整天高叫"疏减讼源",一方面却无事生非,由"高等法院首席检察官发交侦办",把李敖两年前的旧文章拿来入罪,你说王八蛋不王八蛋?陆放翁诗:"本来无事只畏扰,扰者才吏非庸人",国民党的可怕"才吏"呀!

Suddenly Last Summer 你说"看不全懂",我的答复是"良有以也"。田纳西·威廉姆斯这个作品,内中重点是写性变态,写男人利用女人勾引男人来鸡奸(鸡奸是男人禽男人屁股),如果你不知道鸡奸情事,你当然"看不全懂"(《阿拉伯的劳伦斯》中,也有一段鸡奸的,土耳其军官鞭打劳伦斯后,半开着门示意那一幕即是。劳伦斯被鸡奸后,人生观大变,此电影后半部之转捩点也)。

昨天看了一场 10:30 P.M. *Summer*(好像每个电影名字都有夏天),对比一男一女,男的是枪杀"奸夫淫妇"者,女的是目击自己丈夫与别人通奸者,处境相同,手法各异。其中还是被电检处大剪刀乱剪一通。在剪刀过境之后，还能把电影看懂者，真是非李先生一类天才莫办。有时候，你会觉得在这个岛上，恰如基督山在那个岛上的监狱里，由那同窗牢友提供片段材料，然后根据天才，连串出全部事实。在这个岛上看电影，实在需要大天才和大悟性。

上面写那个"肏"字，音 cào，该属六书中哪一部？我看这是中国文字中，唯一一个合于六书的字儿。

今天是 22 号，我们已经半个多月没见了，你不给我按摩，我好疲倦。

刁民　1967 年 5 月 22 日早晨

三十七

答应今天给我"青丝"的 Y：

昨晚你"倦"得好可怜！我说送你回家的时候，你"蘐然应之"，如像小学生放学一般。昨晚我得到一个教训："在小 Y 疲倦的时候，躲她远一点！"这不算是我的过敏吧？

今天《联合报》上一条消息，颇为好玩，特剪贴如下（应该贴在"大剪贴本"上的）。这个消息，可参看《上下古今谈》中《可怕的哥哥》，还有那篇孙观汉博士最为倾倒的《论"处女膜整形"》。附上我的《为中国思想趋向求答案》一册，聊博"凡有膜者"的一笑。

这封信，是不是又要"封"而"锁"之？

醒来读 William Blake "*I Asked A Thief*"，读到最后 "And still as a maid/ Enjoy'd the lady" 一段，颇有感触。

苦盼"青丝"濒临"白发"者
1967 年"维也纳"后一日

三十八

Y：

　　因为你的通信地点改变，所以这封信只是试投。三个月不见，你还是一个沉醉于情欲二分法的小孩子吗？我不觉得你有进步，如果你有进步，你早该回来，用身体向我道歉。我并没有如你所说的"重新陌生"，但我非常不高兴你三个月前的态度，你把我当成了什么？"重新陌生"的也许是那个又把"你"当"您"的人，把"大李"当无名人氏的人。有时候，你简直是小孩子，需要 taming，我不知道你还挣扎些什么，反抗些什么，你难道以为你会成功吗？至于我，当然如你所说，有"冷酷的面目"，就凭这副面目，我才混到今天，女人和国民党才不能把我吃掉，否则的话，我还能用"男子汉"的招牌骗人吗？

狂童之狂也者　1967 年 8 月 28 日

三十九

亲爱的"高手"：

　　在飞机场看到你的"背影"，我即先归。独食于羽毛球馆，"怅然久之"。我久已淡然于情，更淡然于旧情，可是这次你回来，却带回我的旧欢新梦，往事非不堪追忆，旧地非不可重游，只看你怀着哪一种心情去处理它。缺陷并非不可忍受，尤其当你尽量找寻不缺陷的部分去冲掉它。你记得我刚走进"新蕾芳 36"，我抱怨了一阵，可是后来泡在温泉里，也就兴高采烈起来。今晚台中一中 1954 年毕业同学聚餐，都是二十年的朋友，相逢之下，令人旧情澎湃！这一阵子竟如此困于前缘，也颇可怪，也许我老了，也许快死了。

号外　1969 年 5 月 27 日深夜

四十

Y：

尼龙套头衫、案头日历、怀中日历、桥牌二副，前晚都由"情敌"导演易文转到。多谢你。前晚我派小八去取，易文似以不能一晤为憾，我说另行电约，由我请他和吴相湘吃饭。他似对吴甚感兴趣。如拍清宫戏或宫闱戏，吴的知识倒颇不少。

我20号的信，想你已收到，但一直没接你信。

以上28号写的，我这几天又得大忙。

"城堡"林不敢印，已归还。

照片三张送你，被洋鬼子包围那一张，高的是《纽约时报》前任驻台记者包德辅（Fox Butterfire），矮的是新任记者沙荡（Donald H. Shapiro）。

敖之　1969年11月30日

四十一

Y：

这是我最近托吴梦秋给你制的小印，不知你可喜欢？我在高中时候，想刻一印，请庄申（庄吉、庄灵的大哥）去办，他替我选了吴梦秋，我看了蛮喜欢。这种文体叫"蝌蚪文"。

你上月24号的信，已收到。

你7号长途电话谈《明报》专栏和《香港影画》（？）专栏的事，我还不太清楚（如次数、时间、字数、性质等），是不是只限于影剧方面的？还是类似我给《台湾日报》写《上下古今谈》那种？我买了一本《香港影画》，可是看不出个所以然。今天接你8号发的信，捉刀之事，绝没问题，只是你必须告诉我我不清楚的那些项目。最好你能开始先带头示范几篇,我再追随或再并驾齐驱或再"超越前进",直到以文贾祸,你被请下专栏之台为止。

萧说用你的旅行证寄出两套《古今》,分寄给王八蛋和你(抱歉如此行文竟使你离王八蛋如此近),你收到否?我的美国朋友 Lynn A. Miles 自东京来,我用他的护照,于昨天又寄出一套给董炎良(我认识董,是此洋鬼介绍的),就是寄给你的第二套,请你对董从即日起,保持监视并讨书状态,直到书要到为止。董若耍赖,我虽不能叫他上文星,可是却能叫他回不了台湾——"告他是匪谍"可也!或叫他仓皇回台湾——"母病,速归"可也!(前者为家有匪谍法,后者为家有"丧"事法。)

这第二套书没寄给王宁生的意思,因由洋鬼出面,而洋鬼正好与董相识,而董正好在邵氏。直寄邵氏,想可稍使你取书方便。

因我已无"民权主义",故每天为"民生主义"神忙一气。

16 号晚上与刘维斌、刘家昌、陆啸钊、老孟等大赌通宵,我惨败。年来"老千"之名,一输而空。输得心痛如绞,决心就此戒赌,还我"十诫"去也。

我的"十诫"是①不抽烟,②不喝酒,③不嫖,④不赌,⑤不跳舞,⑥不交新朋友,⑦老朋友不找我,我不找他;要找我,得先请我吃一顿,⑧陌生人来信不回,⑨不被 KMT 官方收买,⑩不结婚。

以上十诫④⑥⑦做得不彻底。

最近体检,遵医嘱,连咖啡、浓茶都戒了!

你怎么还是有点泪汪汪地生活着?你真不行!你的"号外"之号怎么了?难道都不当意么?被整肃之情敌,我请他和吴相湘吃了一顿,"为人圆滑得很",诚如君言,显得太老一点,身体又不好,民九生人,似乎只比殷海光身体好。

敖之　1969年12月20日

四十二

Y:

去年12月20号写了四页信给你,谈到你的专栏等事,你可收到?

寄第二套《古今》事,虽用洋鬼之名寄董炎良,仍被海关查扣,通知洋鬼,要办什么他妈的免结汇的手续,还要什么"内政部"的什么证明,麻烦已极。这个政府好像不找点麻烦给中外人士怀恨怀恨不过瘾,它可以使对它素无成见者开始恨它或讨厌它,"工于制造敌人",是为它的特色。(以下删四行——编者)……牢骚扯远,给邮政总监查到,麻烦又来,暂不多说。且说这套《古今》,现经高人指点,嘱化整为零,分头陆续寄与炎良董氏,不日即可照办,请注意并转告他一下。(至于已花在这次寄费上的千余元,全部因查扣而损失,真他妈的×!)

上述牢骚,乃基于依法书籍乃免税之物,既免税而庸人自扰乱找麻烦如此,就叫人实在不明其蠢了!陆放翁诗:"本来无事只畏扰,扰者才吏非庸人!"依此看来,他们竟又可能不庸不蠢,也许还别有用心呢!

敖之　1970年1月1日深夜

四十三

Y：

今晚看了一场《爱你、想你、恨你》(*La motocyclette*)，由摄影出身的导演导的戏，在画面上，可说占尽了便宜。

太多的理智训练，早使我不能被"唯美主义"迷失。但偶尔看了这类电影，以及《情影泪痕》《花落莺啼春》等书或电影，我总会露出一大阵子"花非花、雾非雾"的情绪，那或可算是一个被压抑已久的"情绪之我"的乍现吧？

敖之　1970年1月2日夜2时半

萧先生用你的旅行证明寄《古今》两套给敬义，叫他把一套还你，你收到没有？书已抵港，如没收到，请催王八蛋一下。

四十四

亲爱的Y：

王八蛋收你仓库保管及运费八十三元七角，古今中外，无此行规，亦无此陋规。大概是因为上次你带了四个客人去吃他，吃得他心痛，故有此破格之举。此款我们自然可以扣回来，因他在台北的房子出租，每半年由我经手收一次，不怕他小子不认账。

连看了12月及本月份的《香港影画》，可是找不到你的专栏，当然也看不出体例，所以你必须使我弄明白资料供应范围，愈快愈好。

台湾装电话又贵又难，你们香江人却说装就装。你的电话是几号？我真不明白你要到东南亚走个什么？我总觉得黄种人太多的地方都是糟蹋假期的地方。英格丽·褒曼这次到台湾来，她总该明白这一点了吧？今天报上登她发脾气说："我是为我来的，不是为你们来的。"其实她错了，这个岛上，连死人都要利用，何况是番婆？所谓外人观光，除了在北投观女人脱光外，在执政者眼中，乃是"万国衣冠拜冕旒"的另一别名，过阿Q的瘾，方法只剩这些了！

寄董氏之书，在决定取回重寄过程中，拖了一阵。因我用洋鬼名义，挖苦邮政总监，他们恼羞成怒，要求"重写一封态度好一点的申请退回信来，否则考虑没收"云云。我给他们的答复是"律师出马"，他们识相，昨天退回来。中国官僚政治，如此而已！

我在1957年3月，在《自由中国》上发表《从读〈胡适文存〉说起》，批评胡适删书删得过分："……譬如像《这一周》，难道在这六十三篇短评中，甚至连一篇值得保留的都没有吗？可是胡先生却大笔一钩，全删去了，我觉得最可惜的无过于此了。"前两天我看到童世纲《胡适文存索引》里发表的胡适给他的一封信，是在我这篇文章发表后十个月（1958.1）写的，说："现在我颇觉得删《这一周》是可惜的。"忽然想起这么一个故事，写给你吧。

昨天晚上，一个跟我有缘的小狗误被老鼠药毒死，闻之惨然，且时时不乐，孔曰："伤人乎？不问马。"我说："毙犬乎？不问鼠。"真奇怪，死了人，我却理智齐全；死了小狗，反倒变得念念不已。不过死了人反倒笑的人，仍不属于理智范围，当属于聊斋范围。该长发女鬼恐怕要一学郑板桥，"必为厉鬼以击其脑"，你小心看吧！

敖之　1970年1月16日

四十五

书蚝之敌：

今天收到"×月×日天气新、香江水边一丽人"之信，果然小心眼儿，竟又有被鞠躬下台之误会。KMT之器小哉！政大毕业生（党校毕业）之器小哉！我在此处，全天候被监视，九人小组，二十四小时不断，外加兴业15-03079红色计程车一辆，小子亦步亦趋，尾随不舍，真把我当作三头六臂者看待。我也就还以颜色——干脆不出门，在家里自己做起饭来，软禁起，名厨现，自己吃，牛肉面。亦颇得隐居之乐。每夜4时始睡，日正当中始起，俨然书蛀矣。返台当然如君言："至少会去看你一次。"但你可想做李翰祥第二？港方剪报及有关杂志等，不妨直寄一二，大不了被没收，不致被咬鸟也。《中华古籍丛刊》已寄出一套，最后一册版权页上标价八千元，随你卖多少。此书前有缘起一文，出自被软禁家之手，可见洒家版本学水准。Stangers at the gate 一个多月来，朋友不来，银子亦不来，殊非佳兆。萧郎盖房，我已正式表示不过问，免致干累。刘家昌的电影，虽广告四起，终遭禁演之厄，做我之伯仁矣。呜呼，郁达夫联："避户畏闻文字狱，夷齐肯做稻粱谋"，今竟兼而有之。附上小诗一首，不计韵律，毛笔写奉，以报香江之知我罪我者。

1970年3月10日

四十六

香江之Y：

人自港来，带得花旗银百元及 *Playboy* 一册，承代售书，又送书，感何如之。所寄港方论我剪报，全未收到，被扣亦在念中。人自台去时，本拟多带些东西送你，不期突至，难于准备，故只携金石以去。此公归来，盛言Y风，令人神往。大四眼之事，不足介怀。此类人立身功力不深，故势力现实。失望乃因期望过高而来，对人期望过高也属立身功力不深一种，当然不是势力现实。我做"行囚"已两个多月，因最近彼等以车灯照我客人及警察分访我友，关系颇恶。前天管区警察又来探望,我以闭门羹饷之。古籍丛刊再寄一套,是送你的。如有其他机会,自当续寄。刚吃药两粒,拟早睡,就此打住。

敖之　1970年4月6日夜3时

3月13日信已收到,附照片一张。

四十七

Y:

今天是足不下楼的第八天,换句话说,也就是治安人员看不到我的第八天。我叫小八明天替我找个理发的人来,连理发都不出门,其闭关之心可想。在家心静如水("臣门如市,臣心如水"),每天洗热水澡两次,偶看电视、听唱片,然后就是吃饭以外的全天做工(写来看去剪东贴西)。洗澡的次数不少于丘吉尔,做工的时数不少于胡佛(每天15时)。董仲舒当年不窥园,我因无园可窥,可算不窥,有时天气阴晴都不知道!——"坐牢于我何有哉?老子先坐给你们看!"

前天张白帆传话来,说姚从吾死了,今天报上也登出 Prof. Yao Dies,活了七十六岁。还记得那次在老爷饭店看到他吧?那天好像听到他们在谈武侠。从上次你回来赶上殷海光死,这一阵子接二连三死的人可也真多!(殷海光、英千里、包乔龄、陈彦增太太、徐芸书、左舜生、罗素、姚从吾,还有比姚从吾早死两个小时五十分的革命元老一百岁的梅乔林!John O'Hara 前两天也死了。)

再过九天,我也满三十四岁了!这一阵子益感生命消逝之快,已无生命可再浪费,所以每天紧密工作,决定以后一天都不可随便浪费。这次被贵党看管,明侪渐疏,杂务也全推到我能欺负的唯一贵党党员(小八)身上。正好集中生命力,做些更有益的事。塞翁失马,一念之转，而对贵党"德政"，不禁铭感矣！

今天报上又登王世杰辞职消息，他说："我已八十岁了。……我的辞职，是要让出机会给年轻力壮、有资格的人选。"八十岁才让人，可真好意思说！不过即使他这样说，文字警察也该绳这老九头鸟语涉讽刺之罪！哈！

看这样下去，中国问题已越来越简单，已简单到只是一个长寿问题，一个长寿竞赛。活不过对方的人，自己已先自己把自己打倒了，又何须对方打他？《诗经》中说"及尔偕老，老使我怨"，怨而先去，岂不哀哉！

今天收到你9号的信。扁匣章刻工是不错。香港涉讼，如能敲些银子回来，亦一佳事。不过本官司老手特奉告两点：

一、别人诽谤之言，并非一时法律或文字所能平反，即使官司赢了，文章写了，也不能完全有用。

二、不能生气，因为不值得生气。

明白这两点道理，才能自得而不苦恼，才算了然人生真相。

Playboy 我在台湾可侧面买到，你改寄上次寄美而我没收到的那些如何？可考虑寄挂号。因为挂号不易被贵党中饱；不过挂号被检查的可能更大，但既是 pin-ups 之类，若碰到性冷淡之检察官，理合放行。

你在香港替我买到英文 adults only 的 Erotica 一类的唱片，就是洋人的春宫唱片？我极感兴趣。今年1月5号 *Newsweek* 上登出的 Jane Birkins 的法文这类唱片，想也极好。只可惜我的法文已忘光了。

没有政治、学术等自由，自不足怪，但是连性的自由也管制，实在可管得太多了一点！

敖之　1970年4月16日

四十八

Y：

　　4月16号回你4月9号信后，半年不通音讯。港方有人来，胆小乏味，约我在舞厅见，甚至不敢到我家来看看受难者，我谢绝之。这种朋友，还是随他去吧。八个多月来，一直被 house arrest，修养功深，连楼下的贵党侦骑都交相佩服，认为看得枯燥至极，直如"守灵"一般——我在楼上一如死人，毫无动静，可一连多日足不出户。不过虽不出户，一出则不乏惊人之举，如9月4号半夜，我忽约来 *The New York Times* 兼 *Time Life* 的 Correspondent Donald H. Shapiro 和 The Associated Press 的 Correspondent Leonard Pratt 跑到新店安坑监狱，去兴师动众地接雷震出狱，害得他们无法封锁这一消息。我曾对他们说："抓人看人是你们的势力范围，可是煽动国际舆论是我的势力范围——今天我要施展我的势力范围。雷震轰轰烈烈进去，不可以偷偷摸摸出来。他进去的时候是老虎，出来的时候不该是老鼠。所以我来了。广东话说'不是猛龙不过江'，你们看着办吧！"

　　……

　　去年11月13号晚上你说以后出书要我选，如今你说到我做到，不知你可满意？

　　台湾一别经年，可有小归之计？如再回来，我真不愿你再搅得天下大乱。我太聪明了，我想我可以判断出许多真相。我总觉得我的敌人没变，可是朋友却多变了，想来也真乏味。

　　　　　　　　　　　　　　　　敖之　1970年10月6日夜4时

给汝清的五封信

一

汝清：

中国人讲究阴阳五行，五行是金木水火土。缺水的人，要加上三点水，使水多一点，只要多得不吃水泥、不生水肿、不起水痘、不变水牛、不跳水库、不闹"水门事件"、不修"水产动物学"、不看水银温度计，而只是水汪汪的，那就好。水汪汪的以后，再吃水饺（东门饺子馆冷冻的）；吃水饺以后，再吃水蜜桃；吃水蜜桃以后，再欣赏水仙花，那就更好（欣赏不到水仙花的时候，可看八大山人的七幅水仙图）。

至于水多的人，水淋淋的，水来土掩，该用土克一下，最好住在土城之地土化之，只见土木形骸，不见水木清华。脱水以后，只剩几分"咸湿"（广东话），半年后又是一条好汉！想到水，想到老子的话："天下莫弱于水，而攻坚强者，莫之能胜。"John Bulletin 却说："水是很好的仆人，却是残忍的主人。"（Water is a very good servent, but it is a cruel master.）这都表示了水这一行，可大可小可利可害。而它最大最小最利最害的表演，就是做成女人。俗话说女人是水做的，比照《创世纪》亚当肋骨造女人之说，后者当为不实。应该更正为亚当之尿过滤后造女人才对。这也说明了，为什么有的女人很骚，此无他，过滤得不彻底之过也！

人在牢里，其实是一种遁，形式上是遁迹，精神上是遁世（遁在中国传统，叫作隐，我说隐有三层次：小隐于郊、中隐于市、大隐于牢）。遁得太多，以至无所不遁。由水遁遁到土遁，由土遁遁到尿遁。庄子说道在尿中，的确尿中有道，此乃"尿道"之正解。日本鬼子有茶道、花道、书道、武士道，却没有尿道，就凭这一点，我就不相信 Japan As Number One。先来个尿道的笑话给你：祖父参加酒席，带孙子去。吃了一半，孙子大喊："我要尿尿！"祖父小声告诉他："这样说不文雅，说你要'唱歌'，我就懂你意思了。"酒席过后，祖父喝醉了，回到家里，半夜孙子摇醒他，说："我要'唱歌'！"祖父把酒席上的话全忘了，说："半夜三更，唱什么歌嘛！"孙子说："人家要'唱歌'嘛！"祖父说："好吧，要唱就唱吧，不过要在我耳边小声唱。"

别以为笑话只是笑话，如果你不被"优待"，睡在四坪[①]十二人的小 cell 里，你睡马桶旁边，岂不耳边整夜听人"唱歌"吗？

别以为只有活人才听人"唱歌"，死了也照听不误。再来一个笑话：酒鬼张三对酒鬼李四说："我死了以后，千万别忘了在我坟上浇一瓶白兰地。"酒鬼李四说："绝对忘不了的，不过，白兰地通过我的肠胃，就更容易浇在你坟上了。"

这是又一种尿道。又别以为是笑话，有人真在死人头上尿尿呢！两千四百年前，晋国的智伯（智瑶）是个祸水派，他决水淹赵襄子（赵无恤），结果没淹成，自己反被淹垮了。赵襄子恨他，把他脑袋切下来，经过印第安式处理，做成一个小马桶，朝里面尿尿。英文中"小便器"叫 urinal，"骨灰缸"叫 urn，见到赵襄子这个故事，我才好玩地发现：这两个接近的英文字，竟被我们的赵襄子结合起来了！

今天很邪门，好像用了 urethroscopy（尿道镜）一般。写来写去，

---

① 1 坪 =3.3 平方米——编者注。

竟不离泌尿科。

　　大人物中最会尿尿最懂尿道的，是汉高祖（刘邦），他在吃霸王饭——鸿门宴那一次，用上厕所小便做理由，完成尿遁，死里逃生，这尿可尿得真好！汉高祖生平最看不起"儒生"，就是现在的所谓知识分子，他的杰作是"溺儒冠"——一把把知识分子的帽子抓下来，朝里头尿尿。我觉得这种干干脆脆的流氓作风，真是痛快淋漓，对付知识分子——当然是不入流的知识分子，像台湾的这些与官方一鼻孔出气的——有时候真该干干脆脆。

　　孔夫子说："仁者乐山，智者乐水。"我就看不出来为什么仁者就不能乐水？仁者不但可以乐水，还可以乐尿呢！弗洛伊德假设人格发展的五阶段，第二阶段就是 the anal stage，表示人从排泄中获得满足。从心理学家的观点推而广之，排泄一事，竟不乏"道"可寻。从孙子到酒鬼、从赵襄子到汉高祖，人证俱在，自不容正人君子再忽视泌尿科，这才叫"如其仁，如其仁"。

　　我每天清早 5 点就起来了，先尿尿，然后在小房间内独自一人过一天，晚上 10 点就要睡了，再尿尿，每周如一日，每月如一日，既乏善可陈，又无恶可作，只是用功读写而已。好在"肥水"不落外人田的日子，毕竟指日可数，他年尿尿于五湖四海，不亦快哉！

1981 年 10 月 4 日

二

汝清：

　　《新约·哥林多后书》有两段话，我最喜欢，我把它们改译如下：

一、《哥林多后书》第四章第八至九节

我们四面受敌,却不被困住;

心有疑虑,却不至失望;

遭到逼迫,却不被丢弃;

打倒了,却不至死亡。

we are pressed on every side, yet not straitened.

perplexed, yet not unto despair.

pursued, yet not forsaken.

smitten down, yet not destroyed.

二、《哥林多后书》第六章第八至十节

似乎是骗子,却是诚实的;

似乎不为人知,却大大有名的;

似乎要死了,却还活着的;

似乎在受刑,却不至送命的;

似乎忧愁,却常常快乐的;

似乎很穷,却教别人阔的;

似乎 无所有,却样样都不少的。

as deceivers, and yet true.

as unknown, and yet well known.

as dying, and behold, we live.

as chastened and not killed.

as sorrowful, yet always rejoicing.

as poor, yet making many rich.

as having nothing, and yet possessing all things.

可惜你不在身边，你在身边，一定会给我更好的意见，真的，你真有很好的意见。

哥林多是希腊的一个大城。《哥林多后书》是保罗跟哥林多教会发生"谁是真使徒"的争执时写的。保罗真是一个怪人，他早年受犹太教影响，信上帝却反基督，他不相信基督教，他以犹太公会会员的身份去抓基督徒，走到半路，据说有一道强光照上了他，同时有声音对他说："扫罗，扫罗，你为什么逼迫我？"他问："你是谁啊？"那声音说："我就是你逼迫的耶稣。起来，进城去。"这下子保罗转变了，他把扫罗的名字改为保罗，加入基督教的阵营。由于他的努力，基督教开始有了世界性，在基督教里，他成了继往开来的大宗师。

保罗同耶稣的关系很微妙，他比耶稣大两岁，他一辈子也没见过耶稣，这种师徒关系，比函授的还离奇。他主要是受了彼得的影响，才变成这样一个人。

他的改信基督教，对犹太教说来，是一种叛变行为。所以，他一回耶路撒冷，就给抓起来，押解到罗马。由于没有犹太教的人跟过来控告，罗马当局准他自己租一间房作为监狱，只派一名卫兵看住他，同时允许他在监狱中招揽教徒，前后达两年之久。

你别以为这种宽大的监狱制度只在两千年前才有、只在罗马才有，在七十年前的中国，在"腐败的"清朝政府统治下，其实就有。特大号革命党胡瑛，给关在牢里，他却能在牢里近乎公然地指挥革命！可见时代越"进步"，统治力量就越强，人民的自由就越少。9月13号中秋节那天，"法务部长"李元簇到土城看守所"巡视"，给人一种关怀受刑人的仁慈印象，自然以为他是来协助"欢度中秋佳节"的，其实满不是那么回事！他跑到看守所来，是来"巡视"新装的两台闭路电视接见机!所谓接见,有特别接见和普通接见两种,普通接见有二十个窗口,每次讲话,只有三分钟。(虽然"监狱行刑法"第六十五条明定"接见时间以三十分钟为限","有必要时得增加或延长之";"羁押法"第二十五条也明定"接见被告每次不得逾三十分钟,但有不得已事由……得延长之"。虽忘了明定下限,但立法原意,大概总不是三分钟吧?)普通接见窗口有一至二十号,用"电话三明治法"(这是我描写的,因接见人与被接见人之间,有塑料板隔音,只有电话相通),这已经是很不人道的科学方法了,因为没有电话的发明,双方见面要讲话就非得给面对面没有塑料板的优待不可,这种电话的发明,你说多可恶啊!(当然它的可恶,可以被法院候保室的那种电话抵消掉,候保室的电话,能给人在牢笼中走私出爱的呼声,多可爱啊!)不料台湾地区的大官人,认为这种"电话传真"(这又是我描写的)还不够安全、不够过瘾,居然在整天高喊经费不足之时,制造了两台闭路电视接见机,就是连隔塑料板、铁栏的人道都不准了,要接见人和被接见人都从闭路电视中出现!双方各对电视机讲话,而不再对塑料板、铁栏外的"真人"讲话了!这两台闭路电视接见机,编为第二十一、第二十二号,于中秋佳节启用。李元簇"部长"特地跑来"巡视",就是"巡视"这种剥夺人权、凌虐人犯的科学道具的!你说可叹不可叹!(所中囚犯恨此机器入骨,奔走相告,千万排队时,别排到这两号!)

　　汉朝的人说:"刀笔吏不可做公卿";宋朝的人说:"本来无事只畏扰,扰者才吏非庸人。""刀笔吏"和"才吏"都以能干著称,但这种人不识大体,他们做了"公卿",扰起人来,比庸人自扰祸害多得多,李元簇的"德政"例子,正说明了这一现象和道理。在历史中,这种人,正该进入《酷吏列传》——如果他进得了历史的话。

司马迁写《史记》，特别为酷吏写了一篇传。他提到赵禹，赵禹为人清廉，可是周亚夫不肯重用他，人家问周亚夫为什么。周亚夫说："极知禹无害，然文深，不可以居大府。"（我知道禹是清廉的、能干的，但是他办事用法太深太刻，这种人，不可以在大衙门掌权的。）这就是说，有刀笔吏习性的公务员，他们老是不识大体地找人麻烦，这种人得志，别人就活得太吃力了。

赵禹的酷兄酷弟是张汤，张汤小时候，他爸爸出门，叫他看家。家里的肉被老鼠偷吃了，爸爸回来，揍他一顿。他吓得要死，把老鼠捉来，先审问，后处决。而他审问老鼠的判决书，"文辞如老狱吏"，非常内行！他后来当权，当然整天搞"捕鼠专案"，杀鼠无算。后来他被整肃，终于自杀而死。死后家产只有"五百金"，穷得草草掩埋了事，证明了他绝非贪官，他的毛病，只是喜欢把人当老鼠而已。

中国人以为清廉的官都是好人，大错特错，清廉的官可能是个不爱钱的坏蛋，他们酷爱权力，捕鼠机式的权力，不但不识大体，并且鼠目寸光，整天以残忍为事，还美其名曰仁政、曰法治、曰大有为，这不太好玩了吗？（其实这种人，是值得精神分析的残忍变态人。）

有一种双子叶植物离瓣类的一科，叫"鼠李科"，在他们仁政、法治、大有为之下，我想这一植物学名词自然要发生词变而成动物学或法学名词了，"鼠李科""鼠李科"，老鼠李敖入笼，岂不是典型的"鼠李科"吗？

三个月来，这边枪毙了两只老鼠，凌晨5点多动手，都是两枪毙命，枪声凄厉可闻。本月4号枪毙的是林辉煌，林辉煌的故居，改分吕韬去住，吕韬忌讳，不肯住，被视为犯规，加钉脚镣，放在犯规房中，真是无妄之灾。

  1981年11月9日，明天开始，就是下山火车了

三

汝清女秘书：

　　这边虽然有三千多囚犯，但是正牌医生只有课长一个人是，课是卫生课，课长叫金亚平，他不给囚犯看病，逍遥得很。他手下有一个王护士，是男的，冒充王医生，专治外科、内科，所有的疑难杂症，但病有千般，药却只是几种。他看病，使我想起一个笑话：

　　军医：你头痛吗？耳鸣吗？我给你试听一下，你听听看，这声音是叮叮呢还是当当？
　　病人：是叮叮。
　　军医：拿阿司匹林去！
　　病人：不是呀，说错了，是当当。
　　军医：也一样，拿阿司匹林去！
　　病人：那么怎样才不要老是阿司匹林？
　　军医：要听起来叮当才对！

　　王医生以外，另外两个穿便服的"警察"，一个叫尤大时，一个叫阙壮士。尤主管负责接洽外医工作（即接洽技术员来所照 X 光、做心电图、验血、验尿，以及送重病犯人去中兴医院求诊）；阙主管负责新收犯人的体检工作（只量身高体重、检查有无 tattoo，其他病情，均由犯人自报，由他填入表格，便算他检查过了。我在军监时，军医也一样，不过比较老实，在表格上写："该李犯自称有胃病"云云）。

　　事实上，以上职务也是形式上的，因为实际作业的，还是犯人——犯人中的医生。去年他们逮到一个妇产科医生黄仁温，以堕胎罪判一年。于是一年的外科、内科、所有疑难杂症，便都有替身代诊了（我在军监时，逮到"台独"要犯陈中统，是兽医，派他看病，军医整天坐在那里，不看病人看武侠）。由于所方一再上报说人手不足，大有为政府同意每月支付12000元，聘雇外面的大夫来兼差，所以这边也可看到医生做外会。不过近朱者赤，外面的一来，看病方式便是草菅人命式，"西学为体，中学为用"式（西医用中医望、闻、问、切的方法看病，从来不用温度计或听诊器之类）。

这里面也有所谓的病房，叫"病舍"，内分单人房和多人房，类似医院中的头等、二等之分。但病舍住的，却非病人，而是有来头的或有钱的人，如林浩兴案财务经理张国霖，如法官贪污案高院庭长董国铨、地院推事宗成钟，如启达案徐启学等，等等。真正有病的犯人如景美翁媳命案张国杰（年逾古稀，已押八年，发回重审十余次之多），只在病舍住三天多就给赶回押房。按说李敖是有住病舍的条件的，但病舍为外宾参观必经之地，李敖若在那里，是非必多，所以仍以住押房为宜。

这里的药，当然全是最蹩脚的，偶尔有一点高级的，如"克风"、如"特勒麦辛"，却都锁在金课长的柜里，若无门路，休想吃到。所方有一大苛政，就是不准外面送药进来。但依《羁押法施行细则》第六十九条规定："被告申请自行购买或由亲友送入药物，经看守所医师检查合格后得许可之。"可见不准送药是于法不合的。此一苛政，起源在去年所务会议上，卫生课提议以无检查设备为由，拒收亲友送入药物，规定一律由卫生课代购。不料代购之下，药物比外面贵得多，"康得600"市面上定价五十，四十可买到，但所方代购却要六十，经犯人们抗议，所方的理由是，请药商代送，当然要加车马费！但三千多人的经常购药量，平均每日或每周已是大生意，药商竞选还来不及，何能反加车马费？最后无以自明，索性悍然一律拒绝代购！

于是犯人生病，全靠神仙保佑了。（其他的看守所，规模不如敝所大，却可以送入药物，可见无检查设备之传说，全属遁词！）

犯人看病的时候，这里也给打针，不过那种场面像是领配济米。（写到这里，我必须声明一下，你看我的字写得多难看，因为笔不好用的缘故，这边买的笔，良莠不齐。纸上又有蜡质，不好着墨。）大家排好队，露出屁股，然后依次向前挪动，打针师是个兽医（又是兽医，天下兽医何其多），用一根针管和一根针，插入药瓶吸药、注射……再吸药，再注射……三吸药，三注射。……全部过程，我有诗咏之如下：

大牢阴气阴森森，
排队看病如狼奔。
兽医下令齐脱裤，
只换屁股不换针！

理论上这根万用针头，不知可传染到多少新病出来，但是谁他妈的管呢？

只换屁股不换针，
兽医妙手要回春。
回春不成不要紧，
不愁病人不问津。

记得西门町有一家蛇肉店，店里挂了好多匾，有一块匾最不俗套，上面只有四个字——"胜过打针"，我想，在这样的牢里生病，针是千万打不得的,任何的治病方法,大概都"胜过打针"!

　　昨天开出票来,黄石城当选彰化县县长。前一阵子他办《深耕》杂志,创刊设《李敖评论》专栏,由林正杰等小朋友出面,得我同意,登出我的一篇旧稿——《蝙蝠与清流》,每字送来一元,共四千元,被我骂回。我说至少三万,黄石城遂送了三万,形式上我收了,骨子里都给了小朋友们用了,我一块钱都没拿。这就是李敖作风的一例,特别写给女秘书看。

　　吕德又来信,提到"古永城要我向您问好"。吕德说:"出生在此,人权如狗命,只有忍耐,等将来老天有眼,我相信总有一天会得到报应吧。"吕德在外面是卡车司机,这次被警察屈打成抢劫犯,并且是三十多次的抢劫犯——把过去所有破不了的悬案,都记在他头上,他气死了。他说他如果能活着出去,一定要开着卡车,见警察就撞,"把那些王八蛋一个个撞死"!这就是他的报应论要旨。所以以后你我走在路上,千万要与任何警察保持二十米距离,以免遭到吕德式车祸。

　　写到这里,温锦丰送来他的"公设辩护人辩护书"。温锦丰二十六岁,苗栗县人,本来没有职业,看到这边招考监狱管理员,就来应征了。所以他等于是"警察"。今年2月14日晚上8点10分,他担任第一岗哨值勤,他的同事张树忠在看守所外包好长寿二百五十包,请他自上吊进,张树忠再空手进来,取走香烟,带至收容中心,以每包一百元卖给犯人熊钰铮(熊钰铮编号正好在我前面,是5001,我是5002),熊钰铮给他两万五千元,被查到,以贪污罪起诉,温锦丰被判五年半。"台湾台北地方法院板桥分院公设辩护人辩护书"(70年度辩字第40号)说:

公诉人以被告涉有罪嫌，无非以主任管理员王文发之供述为佐证，但王文发并非亲见被告吊入香烟，仅以被告曾向其承认该晚（14）曾吊入生力面三箱，王并供证："温（指被告）不知是香烟。"……

但是身为监狱管理员，为何要用绳子吊生力面，实在也是一个值得"精神分析"的事。这个人因为不知如何是好，特别找到我，我说唯一办法就是你说你饭量奇大，像我的可爱的女秘书一样，你当庭表演吃面，连吃数十包，则法官自然相信你所吊是面，并且纯粹自用属实了。（你猜我有没有这样跟他说过？你猜猜看呀！）

1981 年 11 月 16 日

四

汝清——本来以为今天会见到你的：

五分钟前得秉速件，要改第四册的书名，你如觉得好，就可由他全权做主。他要我速复，所以赶写此信。

《八十年代》本月号有一段讲千秋评论丛书的事，你看到了吗？康宁祥他们说："这些书预料将很赚钱，但是否被禁，令人担心，但也许愈禁愈畅销。"我前后写的书，被禁近二十册，我才不怕禁呢！

因选举被判三年半的刘峰松（他太太再接再厉今年竞选省"议员"落选）将移龟山执行，今日他向所方请求与我惜别聚餐，中午与我席地吃饭大聊四小时。

我的艺术家，最近你做陶艺吗？我想起老子的一段话："埏埴以为器，当其无，有器之用。""埏"是以水和土，埴是黏土。这话就是说，做陶艺成了艺术品，用它空无的地方装东西，才能发挥它的意义。可见人生的许多真理与愉悦，由陶瓷可象征得之。

1981 年 11 月 18 日下午

五

汝清——11 月 19 日给我看到的：

我真不明白，她怎么可以守中立？中立是一种道德上软弱的表征，你应该只给她一千元，作为守中立的惩罚，并且这一千元，应由中立者的左右方各出一半，这样她拿了才更有均衡感。当然，以上说的是玩笑，我赞成你还是每月付五千，这样你就过得更好一点。如果多付了不会更好一点，那么还是付四千或三千或两千或一千或五百或零，总之，要付到恰到好处为最聪明。也许，付两千就是恰到好处，那么结论是：好吧！就付两千到五千吧！

湖南有句谚语是："一碗饭，养恩人；一斗米，养仇人。"意思是说：一个人在穷困时或危难时，你给他一碗饭，他会终身感激你是他的恩人；但你若处理得不好，使他对你多寄希望，或养成他依赖你的坏习惯，那你给他一斗米（n 碗饭），他仍然意犹未尽，仍然说你对不起他。这是人性问题。我母亲有八个儿女，我一个人出的钱，每月都比其他七位加在一起还多得多，可是她却有离奇的公平标准，结果呢，既不穷又出得最少的反倒最得她的欢心。（以后我会详细证明给你看，那时候，你一定会气得宁为孤儿！）

前一阵子胡适的儿子胡祖望回来，把他母亲留下的许多日记文稿通通烧掉。这位胡老太就是离奇的，胡适一辈子对她那么好，她却不断地乱说乱写乱骂。胡适死的那天，她甚至表演捯尸，大哭："死鬼胡适之呀！"有些老太婆有严重的偏执狂，认为全世界都对不起她。某星妈有一天对我哭诉说："李敖你看我多可怜啊！我自从肚子里怀了她（某明星）以后，她爸爸就永远不与我同房了，我就一直守活寡了！你看我有多可怜啊！"我说："你有没有想想你有没有错呢？你买来硝镪水要毁你丈夫的容，你丈夫离家出走，你的可怜，又怪谁呢？"

我最厌恶的人，就是有偏执狂的老太婆。对这种偏执狂的老太婆，我有一个比喻来描写你的哭笑不得，跟这种人有干系，就好像你在公车上，不小心碰到一个老太婆，老太婆立刻大哭大闹，要抓你去警察局，理由竟是——你要调戏她！

这么多年来，我被国民党的许多老浑蛋纠缠住，我都有种被扭送警察局之感。

在以你为 M 的小说中，我把你那位守中立的写得很动人，你看了以后，你一定会付五千。她会拿出五千中的一半，去修她汽车门上那块老是掉下来的玻璃。

寄一块十八岁的世界小姐和她五十二岁的男人的剪贴给你。

1981 年 11 月 20 日夜

爱情的秘密

前置词

眼前的所谓诗人，不论新旧，都不承认李敖是诗人，这就恰像骗子不承认君子是君子一样。所谓新诗人也好、旧诗人也罢，其实都是自欺欺人的骗子，李敖拆穿了他们，并且以真正诗人的眼睛、用真正诗的语言，为上当的读者指点迷津，脱离"'诗'内障"。

"'诗'内障"主要有两方面，旧诗人方面，其病在迂腐滥套；新诗人方面，其病在不知所云。两者的通病是全无真情、文采与诗境，所以虽都号称为诗人、都自炫在写诗，其实全是以诗为形式的狗屁，暴殄文字，讨厌死人啦！

这本《爱情的秘密》，就是李敖斥伪示真的一部奇作。以诗说情、以情叙理、以理服人，以人为拯溺对象，此乃真正诗人心术，迷津中的读者，请拭泪拭目以看此书！

1990 年 4 月 21 日

爱情的秘密

我在北京四中念初一的时候，学校请朱光潜来讲演，因为礼堂太小，只准高班生听，所以只看到他在教室前走过，心中不无遗憾。那时他写的《给青年的十二封信》早已是畅销书。其中附录的《无言之美》一篇，我最喜欢。

《无言之美》中有这样几段：

就实际生活方面说，世间最深切的莫如男女爱情。爱情摆在肚子里面比摆在口头上面来得恳切。"齐心同所愿，含意俱未伸"和"但无言语空相觑"，比较"细语温存""怜我怜卿"的滋味还要更加甜蜜。英国诗人布莱克（Blake）有一首诗叫作《爱情之秘》（*Love's Secret*）里面说：

（一）切莫告诉你的爱情，爱情是永远不可以告诉的，因为她像微风一样，不做声不做气地吹着。

（二）我曾经把我的爱情告诉而又告诉，我把一切都披肝沥胆地告诉爱人了，打着寒战，耸头发地苦诉，然而她终于离我去了！

（三）她离我去了，不多时一个过客来了。不做声不做气地，只微叹一声，便把她带去了。

这首短诗描写爱情上无言之美的势力，可谓透辟已极了。本来爱情全是一种心灵的感应，其深刻处老子所谓不可道不可名的。所以许多诗人以为"爱情"两个字本身就太滥太寻常太乏味，不能拿来写照男女间神圣深挚的情绪。

其实何只爱情？世间有许多奥妙，人心有许多灵悟，都非言语可以传达，一经言语道破，反如甘蔗渣滓，索然无味。

这首布莱克的诗，颇有《诗品》中"不着一字，尽得风流"的境界。原诗如下：

Love's Secret

Never Seek to tell thy love,
Love that never told can be;
For the gentle wind doth move
Silently, invisibly.
I told my love, I told my love,
I told her all my heart,
Trembling cold, in ghastly fears,
Ah! She did depart!
Soon after she was gone from me,
A traveller came by,
Silently, invisibly:
He took her with a sigh.

我对照起朱光潜的翻译来，总觉得达意有余，诗意不足。1962年3月18日，我试用古体诗来翻译它，内容如下：

（一）君莫诉衷情，

衷情不能诉。
　　微风拂面来，
　　寂寂如重雾。

（二）我曾诉衷情，
　　万语皆烟树。
　　惶恐心难安，
　　伊人莫我顾。

（三）伊人离我后，
　　行者方过路。
　　无言只太息，
　　双双无寻处。

译得虽然不满意，但总觉得比朱译稍胜。我认为诗以有韵为上，没韵的诗，只证明了掌握中文能力的不足。台湾的所谓诗人和译诗家，既不诗又不韵，像性无能者一般，是"诗无能者"，却整天以阳痿行骗，真是笑话极矣！

1985 年 8 月 6 日

沙丘忆

阿瑟·戈登（Arthur Gordon）写过一篇短篇小说，叫《奇人述异》（*The Stranger Who Taught Magic*），写一个十三岁的小男孩，在一天清早，蹲在河边看鱼，一个陌生人走过来，这陌生人有一张苍白清瘦的脸，一对非常特殊的眼睛，表情似愁非愁，但是友善而令人难以抗拒。陌生人希望小男孩教他钓鱼，小男孩同意了。陌生人说："也许我们应该彼此介绍一下，不过，也许根本不必介绍。你是个愿意教的小孩子，我是个愿意学的老师，这就够了。我喊你'小朋友'，你就喊我'先生'吧。"

教学过程开始后，陌生人的鱼饵，"总是白白让鱼吃了，因为羊齿鱼轻轻吞饵时，他感觉不出来；但是钓不到鱼，他好像也无所谓"。显然的，他志不在鱼。

陌生人告诉小男孩他是英文教员，最近在附近的海边租了一幢旧房，为的是要避一避，不是避警察或是什么，只是避避亲友。

就这样的，两个人的忘年交便开始了，小男孩第一次结交了一个可以平起平坐的成年朋友，陌生人教他读书，他教陌生人看风向、看潮汐、看比目鱼如何巧妙地躲藏。

陌生人教小男孩注意生活里的节奏（rhythm）。他说："生活充满了节奏；语言文字也该有节奏。不过你得先训练耳朵。听听静夜的涛声，可以体会其中的韵律；看看海风在干沙上的痕迹，可以体会句子里应有的抑扬顿挫。你懂我意思吗？"（"Life is full of it; words should have it, too. But you have to train your ear. Listen to the waves on a quiet night; you'll pick up the cadence. Look at the patterns the wind makes in dry sand and you'll see how syllables in a sentence should fall. Do you know what I mean?"）

为了做这种节奏实验，有一次，陌生人举出 15 世纪马洛礼（Sir Thomas Malory）《亚瑟王之死》（*Le Morte d'Arthur*）中"骏马悲嘶"（And the great horse grimly neighed）一段，要小孩子把眼睛闭上，慢慢念出这一句、体味这一句，问小男孩，你有什么感觉？小男孩说他闭眼一念，就"寒毛直竖"（"It gives me the shivers."）。陌生人大乐。

陌生人还教小男孩看云，他指着一片云，问："你看见了什么？看见五颜六色吗？这不够。要找尖塔、吊桥，要找云龙、飞狮，要找千奇百怪的野兽。"（What do you see there? Colors? That's not enough. Look for towers and drawbridges. Look for dragons and griffins and strange and wonderful beasts.）

陌生人的花样还多呢！他不但教小男孩如何看云，还教小男孩如何看蟹。他抓起一只蟹，照小男孩教他的抓蟹脚的法子，抓住后脚，问小男孩："用麦秆似的眼睛，你看到了什么？用乱七八糟的脚，你碰到了什么？你的小脑袋里想到了什么？试试看，只要五秒钟就行了。不要把自己当成男孩，把自己当成蟹！"（What do you see through those stalk-like eyes? What do you feel with those complicated legs? What goes on in your tiny brain? Try it for just five seconds. Stop being a boy. Be a crab!）小男孩照做了，他的小小而平静的世界，显然动摇了。

这样子的天地教室、这样子的代沟友谊，最后，随着陌生人健康的恶化，慢慢接近了尾声。他们出游的次数渐渐少了，因为陌生人的体力已经不行了。他经常坐在河边，看小男孩钓鱼、看海鸥盘旋在天际、看河水逝者如斯。

夏天到了，小男孩的父母报了夏令营的名，要小男孩去玩两星期。临走时候，小男孩去看陌生人，问回来时候，他还在不在。陌生人温和地说："我希望我还在。"

两星期过去了，小男孩回到河边，陌生人不在了；找到旧居，陌生人也不在了；找到附近的女太太，女太太说：陌生人病得厉害，医生来了，打电话给他亲戚，他亲戚把他接走了。他留下一点东西给你——他知道你会找他的。

一点东西不是别的，原来是一本诗集，是萨拉·蒂斯代尔（Sara Teasdale）的《火焰与阴影》（*Flame and Shadow*），书中一页折了起来，页角指在一首诗上，诗题是《沙丘忆》（*On the Dunes*）——

死别一复生，滨水再徘徊，
斑驳深如海，常变每重来。
自悲身须臾，莫怪此情哀，
逝者得其静，烟直上高台。
忆我沙丘侧，呼名入君怀。

If there is any life when death is over,

These tawny beaches will know much of me,

I shall come back, as constant and as changeful

As the unchanging, many-colored sea.

If life was small, if it has made me scornful,

Forgive me; I shall straighten like a flame

In the great calm of death, and if you want me

Stand on the sea-ward dunes and call my name.

在沙丘上，小男孩一直没有呼唤陌生人的名字，因为他根本不知道陌生人的名字。小男孩后来离开了河边，长大了，也变成成年人了。他忘掉了这个成年的朋友，只在偶然的文字节奏里，偶然的云龙、偶然的蟹脚里，他忽然想起旧游往事，当然，生离于先，死别于后，那消逝了的陌生人，是永远不会重来了。

1983 年 9 月 16 日晨

〔后记〕1971 年 6 月 18 日，我在"警备总部：不见天日的牢房里独居，想到萨拉·蒂斯代尔这首诗，我用一小时把它译成，就是上面这首。

萨拉·蒂斯代尔是美国浪漫派女诗人。她在我出生前两年（1933）死去，是自杀的，活了四十九岁。《火焰与阴影》是她三十六岁（1920）出版的。我译这首诗的时候，整三十六岁，如今我也快四十九了。因为这首译诗是我"台北蒙难"时残存的作品，对我有特别的意义，所以我特别为它写了这篇衬托性的文字。

除却一寒冬

莎士比亚剧本《随你欢喜》(*As You Like It*) 第五幕中有两首诗，第一首是——

Under the greenwood tree

Who loves to lie with me,

And Turn his merry note

Unto the sweet bird's throat,

Come hither, come hither, come hither.

Here shall he see

No enemy

But winter and rough weather.

第二首是——

Who doth ambition shun,

And loves to live i'the sun,

Seeking the food he eats,

And pleased with what he gets,

Come hither, come hither, come hither.

Here shall he see

No enemy

But winter and rough weather.

1972年4月8日,我在"警备总司令部"军法处狱中,曾把它们意译如下:

此处音婉啭
人声和鸟声
仇敌都不见
除却一寒冬

煦煦春阳下
名利一场空
觅食欣所遇
知足任西东
仇敌都不见
除却一寒冬

这两首诗的意境,颇为悠闲超迈。我译它们的时候,既无"绿树荫荫",也无"煦煦春阳",但我在牢里,的确有了"仇敌都不见"的清静。只是牢里的冬天很冷,我可以不见"仇敌",却无法不见"寒冬"。在"寒冬"来的时候,为了御寒,每天晚上,我要在阴暗的灯光里,咿哑的地板上,不断来回走着,边走边背书,经常两三小时。我之能背书、能走路,都拜坐牢之赐,坐牢对强者说来,真不是坏事。

1983年5月9日

一首诗几件事

约翰·多恩（John Donne）生于 1573 年，死在 1631 年，是英国的诗人和教士，他有一首诗，原文如下：

No man is an Island, intire of itselfe; every man is a piece of the Continent, a part of the maine; it a Clod bee washed away by the Sea, Europe is the lesse, as well as if a Promontorie were, as well as if a Manor of thy friends or of thine owne were. Any mans death diminishes me, because I am involved in Mankind. And therefore never send to know for whom the bell tolls. It tolls for thee.

这首诗，被海明威看中，把其中 For Whom The Bell Tolls 一句用作书名，就是中译的《战地钟声》[①]。海明威把这首诗的全文印在扉页，可是所有的中译本都没翻它，跳过去了，所以这首诗也就从来没有中译，这是很遗憾的。

我很早就想译这首我喜欢的诗，但我坚持要押韵，所以就拖下来了。1972 年 10 月 27 日，我在军法处牢房里终于把它译出来，同房的共产党死刑犯黄中国看到了，要求抄一份，我让他抄了，可是五天以后的清早，他就被拖去枪毙了。

黄中国被枪毙后，我感到这首译诗对我更有苍茫的意味，我就妥

---

① 《丧钟为谁而鸣》。

为"处理",终于使它随我一起出狱,收进我的档案里。

后来这首译诗被胡茵梦看到了,胡茵梦抄袭了它,放在她的《死在阿富汗》一文里,又收到她的《茵梦湖》一书里。这事本来没什么好提的,但是如今我发表这首诗,若不声明一下,被以诚实为化妆品的新女性作证起来,我又要含冤莫白了。所以只好特为声明一下。

我的译诗是这样的:

译约翰·多恩诗

没有人能自全,

没有人是孤岛,

每人都是大陆的一片,

要为本土应卯。

那便是一块土地,

那便是一方海角,

那便是一座庄园,

不论是你的,还是朋友的,

一旦海水冲走,

欧洲就要变小。

任何人的死亡,

都是我的减少,

作为人类的一员,

我与生灵共老。

丧钟在为谁敲,

我本茫然不晓,

不为幽明永隔,
它正为你哀悼。

1972 年 10 月 27 日夜

这诗因为是意译,所以在用字遣词方面,小有更动,例如其中 I am involved in Mankinde 有难分难解意味,never send to know 有何须打听意味,我都更动了。胡虚一兄说 a clod 如不译为"一块土地"而译为"一小块泥土"会更好,我觉得很对。但为了保持狱中成果的原样,我还是照旧译刊出了。孟绝子(祥柯)也提出了很好的意见,只是我要保持狱中原译的纪念性,也就不再改了。

1983 年 4 月 6 日病中

评改余光中的一首译诗

余光中《英诗译注》共收三十七首英诗。"译者希望这本小册子能符合初学英文诗者的需要。每首诗都中英对照,并附原文难解字句的诠释、创作的背景、形式的分析、作者的生平等等。"

余光中的目的在"务求初习者有此一篇,不假他求,且能根据书中所示的途径,进一步去了解、欣赏更多的英美作品"。

余光中说他是"新诗的信徒,也是现代诗的拥护者"。但这本书中所选,"并非尽属一流作品"。因为"译诗一如钓鱼,钓上一条算一条,要指定译者非钓上海中哪一条鱼不可,是很难的"。这是余光中的精巧声明。

书中包括的名家,自琼森(Ben Jonson)起,共三十一人。其中英国人占六分之五强。即除了西班牙人桑塔亚纳(George Santayana)、加拿大人麦克瑞(John McCrae)和美国人昂特迈耶(Louis Untermeyer)、弗朗西斯(Robert Francis)、纳什(Ogden Nash)等五人外,都是清一色的英国人。

书中最引我注意的是桑塔亚纳那首《悲悼》。余光中把英文原题印成 *With You a Part of Me*,显然就有问题。因为这诗本是桑塔亚纳《给 W. P.》(*To W. P.*)诗的第二首,余光中的错误,可断定是照抄 Louis Untermeyer 的 "*The Concise Treasury of Great Poems*" 而来。因为 Louis Untermeyer 书中第 397 页里,有介绍桑塔亚纳的原文是:

A Spaniard by birth(Madrid, December 16, 1863), son of Spanish parents, Santayana was taken to Boston at the age of nine. Educated at the Boston Latin School and Harvard, he began teaching philosophy at Harvard in his mid-twenties. In the 1900's his students—among whom were T. S. Eliot Conrad Aiken, and Felix Frankfurter—considered him an inspired teacher, but Santayana actively disliked the academic tradition. Shortly before his fiftieth birthday he received an inheritance, resigned his professorship, and went abroad. He lived for a while in Oxford and Paris and finally settled in Rome where, in his eighty-ninth year, he died of a stomach cancer, September 26, 1952.

而余光中书中第78页里，竟有这样介绍桑塔亚纳的中文：

作者：桑塔亚纳（George Santayana），西班牙籍的美国哲学家，1863年12月16日生于西班牙首都马德里，九岁时迁往美国。他毕业于哈佛大学，二十七岁起以迄五十岁止的二十三年间，一直在原校任哲学教授，艾略特（T. S. Eliot）、艾肯（Conrad Aiken）和弗兰克福特（Felix Frankfurter）等都是十分敬佩他的学生。但是桑塔亚纳却非常厌恶学院的传统，果然在五十岁那一年，他继承了一笔遗产，便立刻辞去教职，去欧洲漫游，先后在牛津和巴黎各住了一个时期，终于定居在罗马。1952年9月26日，在该城患胃癌逝世，享年八十九岁。

这段中文不注明出处。但与上面的英文一对照，我们自然立刻恍然大悟：原来如此，来源如此！真不知道这算不算"以翻译代替著作"也！

桑塔亚纳的《给W.P.》诗的第二首原文是：

With you a part of me hath passed away;

For in the peopled forest of my mind

A tree made leafless by this wintry wind

Shall never don again its green array.

ChaPel and fireside, country road and bay,

Have something of their friendliness resigned;

Another, if I would, I could not find,

And I am grown much older in a day.

But yet I treasure in my memory

Your gift of charity, and young heart's ease,

And the dear honour of your amity;

For these once mine, my life is rich with these.

And I scarce know which part may greater be,

What I keep of you, or you rob from me.

余光中《英诗译注》的译文是：

我生命的一部已随你而消亡；
因为在我心里那人物的林中，
一棵树飘零于冬日的寒风，
再不能披上它嫩绿的春装。
教堂、炉边、郊路和湾港，
都丧失些许往日的温情；
另一个，就如我愿意，也无法追寻，

在一日之内我白发加长。
但是我仍然在记忆里珍藏
你仁慈的天性、你轻松的童心,
和你那可爱的、可敬的亲祥;
这一些曾属于我,便充实了我的生命。
我不能分辨哪一份较巨——
是我保留住你的,还是你带走我的?

余光中口口声声奚落"西化的中文",但他这首译诗,却是标准的"西化的中文"。对这首恶劣的译诗,我 1972 年 10 月间在狱中时,曾改译如下:

冬风扫叶时节,一树萧条如洗,
绿装已卸,卸在我心里。
我生命的一部分,已消亡
随着你。
教堂、炉边、郊路和港湾,
情味都今非昔比。
虽有余情,也难追寻,
一日之间,我不知老了几许?
你天性的善良、慈爱和轻快,
曾属于我,跟我一起。
我不知道哪一部分多,
是你带走的我,
还是我留下的你。

对照之下，余光中译文既韵脚不严，又生硬不通，有识之士一看就分出高下。

桑塔亚纳的《给 W.P.》原诗共四首，原收入 1895 年的 *Sonnetsand Other Verses*，1970 年 Robert Hutchinson 收入 *Poems of George Santayana* 里。原诗苍茫深邃，读来感人心弦，被余光中那样拙手一译，简直不成东西矣！

1988 年 1 月 17 日

小孝子

师道不可测,
父道不可违。
反正有真味,
童心浑如水。

小大由之

老娘胸前宽,
情郎眼欲穿。
什么了不起!
小娘不稀罕!

如影随形

裸肉竟横陈!
旁有老相亲!
回首聊惊艳,
"对影成三人!"

猪小姐

不吹喇叭不鼓盆,
何劳选美费精神!
天下母猪三千水,
唯君痴肥最可人!

三言绝句

你叛乱,
我乱判:
判多少?
四年半!

1981 年 7 月 27 日

狭路相逢

我把你撞,
你把我踩。
本非冤家,
奈何路窄!

1981 年 7 月 28 日

李诗四首

无所逃

杨增悌告诉我:"李善培在美国被一个黑人杀死了。"作此诗。

人无所逃天地间,
天地总比你大。
当天罗地网张开,
你必须"买它怕"①。
*
你曾经逃入田园,
也曾经逃入古刹,
你总是一逃再逃,
把自己一吓再吓。
*
终于你逃离乡土,
做了"美国人的老爸"。
你发誓永不回头,
一任酸甜苦辣。
*
你辛苦落户天涯,
你庆幸一无牵挂。

---

① "买它怕"是广东话,就是买它的账。

你躲过本国的瞄准,
却死在异邦的枪下。

1981 年

坟

一切都集合起来了,
当泪水平行了雨淋。
一铲铲黄土埋下、埋下,
直埋起一座新坟。
送葬的人鱼贯前进,
个个都黯然伤神——
这世界不只有你,不只有你,
也有我们。
一切都疏散开来了,
当风声吹落了雨淋。
一片片荒草爬上、爬上,
直爬上一座孤坟。
送葬的人鱼沉雁杳,
个个都无处可寻——
这世界只有你,只有你,
没有了我们。

1981 年

老白之死

我是一只老白狗,

体重至少二十磅,
年轻时候劲儿足,
年老来时精力旺。
生平最爱狗咬狗,
打起架来毫不让。
打赢以后叫几声,
威风八面照张相。
一朝春尽狗颜老,
人不胖我我自胖。
自知死期已读秒,
阎王要来敲竹杠,
躺在地上等咽气,
忽然爱神从天降:
一只母狗姗姗来,
手脚并用真漂亮。
不管自己几更死,
纵身一跃先扑上!
母狗转身就裸奔,
三步五步逃出巷。
我在后面加紧追,
汽车看我不敢撞。
阎王大喊时间到,
一把抓住死不放。
我骂阎王不通融,
功亏一篑太混账。

狗命既然不得饶,
只好自把挽歌唱:
"虽无美女来送抱,
却有美女来送葬。
狗生自古谁无死?
死得就是不一样!"

1981 年

隔世

隔世的没有朋友,
别做那隔世的人,
隔世别人就忽略你,
像忽略一片孤石。
*
离开你了——柔情媚眼
离开你了——蜜意红唇
什么都离开了你,
只留下一丝梦痕。
*
当子夜梦痕已残,
当午夜梦痕难寻,
你翻过隔世的黑暗,
又做了一片孤云。

1981 年

题泰国漫画

落井下石人间多；
雪中送炭人间少。
飞来横祸人间多；
飞来直椅人间少。
虽然岛是监狱狱是岛，
有个椅子总比没有椅子好！

1981 年

鼓里与鼓上

  狱中独居，楼上关了独居的死囚，戴着脚镣，彳亍踉跄，清晰可闻。

我在鼓里，
他在鼓上。
他的头昏，
我的脑涨。
声由上出，
祸从天降，

他若是我，
也是一样。
*
我在鼓里，
他在鼓上。
他走一回，
我走十趟。
他向下瞧，
我朝上望。
我若是他，
也是一样。

1982 年 1 月 25 日

情诗十四首

真与幻

人说幻是幻，
我说幻是真。
若幻原是假，
真应与幻分。
但真不分幻，
幻是真之根。
真里失其幻，
岂能现肉身？
肉身如不现，
何来两相亲？
真若不是幻，
也不成其真。
真幻原一体，
絮果即兰因。

1982 年 1 月 25 日

随你化成一个

她从来不愿说，

显得好沉默。
但她一旦开口,
什么都是你的。
*
她从来不肯给,
显得好吝啬。
但她一旦张开,
什么都让你做。
*
她从来就是冷,
显得好萧瑟。
但她一旦解冻,
随你化成一个。

1982 年 1 月 17 日

裸相有庄严

我是中心点,
你是一个圆。
由你包住我,
共参欢喜禅。
*
爱情幻中幻,
人生玄又玄。
玄幻得实体,
上下两缠绵。

*

虽云色即空，

叫我恣意怜。

事事全无碍，

裸相有庄严。

1982 年 1 月 17 日

"好吧！"

爱她的百种柔情，

爱她的千般无奈，

她说了一声"好吧！"，

然后还情债。

*

她任我前呼后拥，

她任我寻欢作爱。

她收回那声"好吧！"，

连说"你真坏！"。

1982 年 1 月 17 日

直到这一刻来临

享受她柔情似水，

享受她眼波如神，

享受她哀求、闪躲、挣扎，

享受她喘息、泪痕。

多少幻情，

多少等待,
直到这一刻来临。
*
看她用身体作画,
画出她纤弱均匀;
听她用声音作谱,
谱出她宛转呻吟。
多少幻情,
多少等待,
直到这一刻来临。
*
她一切为我成长,
她一切为我横陈,
她心上欢喜奉献,
奉献给身上的人。
多少幻情,
多少等待,
直到这一刻来临。

1982 年 1 月 17 日

爱里

爱里不见是非,
爱里不见强弱,
爱里只有情,
情没有对错。

爱里只见花飞，
爱里只见叶落，
爱里只有美，
美没有善恶。
*
宁愿因情生灾，
宁愿因美致祸，
宁愿情人说谎，
可是我不说破。

1982 年 1 月 17 日

请把恋爱终止

请把恋爱终止，
一切都要告停。
唯有有中生无，
无情才是有情。
何必伤心泪尽？
何必理屈词穷？
唯有深入浅出，
浅情才是深情。

1982 年 1 月 25 日

情书会失效

爱不能分离，
分离不可靠。

爱一失掉身体，
就不可逆料。
*
爱靠身体连接，
情书会失效。
情书愈寄愈要丢，
哪怕寄挂号。
高人不信写情书，
只相信拥抱。
知道拥抱一不成，
就大事不妙。
*
有人日夜写情书，
想来真好笑。
还是趁早有点钱，
去买安眠药。

1982 年 1 月 25 日

情就会退票

尽量少的情，
尽量多的笑。
不是情多不好，
而是不可靠。
*
尽量松的情，

尽量紧的抱。
不是情紧不好,
而是常无效。
尽量淡的情,
尽量浓的要。
不是情浓不好,
而是会跑掉。
*
欢乐比情更真实,
欢乐是创造。
没有欢乐卧底,
情就会退票。

1982 年

酒藕

你一口,
我一口,
同喝一杯酒,
酒里见真情,
真情难回首。
*
你一口,
我一口,
同吃一片藕,
藕断却丝连,

丝断如杨柳。
*

人生离合不可知，
我再来时你已走。
除了旧情无回忆，
除了回忆无所有。

1982 年 1 月 18 日来信前一小时

情老

好花应折，
因为花会老。
莫等盛开，
折花要趁早。
*

春天应寻，
因为春会老。
莫等冬去，
才把春天找。
*

爱情应断，
因为情会老。
劳燕先飞，
是为两人好。

1982 年 1 月 25 日

然后就去远行

花开可要欣赏,
然后就去远行。
唯有不等花谢,
才能记得花红。

*

有酒可要满饮,
然后就去远行。
唯有不等大醉,
才能觉得微醒。

*

有情可要恋爱,
然后就去远行。
唯有恋得短暂,
才能爱得永恒。

1982 年 1 月 23 日

形而下的形而上

我们相逢,
在万年的一段;
我们相遇,
在大千的一站。
多少复杂,多少变幻,
多少奇遇,多少条件,
我们相切,

在几何的图案。

*

我们相会,

在时间的一刹;

我们相对,

在空间的一榻。

多少巧合,多少惊讶,

多少因缘,多少牵挂,

我们相依,

在人海的大厦。

*

我们相爱,

在永恒的一晃;

我们相恋,

在无限的一荡。

多少起伏,多少希望,

多少进出,多少流畅,

我们相交,

在形而下的形而上。

1981 年

插花

透过四栏柱,

透过一窗纱,

我爬到窗前下望,

看到那黄花。
她向我摇摆,
问我你好吗?
我没有说话,
只是看着她。

*

透过四栏柱,
透过一窗纱,
我爬到窗前吸气,
闻到那黄花。
她向我摇摆,
问我你好吗?
我没有说话,
只是闻着她。
透过四栏柱,
透过一窗纱,
我飘到窗前做梦,
摸到那黄花。
她向我摇摆,
问我你好吗?
我没有说话,
只是把她插。

1982年1月5日狱中作

(日本花道插花派别的"主月流"是不敢领教的。)

老兵

老兵永远不死,
他是一个苦神。
他一生水来火去,
轮不到一抔土坟。
*
他无人代办后事,
也无心回首前尘,
他输光全部历史,
也丢掉所有亲人。
*
他没有今天夜里,
也没有明天早晨,
更没有勋章可挂,
只有着满身弹痕。

1982年1月26日作,5月8日改

两首反中立的诗

一面倒才对

四面受敌敌不少,

八面威风一面倒。

丈夫生为湖海客,

从来不做墙头草。

1982 年 1 月 29 日狱中作

有个"中"字真不好!

浪花来了就是海,

浪花退了就是岛,

这叫海滩,

它不会天荒地老。

*

跑的来了就是兽,

飞的来了就是鸟,

这叫蝙蝠,

它不是人间主角。

不要是这又是那,

不要是站又是倒,

不要中间,

不要中立,
有个"中"字真不好!

1982 年 1 月 29 日狱中作

墓中人语

爱尔兰民歌《丹尼少年》(*Danny Boy*),是我生平最喜欢的一首歌。歌中写情人在生死线外,幽明永隔,死者不已,生者含悲,缠绵凄凉,令人难忘。尤其听到汤姆·琼斯的变调唱法,更把它唱得多情感人。

我一直想把这首歌译成中文,但是迁就用韵,未能如愿。一年前我试译了一半,还没译完,就入狱了。今天上午整理旧稿,发现了这一半译文,决心把它译完。花了一个半小时,用直译意译混合法,居然把它译成了。

Danny Boy

Oh Danny boy, the pipes, the pipes are calling

From glen to glen and down the mountainside

The summer's gone and all the roses are falling

It's you, it's you must go and I, I must bide,

But come ye back when summer is in the meadow

And when the valley is hushed and white with snow

Then I'll be here in sunshine or in shadow

Oh Danny, Danny Boy, oh Danny Boy, I love you so

But come to me, my Danny, Danny, oh say you love me

If I am dead as dead I well may be

You come and find a place where I'll lie

And kneel and kneel and say, yes, and say an Ave, an Ave

You'll find me

译文

哦，Danny Boy,

当风笛呼唤，幽谷成排，

当夏日已尽，玫瑰难怀。

你，你天涯远引，

而我，我在此长埋。

当草原尽夏，

当雪地全白。

任晴空万里，

任四处阴霾。

哦，Danny Boy,

我如此爱你，等你徘徊。

哦，说你爱我，你将前来，

纵逝者如斯，

死者初裁。

谢皇天后土，

在荒坟冢上，

请把我找到，找到，

寻我遗骸。

1982 年 12 月 27 日下午

〔附记〕照爱尔兰民歌的原始意味，这首歌是写父子之情，Danny

Boy 最后寻找到的,是父子之爱。我这里意译,当然别有所延伸,特此声明如上。

情律

何必三千饮^①？
天生只一根！
一根得其所，
一日存其真。
三千皆是幻，
何必现肉身？
曲中人不见，
斯人即知音^②。

1983年1月8日晨

---

① "弱水三千，我只取一瓢饮。"
② 这首诗的寓意是：我相信爱情一部分是灵肉一致的关系，另一部分是纯灵的关系。灵肉一致的关系有它的极限，但是纯灵的关系却没有。所以，柏拉图式爱情（Platonic love，精神恋爱）对某些情人说来，是有道理的。我和一些我心爱的情人并不上床，或并不急于上床，其意在此。当然另有上床的，那是灵肉一致的关系，不是纯灵的关系。这两种关系，都是令人神往的。

菩萨写诗

李筱峰在去年 12 月 10 日"人权日夜",在贺年片上写《叙近况致敖之先生》七绝一首,原诗是——

半年学做书呆瓜,未上草山看乌鸦。
不写文章不吵架,偶尔怀念李菩萨。

收到贺年卡后一个多月,我心血来潮,一边独吃晚饭的十二个饺子,一边写了这四首诗:

文章应该经常做,菩萨岂可偶尔想?
学术研究多狗屁,不当书呆又何妨?
*
屠龙何须大溪地(Tahiti)?打虎何须景阳冈?
空灵全凭空手道,实心老倌不说谎。
*
落花独看人独立,微雨自愿我自躺。
我不入狱谁入狱?哪惜零落同草莽!
*
爱国目无五花瓣,求世不怕五花绑。
草山冬色舍春意,低眉笑话国民党!

1983 年 1 月 16 日

剪他三分头！

"教育部部长"朱汇森是个什么事也不能做也不敢做的庸才兼好好先生，好好先生其实就是乡愿。1980年6月25日，我出版《李敖全集》第一册，就收有我为中学女生头发而向他抗议的一首诗，内容如下：

不要西瓜皮

报告朱部长：
不要西瓜皮！
好人弄成丑八怪，
教人真着急。
*
报告朱部长：
不要西瓜皮！
万众一心就够了，
不必头发齐。
*
报告朱部长：
不要西瓜皮！
顺应民意最重要，

别做万人敌。
*
报告朱部长：
不要西瓜皮！
要知它们多难看，
去问朱阿姨。

1979 年

这诗发表后，我看到 1981 年 11 月 4 日的《中国时报》，在《异想天开》栏下，有板桥市民权路陈迪先生写的一篇《请部长也剪三分头》，全文如下：

我想帮"教育部部长"理三分头。这样，当他望进镜子里去的时候，便可明白我家刚上国一的小弟落发时的伤心。再帮"教育部部长"太太剪个西瓜皮，让"教育部部长"大人天天面对着一个滑稽可笑的景象，终可明白"发禁"对千千万万的小女孩是开了多么大的玩笑。只是，我的力气不很大，须得仁兄仁姐、仁弟仁妹的帮忙。因为，要"教育部部长"大人理个不能上镜头的三分头，他必定不肯，必会拼命挣扎逃跑。到时候，请你们帮我把他压个动弹不得，才能在他老人家的头上理出一个美好的弧度来。其实你们帮我的忙，也就是帮"教育部部长"的忙，因为依我这小人物的头脑想来想去，他老人家头脑异常坚固，又对"发禁"如此偏好，天下还有谁比他更合适这种发型呢？助人为快乐之本，咱们何乐而不为？

这几天天天头痛，我从这篇有趣的文字中，得到头痛中的灵感，

今晚花了十分钟,再写一首诗:

剪他三分头!

按住朱部长,
剪他三分头!
理发大家来请客,
请他那混球。
*
按住朱部长,
剪他三分头!
既然他要剪我们,
我们就报仇。
*
按住朱部长,
剪他三分头!
要丑大家一齐丑,
不给他自由。
*
按住朱部长,
剪他三分头!
剪完通知消防队:
"老朱要跳楼!"

1983 年 1 月 30 日夜

"癣"与"屁"

我们当的

是古典极权的奴隶；

我们戴的

是现代统治的长枷。

我们也会

喊、叫、挣扎；

但换回的

是打、骂、高压。

这本是应付的代价

因为我们不唱梅花；

这本是该受的原罪

因为我们要做乌鸦；

这本是必然的结果

因为我们

死在这里、不会离开、没有"牙刷"！

我们就是我们——

顶天的人，不怕天塌！

我们被踩在脚下，

很渺小

实在一无可夸。

但有渺小的壮志，

也可喊几声"好哇!""好哇!"——
我们是身上的"癣",
痒不痒在我,
抓不抓在他!
我们是肚里的"屁",
臭不臭在我,
放不放在他!
在抓放之间,
在放抓之间,
我们就是我们——
顶天的人,不怕天塌!

1983 年 2 月 1 日半小时写此诗

我爱大猩猩

人爱小猴子,
我爱大猩猩。
卧倒千斤重,
坐牢一身轻。
在内心头热,
对外冷如冰。
什么都不想,
只想李敖兄。
*
人爱小猴子,
我爱大猩猩。
五岳都落实,
四大自皆空。
随地就小便,
到处可出恭。
有屁就直放,
何必上茅坑?
*
人爱小猴子,
我爱大猩猩。
不闻五鼎食,

只见五鼎烹。
甘心付代价,
哪能怕牺牲?
自作就自受,
安肯一杯羹!
*
人爱小猴子,
我爱大猩猩。
含冤六月雪,
吐气五更风。
叉腰装大蒜,
咬牙啃青葱。
苦中能作乐,
乖乖隆的咚。
*
人爱小猴子,
我爱大猩猩。
不洗热水澡,
但听寒山钟。
多情似小妹,
寡欲赛老僧。
痛恨墙头草,
只做不倒翁。

1983年2月6日夜

自赞五首

五湖之人,困处此岛。
青春已尽,年纪渐老。
伸张正义,以代天讨。
欲罢不能,只好乱咬。

*

五湖之人,困处此岛。
雄心大大,地方小小。
敌人多多,朋友少少。
不守规矩,能使人巧[①]。

*

五湖之人,困处此岛。
高风荡荡,余情袅袅。
给我写信,就是投稿。
没有秘密,一律发表。

*

五湖之人,困处此岛。
小时察察,老来了了。
招猫逗狗,自寻烦恼。

[①] 孟子说:"梓匠轮舆,能与人规矩,不能使人巧。"意思是说木匠和车匠,只能使人知道怎么做工,却不能使人心灵手敏。我想,真正能够领略我的高杆的读者,应该不会那么笨,应该每月花一百元,学到许多不可言传的巧思。

求仁得仁，有何不好？

*

五湖之人，困处此岛。

夙夜匪懈，东翻西找。

抬头看天，低头看屌。

一代英雄，今之国宝。

1983 年 3 月 8 日下午十分钟写完

洋和尚和录音带

1966 年 1 月，*Cavalier* 杂志有洋和尚放录音带代撞钟一漫画，此"西餐叉子吃人肉"之现代化也！感而有诗三首：

又做和尚又分派，
又做行者又常在。
魔鬼常在青天中，
上帝更在青天外。
起撞晓钟频独语：
改善设备要赶快。
何必声声次次敲，
大家改听录音带！

*

又做和尚又无奈，
遁入空门成一害。
晚上凄凄看月华，
白天昏昏挨日晒。
钟楼顶上锁春愁，
修道院里除情债。
何必声声次次敲，
大家改听录音带！

*
又做和尚又作怪,
一贫如洗像乞丐。
红尘看破总成空,
成空以后变无赖。
人人做人不及格,
上帝做人也很菜。
何必声声次次敲,
大家改听录音带!

1983年5月26日

反咬高人吕洞宾

有话直说不抹角,
有屁直放总认真。
丈夫做人要痛快,
何能不骂三家村?
举世滔滔多走狗,
最难辜负美人恩,
红颜未老我先老,
一朝春尽死生分。
*
流水送花多有意,
白云出岫总无心。
君子爱人以正道,
小人爱人香喷喷。
鹰扬牧野得其大,
狗抢骨头失其尊。
不识高人高格调,
反咬高人吕洞宾。

1983 年 5 月 27 日十分钟作

他

枯藤老树低人家,小桥流水涂昏鸦。
天地只要你和我,你我之外不要他。
*
别说夕阳已西下,且等晨光透窗纱。
半夜漆黑真可笑,可笑还在唱梅花。
*
前途有限何所计?后患无穷总堪夸。
只怜孺子缺牛奶,谁管大权一把抓?
*
我是人间湖海客,今来蓬岛把队插。
洗耳不用黄河水,遮面何须靠琵琶!
*
……(编者略)

1983年6月24日晨

"于人曰浩然,沛乎塞苍冥"
——怀念居浩然

昨天上午,四季出版公司转来一封信,打开一看,是居蜜写给我的:

李敖先生:

家父于今年3月5日病逝澳大利亚,享年六十六岁,在他遗物中,发现此首诗(见附纸),不知他寄给你否?大概是写于1972年美国加州旅行期间,因为是写在当时旅行用一小记事本上。想他是有感而发,寄一份给你,以慰他心。祝

暑安

居蜜于台北旅次 1983 年 6 月 17 日

附纸的诗上,居蜜写着"居浩然作于1972年旅美期间"字样,原诗为居浩然亲笔:

天涯怀李敖

傲骨本天生
非能口舌争
有才君伴狂
无势我真怜

击鼓敢骂曹
任性终误萧
浮云遮白日
狱中作长啸

居浩然人奇于文、文奇于诗,他的离去,令我颇为感伤。接到居蜜的信,看到居浩然写给我的遗诗,我决定写四组新作,怀念这位老朋友:

居蜜寄片纸,我怀居浩然。人去黄河北,君飘澳洲南。
乱世迷浮海,番邦卜桃源。不见故人返,但见女儿还。
*
寸心集中在,狂歌五柳前。字里萌深意,行间斥浅盘。
朋友十年狱,敌人一口痰。厩马未肥死,失弓已断弦。
*
大义执何往?逃世不逃禅。广济一声在,牛津五湖船。
细味他乡水,难饮青春泉。斯人斯疾也!青藤终病猿。
*
世人皆欲杀,君独对我怜。芜诗哪忍寄?青出自胜蓝。
沛乎苍冥塞,死矣谢愁颜。愁颜化涕泪,泪下人影寒。

这诗要读《论语》、《楚辞》、《陶渊明集》、《寸心集》(居浩然著)、《陆放翁集》、《徐文长逸稿》、《文文山集》等书,以及蓬斯·德·莱昂(Ponce De Leoh)《青春泉》(*Fountain of Youth*)等中外典故,才能完全读懂,我无法一一细为笺注了。只是有一个典故,倒颇该细说,那就是"青藤"一典。"青藤"是徐文长的号。

徐渭（1521—1593），字文长，号青藤，别署天池山人、田水月，浙江绍兴人。他只是明朝的秀才，但是他文思敏捷，以才气被浙江巡抚胡宗宪赏识。《明史》说：

> 渭知兵，好奇计，宗宪擒徐海，诱王直，皆预其谋。藉宗宪势，颇横。及宗宪下狱，渭惧祸，遂发狂，引巨锥割耳，深数寸，又以椎碎肾囊，皆不死。已，又击杀继妻，论死系狱，里人张元忭力救得免。

徐文长用锥子扎自己耳朵，是四十五岁的事。第二年就杀了老婆，此后一直在狱。四十八岁母亲死了，他出来办好丧事，再回去坐牢，五十三岁才出狱。袁宏道《徐文长传》说他：

> 晚年，愤益深，佯狂益甚；显者至门，或拒不纳。时携钱至酒肆，呼下隶与饮；或自持斧，击破其头，血流被面，头骨皆折，揉之有声；或以利锥锥其两耳，深入寸余，竟不得死。……先生数奇不已，遂为狂疾，狂疾不已，遂为囹圄。古今文人，牢骚困苦，未有若先生者也！

这样一个天才人物，竟"数奇不已"（命运总是不好），一辈子坏命，真太令人同情了。

居浩然虽然没坐过牢也没杀过老婆（他的夫人美丽、多才而贤惠），但他晚年竟精神状态有异，"遂为狂疾"，这是很令朋友同情的。"古今文人，牢骚困苦，未有若先生者也！"徐文长以后，大概只有居浩然可以上追古人了。

居浩然 1917 年生，湖北广济人。清华大学、中央陆军军官学校出身，又在美国哈佛、英国牛津等地进修。曾任淡江大学校长、澳大利亚墨尔本大学教授。他的允文允武，一似徐文长；他的才气、霸气、精神病，也一如徐文长。他是我一生中罕见的一位最率真、最有才华的朋友，他的衰病与离去，令人惋惜不已。

1983 年 6 月 24 日在台北

居然叫艺术家

人家画《流民图》,
他们只画荷花。
他们一片冷血,
居然叫艺术家。
*
人家画《行刑图》,
他们只画荷花。
他们一片无情,
居然叫艺术家。
*
他们逃避现实,
身披艺术袈裟;
他们逢迎权贵,
心盼前总统夸。……
*
这些荷花骗子,
居然叫艺术家!
真该踢他一脚,
骂他个"去你妈!"

1983 年 7 月 1 日晨

孔明歌

心热不能成大事,
因为它常错。
要用大脑指挥心,
这样才上策。
*
如何变得有大脑?
那要隆中卧。
孔明一旦出茅庐,
风云全变色。
*
孔明具有大头脑,
羽扇真开廓。
他使孙权成孙子,
曹操空横槊。
*
孔明才是政治家,
他不是政客。
政客其实没大脑,
政客常失落。
*
孔明只要出山清,

不要清君侧。
心知最后一场空,
但他不说破。
*
孔明鞠躬又尽瘁,
只有做做做。
但问耕耘好不好,
不再问收获。
*
孔明明知无大将,
他们太软弱。
但他仍要斩马谡,
当头给棒喝。
*
孔明未捷身先死,
一切云烟过。
孔明大脑终成灰,
孔明心儿热。

1983 年 7 月之晨

万古风骚一羽毛

唐朝杜甫诗写："三分割据纡筹策，万古云霄一羽毛。"清朝赵翼诗写："江山代有才人出，各领风骚数百年。"我合并他们的名句，写出这个题目。

苏轼以"羽扇纶巾，谈笑间，樯橹灰飞烟灭"写诸葛亮（编者按：原词指周瑜），写出了这位大人物一派从容的风度，这种手上有羽毛的从容，我最喜欢。大丈夫立身行事，为什么要那样紧张、那样严重、那样不洒脱呢？国家大事，也可以在女人大腿上办的。古代罗马英雄们，在orgy式的作乐中，使敌人"灰飞烟灭"，他们的从容，真可见一斑矣。

所以，英雄要有"一羽毛"来调剂调剂。

相对地，美人也要"一羽毛"的。简·方达有一张"一羽毛"式的照相，可得万古风骚，"虽世殊事异，所以兴怀，其致一也"！

我感而有诗，写五古一首如下：

丈夫救世热，风俗渐转薄，
人情一杯水，我酒味醇醪。
寒天拥冷暖，长夜自逍遥，
群丑虽参差，适我无非嘲。
乱世轻性命，苟存又何逃？
出山英雄泪，闻达我亦豪。
蜗角争何事？屠门尚可嚼，

谈笑秦军退,偃息却黄袍。
回向尘寰里,混沌在一凿。
弱水三千饮,我独取一瓢。
江山才人落,美女亦寂寥,
从容风骚在,独领一羽毛。

1983 年 11 月 27 日

两亿年在你手里
——1983 年 12 月 10 日夜得南美化石,给梦中的小叶

两亿年在你手里,
时间已化螺纹。
三叠纪生命遗蜕,
告诉你不是埃尘。
从螺纹旋入过去,
向过去试做追寻,
那追寻来自遥远,
遥远里可有我们?
*
两亿年在你手里,
时间已化螺纹。
中生代初期残骸,
告诉你万古长存。
从螺纹旋入过去,
向过去试测无垠,
那无垠来自遥远,
遥远里会有我们?
*
两亿年在你手里,
时间已化螺纹。

南美洲渡海菊石,
告诉你所存者神。
从螺纹旋入过去,
向过去试问余痕,
那余痕来自遥远,
遥远里正有我们。

1983 年 12 月 11 日晨

地质学上,"三叠纪"是 Triassic,"中生代"是 Mesozoic,"菊石"(鹦鹉螺化石)是 ammonite。中国古人说"所过者化,所存者神",化石给我的感觉,正是如此。

爱是纯快乐

爱不是痛苦!
爱是纯快乐。
当你有了痛苦,
那是出了差错。
*
爱是不可捉摸,
爱是很难测。
但是会爱的人,
丝毫没有失落。
*
爱是变动不居,
爱是东风恶。
但是会爱的人,
照样找到收获。
*
爱是乍暖还寒,
爱是云烟过。
但是会爱的人,
一点也不维特。
*
爱不是痛苦,

爱是纯快乐。

不论它来、去、有、无，

都是甜蜜，没有苦涩。

1984 年 1 月 3 日夜

把她放在遥远

爱是一种方法，
方法就是暂停。
把她放在遥远，
享受一片空灵。
*
爱是一种技巧，
技巧就是不浓。
把她放在遥远，
制造一片朦胧。
*
爱是一种余味，
余味就是忘情。
把她放在遥远，
绝不魂牵梦萦。
*
爱是一种无为，
无为就是永恒。
永恒不见落叶，
只见两片浮萍。

1984 年 1 月 5 日夜

爱的秘诀

爱是快快乐乐,
不是多愁善感。
我不爱得太深,
只要爱得很浅。
*
爱是笑口常开,
不是愁眉苦脸。
我不爱得太近,
只要爱得很远。
*
我是多情情人,
喜欢以眼还眼:
眼里意乱情迷,
心里迷途知返。
*
我愿有始无终,
我愿有增无减,
我愿爱得沉默,
沉默就是呐喊。

1984 年 1 月 6 日

何妨看一线天

生存在夹缝里,
我们心有不甘。
不甘没有关系,
我们腰杆不弯。
前后都是黑暗,
我们好像孤单。
我们没有视野,
只能看一线天。
*
生存在夹缝里,
我们身似坐监。
坐监没有关系,
我们功不唐捐。
前后都是黑暗,
我们不再孤单。
我们苦中作乐,
何妨看一线天。

1984 年 1 月 17 日

一片欢喜心，对夜坐着笑

太阳落西方，

晚星在闪耀，

小鸟静还巢，

我也不再叫。

*

月像一枝花，

高空里清照，

一片欢喜心，

对夜坐着笑。

The sun descending in the west,

The evening star does shine;

The birds are silent in their nest,

And I must seek for mine.

*

The moon, like a flower,

In heaven's high bower,

With silent delight,

Sits and smiles on the night.

今天午餐时，边吃边译英国诗人布莱克（Willian Blake）《子夜歌》(Night)的前二节,顺便写些感想。

　　我年轻时候,也未尝不有"强说愁"的情况,虽然并没像骚人墨客那样多愁善感、伤春悲秋,但是某种程度的"滥情",还是有的。这种"滥情",使我不喜欢一个人独自欣赏月色,我觉得,月色只有在跟美女一起的时候,才有情怀。若无美女在旁,自己一个人,就有冷清之感和苍茫之感,反倒使自己若不胜情。

　　如今我年纪渐大,我已有"识尽愁滋味"的历练,我历练得看月怀远,已经全无"滥情"存在,"月可使人愁,定不能愁我"——我已全然是快活的欣赏者了。

　　布莱克这首诗,颇有一个"快活的欣赏者"心境,我把它意译出来,以汇东海西海古人今人之一乐。

1984 年 1 月 29 日

不让她做大牌

把她放在遥远,
不让她做大牌。
不让女人坐大,
即使她不再来。
*
不把白的染黑,
不把黑的涂白。
不让黑白颠倒,
即使她不再来。

拿破仑被流放到南大西洋圣赫勒拿（St. Helena）岛,在日记里写道:"女人是我们的财产,而我们却不是她的财产。……她是他的财产,一如果树是园丁的财产一样。"拿破仑对女人的这种隶属观念,远在他制订法典时代就形成了。他在制订会议上说:"丈夫有权向他的女人说:'太太,你不得出门！太太,你不得到戏院去！太太,你不得见某人、某人！'这个就是说:'太太,你的身体、你的灵魂,都是属于我的。'"拿破仑这种观念,在平等观点上,是错误的,但这一观念,不论他一生中是得意或失意、是飞黄腾达或穷途末路,他都坚信不疑。在这一基调上,他对女人,显然存有一种悲观的了解,虽然这种了解,并没阻却他对美女的喜爱。只是喜爱之中,他不容女人占上风而已。因为人间的事,被女人占了上风,常常毁了男人,也毁了女人自己。

今天清早 4 点半起床,写了这八行小诗,想起这跟美女纠缠不清的拿破仑,特别写他几句。

1984 年 2 月 8 日

我为她雕出石像

她曾是小小叛徒,
来自那长安叠嶂。
她有着青春、生趣、美,
去迎接人间万象。
她飘零在十字架旁,
以为是复兴岗上,
她迎接了一片漆黑,
把漆黑当作光亮。
当同伴只是弱者,
为弱者,她自我埋葬:
她不再上升、上升、上升,
她一任自己下降。
她甘心矮化自己,
情愿和世俗一样:
为爱情放弃闪光,
为弱者错认希望。
她希望水涨船高,
在人间没有异样;
她忘了悲惨世界,
对悲惨只有抵抗。
我看她走在路边,

忍不住陪她一趟。
鼓舞她重新闪光,
闪光出新的欢唱。
艺术藏身在大理石中,
米开朗琪罗将它解放;
她藏身在小岛深处,
我为她雕出石像。

1984 年 3 月 12 日想起;14 日写定

不复春归燕,却似如来佛

丈夫志救世,回向布大德。
断臂全一体,割肉度群魔。
敌人须开化,党棍要反驳。
只见家天下,何处有"民国"?
*
"民国"已代数,所余是几何,
未闻识途马,只见呆头鹅。
百姓蝼蚁命,大老乌龟壳。
警察处处在,无处不网罗。
*
"民国"亡无分,天下兴有责。
叛乱考一百,从良不及格。
入监笼中鸟,出狱地头蛇。
不复春归燕,却似如来佛。

1984 年 3 月 17 日午

只有干干干!

从不"三点半"①,
从不"六点半"②,
从来财色我都有,
财色不足看。
*
不去电影院,
不去乌龙院,
只去埋头写文章,
恶言把人劝。
*
不做流浪汉,
不做自了汉,
丈夫入世救苍生,
立志要实践。
*
不入滑稽传,
不入隐逸传,
笑里藏刀亦奸雄,

---

① "三点半"是银行轧头寸截止时间,跑三点半是台湾商场特色。
② "六点半"是钟上分针与时针向下重叠,俗喻阳痿也。

山林有炸弹。

*

不当票据犯,

只当叛乱犯,

我叛乱来你乱判,

大家法庭见。

*

只有主力战,

只有殊死战,

没有泪眼看黄花,

只有干干干!

1984年3月19日晨以一小时作

赌的哲学

不愿做大官,
只愿做大牌。
大牌梭倒呼幺客,
看人中发白。
*
高人心怀凌云志,
志岂在赌台?
一掷千金送朋友,
谁靠赌发财?

〔后记〕我本有赌徒性格,年轻时候,工作之余,嗜赌尽兴,赌友多是影剧圈内政工干校系出身的国民党,我戏呼为"国共合作",后来坐牢了,赌友星散。前年我过生日,骆明道坚邀赌一次,那是我此生最后一次豪赌。此后我有意志说不赌就不赌。我一直喜欢赌,可是有更重要的事要我去全神贯注,对这门子嗜好,我就戒掉了。

1984 年 3 月 21 日

可惜的是我已难醉

四季里总有秋天,
秋天是一种感喟:
正因你难以寻春,
对夏日你无法插队。
——别伤感黄叶凋零,
且珍惜仅有的青翠。
*
人生里总有中年,
中年是一种狼狈:
正因你不再童真,
对青年你不属一类。
——别回首旧日光华,
且留恋残梦的未碎。
*
逼近的是冬天的骄阳,
逼近的是老去的彩绘,
逼近的是处处美酒,
可惜的是我已难醉。

1984 年 3 月 29 日

脱脱脱脱脱

"饥餐胡虏肉",
没肉可下锅;
"渴饮匈奴血",
没血怎么喝?
"采菊东篱下",
东篱有一棵。
菊花与剑外,
何妨上餐桌?
*
放浪形骸内,
其妙不可说。
浮岛① 水之湄;
富士山之阿。
但爱我"立华"②,
何用苏幕遮?
苏幕遮不住,
胡牌要自摸。

---

① 日本最怪的地方,是和歌山县新宫市新宫驿西部的"浮岛"。这岛长方形,面积只数平方里,因为浮在沉没的沼泽上,所以长年不息地浮动。岛上的水多金黄色。
② 在日本插花中,最古的样式是"立华",影响了其他的许多样式,一如日本受中华影响而变出了许多样式。

只唱西洋曲,
不哼东洋歌。
口吃小日本,
心喊大抗倭。
扶桑算老几?
中华第三波。
入境不问禁,
脱脱脱脱脱。

1984 年 4 月 13 日

《一个文法学家的葬礼》

19 世纪英国诗人勃朗宁（Robert Browning）有一首长诗，叫《一个文法学家的葬礼》(*A Grammarian's Funeral*)，写一个文法学家死了，他的学生们抬着棺材，到高山上去埋。他们一面向上走，一面谈论死者的种种。这位学者一辈子发奋治学，死而后已，在易箦之前，他口不能说话了、腰以下都僵硬了，但还在考订文法、辨正词性，毫不停止。这种伟大的精神，使他的学生最后高歌——

这个人绝不恋生，而在求知——
哪儿才是他埋骨之地？
这儿——这儿就是，
这儿有流星飞驰，
有白云兴起，
有电光闪射，
有繁星来去，
让快乐因风雨而生，
让露珠送一片宁谧。
他的巍然，像功不唐捐，
势必终于长眠高致。
高高的生、高高的死，
他超越了世俗的猜忌。

This man decided not to live but know –

Bury this man there?

Here–here's his place, where meteors shoot, clouds form,

Lightning are loosened,

Stars come and go! Let joy break with the storm,

Peace let the dew send!

Lofty designs must close in like effects:

Loftily lying,

Leave him – still loftier than the world suspects,

Living and dying.

这种伟大的精神,真不愧是志士仁人的最好榜样。

1914 年,格拉宾(Harvey Carson Grumbine)写《勃朗宁故事》(*Stories from Browning*),在"信心"(*Goncerning Faith*)部分中,有专章讨论这首诗的理想主义色彩,最值得我们重视。

1984 年 4 月 30 日夜

老虎歌

俗话说"虎落平阳被犬欺",我生也剽悍,虽为平阳之虎,仍可不为犬欺,但虎威所镇,毕竟——是犬,其为虎之乏味,亦可知矣!感而有诗,打油一首——

引狼入室人所怕,
放虎归山人不甘。
平阳虽落犹戏犬,
血压上升还搬砖。
读者开颜呼万岁,
老子自摸玩八圈。
八圈赢得老K叫:
"老虎原来是老千!"
*
引狼入室人所怕,
放虎归山人不甘。
平阳虽落犹戏犬,
万劫归来又抢滩。
辛苦说难改容易,
努力遗大亦投艰。
"烈士肝肠名士胆",
我是人间基督山。

1984年6月18日

《我们七个》

维青兄：

　　承你逼令我译这首诗，你说你的朋友们试译，都译不成，你硬要我译。我很滑头，我先转给胡虚一去译。9月23日，虚一译来了，他附信说："恐译得不好，故还盼文字高手如兄者，再做斟酌和润色。"我细看虚一的译作，诗情意境都能把握，可惜他有点书呆，把小女孩的口气，译得太"文"了，于是我决定大胆"斟酌和润色"。不料我太忙了，就拖了下来。

　　昨天峰松、金珠和小女儿到我家，看我只"斟酌和润色"了第一段，催我快译，说你等着要。于是今天早起，就花了一个半小时，把"胡译本"改成"胡李译本"。因为原诗除最末一节外，都是abab的四行体，我为扣紧二、四行韵脚，迁就贫乏的中文词汇，偶尔也不无"增字解经"之处、"掺以己意"之处，凡此错妄，自当由我负全责，与虚一无涉也。下面就是全文：

《我们七个》(*We Are Seven*)

华兹华斯（William Wordsworth）作　胡虚一、李敖译

一个单纯的小孩，

他呼吸，轻快无比，

每只手脚都充满了生命，

他哪管什么叫死。

我碰到一个小女孩,
住乡下小屋,说她八岁。
她有着一头乱发,
在头上,一一下坠。
她一派乡野土气,
穿着随便失体;
她眼睛漂亮、真漂亮,
她的美使我欢喜。

"小姑娘啊,"我问道,
"你可有几个兄弟姊妹?"
"几个呢?一共七个。"她答着,
看着我,奇怪有什么不对。

"告诉我,他们都在哪儿?"
她答道:"一共七位,
两个去航海,
两个住康卫。

哥哥姐姐两个,
埋在坟里。
靠近他们,那小屋
妈妈和我住在一起。"

"你说两个去航海,

两个住康卫。
但你们有七个,
可爱的小姑娘,这有点不对。"

小姑娘还是照说:
"我们七个不差,
两个埋在坟里,
就在那棵树下。"

"我的小姑娘,活着的才算,
你说得不对,
坟里躺着两个,
你们只有五位。"

"他们坟上有青草,
看得到他们,那么明显",
小姑娘回答道,
"他们在一起做邻居,
离妈妈家门十二步远。"

"我常在那儿织袜子,
我常在那儿缝手帕,
我坐在那儿地上,
对他们唱歌说话。

我常在太阳下山,
看天上又晴又亮。
我端着我的小碗,
在那儿把晚饭吃上。

珍姐死得最早,
她躺在床上喊疼。
最后她终于走了,
当上帝慈悲万能。

当草地又枯又干,
她的坟出现眼前,
绕着坟,约翰和我
在一起大家游玩。

当地上雪白一片,
又跑步又滑冰,我可真忙,
这时候约翰走了,
也埋在珍姐身旁。"

"如果两位在天上,"我问道,
"那么还有几个?"
"啊,先生,我们七个。"
她回答,干净利落。

"但他们死了,两个死了,
他们的灵魂,上了天了!"
这些话,是耳边风,一说而过。
小姑娘执意她没有错,
小姑娘照说:"不对,我们七个!"

A simple child,

That lightly draws its breath,

And feels its life in every limb,

What should it know of death?

I met a little cottage Girl:

She was eight years old, she said;

Her hair was thick with many a curl

That clustered round her head.

She had a rustic, woodland air,

And she was wildly clad;

Her eyes were fair, and very fair:

Her beauty made me glad.

"Sisters and brothers, little Maid,

How many may you be?"

"How many? Seven in all," she said,

And wondering looked at me.

"And where are they? I pray you tell."
She answered, "Seven are we;
And two of us at Conway dwell,
And two are gone to sea;

Two of us in the churchyard lie,
My sister and my brother;
And, in the churchyard cottage, I
Dwell near them with my mother."

"You say that two at Conway dwell,
And two are gone to sea,
Yet ye are seven! I pray you tell,
Sweet Maid, how this may be."

Then did the little Maid reply,
"Seven boys and girls are we;
Two of us in the churchyard lie
Beneath the churchyard tree."

"You run about, my little Maid;
Your limbs they are alive;
If two are in the churchyard laid,
Then ye are only five."

"Their graves are green, they may be seen,"
The little Maid replied,

"Twelve steps or more from my mother's door,
And they are side by side."

"My stockings there I often knit,
My kerchief there I hem,
And there upon the ground I sit,
And sing a song to them.

And often after sunset, Sir,
When it is light and fair,
I take my little porringer,
And eat my supper there.

The first that died was sister Jane;
In bed she moaning lay,
Till God released her of her pain;
And then she went away.

So in the churchyard she was laid;
And, when the grass was dry,
Together round her grave we played,
My brother John and I.

And when the ground was white with snow,

And I could run and slide,

My brother John was forced to go,

And he lies by her side."

"How many are you, then," said I,

"If they two are in heaven?"

Quick was the little Maid's reply,

"O Master! we are seven."

"But they are dead; those two are dead!

Their spirits are in heaven!"

Twas throwing words away; for still

The little Maid would have her will,

And said, "Nay, we are seven!"

这首诗承老兄选定，命我翻译，若不是老兄提醒，我真没注意到这首好诗，真要感谢你。

这诗写一个纯真的小女孩，置哥哥姐姐死亡于度外，不论生死，手足照算，视亲人虽死犹生、若亡实在。这种境界，看似童稚，其实倒真与参悟大化的高人境界若合符节。高人的境界在能"乐入哀不入"，在生死线外，把至情至乐结合在一起。这种至情至乐是永恒的，不因生死而变质，纵情随事迁，并无感慨，反倒只存余味。人生有了这种境界，自然不会生无谓的伤感、自然不会否定过去或逃避过去、自然会真正达到"所过者化,所存者神"的新水准("所过者化,所存者神"在这里,"化"字该解做化境,"神"字兹解做余味)。达到这种水准,才是真正正确的水准。相对地,轻易"多愁善感"是没水准的、"哀乐不能入"也是没水准的,高人的水准是"乐入哀不入"。只有轻快,没有重忧;只有达观,没有闲愁,这样的境界才是修养最高的境界。华兹华斯诗中小女孩的境界,恰恰是这种境界。虽然小女孩一派天真,全无哲学与理论,但是她"举重若轻",所以兴怀,其致一也。特写数语附识,此上

　　维青老兄

李敖　1984年10月19—20日

附　录
陈维青复李敖

敖兄：

　　今天接到你寄来的《我们七个》译稿,拜读之下,已有了迫近原作韵味之感,真是功力到家。

　　四年前,惨绝人寰的林家祖孙命案发生当时,连不认识林义雄的我,都感悲愤万分,甚至当众放声号泣过。我真不忍想象,当黑衫队员举起利刀,刺杀奂均、亮均、亭均的时候,她们三个姊妹的眼神是怎样一种表情。她们不会抵抗,只会喊疼,不知道逃命,只会望着那黑衫人说"不要"。她们像献祭的小羔羊,不知道罪恶、不知道死亡,正如这首诗所说的:"What should it know of death?"结果,那地狱使者还是夺去亮均、亭均的生命。

但是，死者已矣，对死里逃生的奂均，我们要用什么方法来平衡她心理上的创伤呢？有一段时间，我为这件事终日感到欲吐不得的难过，希望能有机会亲眼看到奂均的情况。这希望，很快地就实现了，就在同年的一个冬天晚上，秋菫小姐陪我到奂均舅舅家（当时她们母女二人住在这里），为她的钢琴调音。这时候，我才亲眼看到奂均，我看她和普通一般同年龄的小女孩并无两样，看她那可爱的笑容、那天真无邪的表情与举动，并没有丝毫被夺去而感到无限的安慰与祝福。

看到奂均的情况后，使我联想到华兹华斯的《我们七个》这首诗（很巧，当时奂均的年龄跟诗中小女孩的年龄同为八岁），重翻读之，愈使我对奂均放心，自己愈感到安慰。大人们总是容易低估小孩子的心灵境界和生命力了，大人们的多愁善感，对小孩子来讲是多余的，我们未免太操心了吧！现在如果有人问奂均，你有几个姊妹，她一定回答"Three in all"，而且会一直坚持"We are three"到底，愈是手足情深，愈会如此。

华兹华斯这首 *We Are Seven* 的诗，非常美，朗诵时，诗中小女孩外表的模样和与大人对话的神情，会浮现于眼前，怜惜之情，油然而生，实在太美太美了。令"胡李译木"已竣，我仍希望能借着你的丽笔，公之于世，飨宴你的读者，证明你也具有"软体"成分的一面。

另外拜托你翻译的华兹华斯的一首 *Sonnet: 1802 in London*，如果译好了，请赶快寄给我，因为我有一篇文章想引用它。我总认为，急件应该请忙人办，这样会比较快，你说对不对？耑此，顺祝

安好

维青　10月24日

也有诗兴

怀唐文标
四月欣然祝我寿,六月怆然吊君丧。
太息唐山终息壤,大兄大兄真无双。

1985 年 6 月 20 日

何妨
不须烟酒已自宽,人情险恶似波澜。
一丈浪头魔戏水,何妨大家闹着玩。

1985 年 6 月 20 日

诗人我
自有鬼才人争颂,别有仙才人不知。
但以文名惊天下,窃笑光禄最能诗。

1985 年 6 月 20 日

在台
不是冤家不聚头,冤家使我此中留。
浮云蔽日何足畏,北京不见我不愁。

1985 年 6 月 20 日

老 K 者，"台独"也

一幅存党亡国图，残山剩水渐模糊，
分离帽子朝人掼，原来你才是"台独"！

1985 年 6 月 20 日

流尘

一手下笔如有神，书房寂寂见流尘。
此心无物浑不染，两手欲救已染人。

1985 年 6 月 20 日

闭关

眼里何能只台湾，我与他们不相干。
一片丹心渡沧海，十字街头笑闭关。

1985 年 6 月 20 日

五湖

山外青山楼外楼，楼外也做五湖游。
留得五湖烟水在，不移烟水洗恩仇！

1985 年 6 月 20 日

真幻

身如蛟龙困沙滩，心随美女到胡天。
我自超然识真幻，别有真幻在人间。

1985 年 6 月 20 日

夕阳

每天高兴我上床,醒来作文干你娘。
干到黄昏无限好,蒋家江山是夕阳!

1985 年 6 月 20 日

中国结

不看古书只打结,仙履不见见破鞋。
复兴文化全狗屁,如此何能继绝学?

1985 年 6 月 21 日

(编者略)

还有诗兴

忆草山公墓
满谷黄花笼今坟,阴间烟火自为邻。
落日余晖留残照,只照碑板不照人。

1986 年 1 月 25 日

吹老 K
国号亡时如地裂,政权垮处似山崩。
聊将金陵春梦事,吹入六朝烟雨中。

1986 年 1 月 25 日

待锄
不容湖光耗岁月,休教白云留野心。
哪有闲情寄大化,待锄犹有蒋家君。

1986 年 1 月 26 日

偕亡
今时王谢全该杀,介寿路口夕阳斜。
叹息与子偕亡恨,不在寻常百姓家。

1986 年 1 月 26 日

前浪后浪

长江后浪推前浪,前浪死在沙滩上,
后浪风光能几时?转眼还不是一样。

1986 年 1 月 26 日

旧词新改

温庭筠《更漏子》

柳丝长,春雨细,花外漏声迢递。惊塞雁,起城乌,画屏金鹧鸪。香雾薄,透帘幕,惆怅谢家池阁。红烛背,绣帘垂,梦长君不知。

新改(记牢事也)

铁栏长,牢门细,消息无从传递。无塞雁,无城乌,也无金鹧鸪。情渐薄,戏落幕,但恨蒋家池阁。墙对背,胃下垂,屈长君不知。

韦庄《菩萨蛮》

劝君今夜须沉醉,尊前莫话明朝事,珍重主人心,酒深情亦深。须愁春漏短,莫诉金杯满。遇酒且呵呵,人生能几何!

新改(勉亨利老友也)

劝君余生须"沈醉"[①],桌前专话当朝事,珍重难友心,恨深情亦深。须愁残夜短,且喜稿纸满。快笔且呵呵,蒋家剩几何?

---

① 沈醉是国民党大特务,后迷途知返,写书自忏,揭发蒋家内幕。

冯延巳《蝶恋花》

谁道闲情抛弃久,每到春来,惆怅还依旧。日日花前常病酒,不辞镜里朱颜瘦。　河畔青芜堤上柳,为问新愁,何事年年有?独立小桥风满袖,平林新月人归后。

新改(我快乐也)

我道闲情抛弃久,冬去春来,快乐还依旧。不立花前不病酒,不见镜里人儿瘦。　到处乱插无心柳,为问新愁,为何总没有?不中不正骂领袖,中国抬头你死后。

*

冯延巳《长命女》

春日宴,绿酒一杯歌一遍,再拜陈三愿:一愿郎君千岁,二愿妾身常健,三愿如同梁上燕,岁岁长相见。

新改(长命男也)

一人宴,汽水一杯歌一遍,不拜陈三愿:一愿老子百岁,二愿老子常健,三愿如同天上燕,混蛋我不见。

*

宋祁《玉楼春》

东城渐觉风光好,縠皱波纹迎客棹。绿杨烟外晓寒轻,红杏枝头春意闹。　浮生长恨欢娱少,肯爱千金轻一笑。为君持酒劝斜阳,且向花间留晚照。

新改（喜裸照也）

摩登风光已不好，有了马达没有棹。出版书上人言轻，电视里头全胡闹。　　浮生但恨美人少，不爱千金爱一笑。谁要喝酒劝斜阳，且向人间留裸照。

*

欧阳修《蝶恋花》

庭院深深深几许，杨柳堆烟，帘幕无重数。玉勒雕鞍游冶处，楼高不见章台路。　　雨横风狂三月暮，门掩黄昏，无计留春住。泪眼问花花不语，乱红飞过秋千去。

新改（记军法大审我一言不发也）

"警总"深深深几许，公文堆烟，抓人无重数。杀气腾腾军法处，楼低只见不归路。　　审来审去三月暮，门掩黄昏，有计留人住。法官问我我不语，耶稣飞过押房去[①]。

陈与义《临江仙》

忆昔午桥桥上饮，座中多是豪英。长沟流月去无声，杏花疏影里，吹笛到天明。　　二十余年如一梦，此身虽在堪惊。闲登小阁看新晴，古今多少事，渔唱起三更。

新改（忆牢事也）

忆昔秀朗桥下饮，牢中也有豪英。阴沟流水去无声，刀光剑影

---

① 我被军法审判时，一言不发，法官问我为什么不说话，我说耶稣被审时也不说话。

里,长恨到天明。　　十余年前如一梦,此身虽在堪惊。独上危楼看晚晴,蒋家多少事,报仇起三更。

1986 年 9 月 5—6 日

以山谷之道，还治其身

宋朝诗人黄庭坚（字鲁直，自号山谷道人，又号涪翁）的诗，曾被骂为"邪思之尤者"（张戒《岁寒堂诗话》）、"剽窃之黠者"（王若虚《滹南诗话》），并且是"狞面目恶气象"者（冯班《钝吟杂录》），但是我却喜欢，尤喜欢他的《武昌松风阁》诗。全诗是：

依山筑阁见平川，夜阑箕斗插屋椽，我来名之意适然，老松魁梧数百年，斧斤所赦今参天，风鸣娲皇五十弦，洗耳不须菩萨泉，嘉二三子甚好贤，力贫买酒醉此筵，夜雨鸣廊到晓悬，直看不归卧僧毡，泉枯石燥复潺湲，山川光辉为我妍，野僧早饥不能馔，晓见寒溪有炊烟，东坡道人已沉泉，张侯何时到眼前，钓台惊涛可昼眠，怡亭看篆蛟龙缠，安得此身脱拘挛，舟载诸友长周旋。

黄庭坚是"江西诗派"的开山人。他生的时代，已是古今上万首诗做过了的时代，在上万首诗的围写下，什么感慨、什么呻吟，差不多都写完了；所有诗中的词语，什么怀乡、什么断肠，也差不多都排列组合完了。诗人再想创造出新的诗句，已经有难以落笔之苦。在这种古人已先得我心的不公平情况下，黄庭坚巧妙地推出了"换骨法"与"脱胎法"。"不易其意而造其语"，是"换骨法"；"规模其意而形容之"，是"脱胎法"。在这一脱胎换骨的理论下，李白的"人烟寒橘柚，秋色老梧桐"，被黄庭坚一动手脚，便成了他自己的"人家围橘柚，秋色老梧桐"；白居易的"百年夜分半，一岁春无多"，被黄庭坚一动手脚，便成了他自己的"百年中半夜分去，一岁无多春暂来"；王安石的"只向贫家促机杼，几家能有一钩丝"，被黄庭坚一动手脚，便成了他自己的"莫作秋虫促机杼，贫家能有几钩丝"……这种改陈出新的构想，我认为很不错。

现在我以《武昌松风阁》诗，试加脱胎换骨，以山谷之道，还治其身，杂写狱事，自信别有奇境也。全诗是：

梦中楼阁见平川，夜阑卫兵立屋椽，我来坐牢意惨然，已死先烈数十年，尺法不赦均升天，空留余音五十弦，升天以后下黄泉，介寿馆里魏忠贤，整天关人再开筵，青天白日到晓悬，红者满地无僧毡，逝者如斯甚潺湲，碧血黄花为谁妍，不知人间有晨饘，火葬场所多孤烟，难友一一已沉泉，酷吏时时到眼前，疲劳审问不成眠，笔录模糊仍纠缠，此身不求脱拘挛，誓与警总长周旋。

黄庭坚自言他的成就"得江山之助"，我则浩劫余生，"警总"（"警备总司令部"）愈整我，我的成就愈多，真可谓"得警总之助"矣，王八蛋哉！

1986 年 9 月 8 日傍晚

关于《丽达与天鹅》

爱尔兰诗人叶慈（William Butler Yeatss, 1865—1932），写了一首名诗，叫《丽达与天鹅》(*Leda and the Swan*)，原诗如下：

A sudden blow: the great wings beating still
Above the staggering girl, her thighs caressed
By the dark webs, her nape caught in his bill,
He holds her helpless breast upon his breast.
How can those terrified vague fingers push
The feathered glory from her loosening thighs?
And how can body, laid in that white rush,
But feel the strange heart beating where it lies?

A shudder in the loins engenders there
The broken wall, the burning roof and tower
And Agamemnon dead.
Being so caught up,
So mastered by the brute blood of the air,
Did she put on his knowledge with his power
Before the indifferent beak could let her drop?

余光中的翻译

谄媚国民党大员的西洋文学专家兼"诗人"余光中,在他的《英美现代诗选》里,曾把这首诗中译。译文如下:

猝然一攫:巨翼犹兀自拍动,
扇着欲坠的少女,他用黑蹼
摩挲她双股,含她的后颈在喙中,
且拥她无助的乳房在他的胸脯。
惊骇而含糊的手指怎能推拒,
她松弛的股间,那羽化的宠幸?
白热的冲刺下,被扑倒的凡躯
怎能不感到那跳动的神异的心?

腰际一阵颤抖,从此便种下
败壁颓垣,屋顶与城楼焚毁,
而亚嘉曼农① 死去。
就这样被抓,
被自天而降的暴力所凌驾,
她可曾就神力汲神的智慧,
乘那冷漠之喙尚未将她放下?

余光中的中文散文,有的尚堪一读;但他的中文诗,实在多属自欺欺人,不敢领教;他译的英文诗,受原作羁勒,虽然无法行骗,但

---

① 阿伽门农。

究其翻译，却中文西化、中文古化，并且是不通难懂的西化、佶屈聱牙的古化。这首译诗便是如此，读起来非常别扭。

胡虚一评余光中的翻译

我请胡虚一注意一下余光中这首译诗，并表示一点意见。本月17日，胡虚一写信来，分说如下：

> 余教授虽译得大体不差，尤其全照原诗韵脚来译（惜后六行的韵脚，译得乱了），更是不易；唯对照细读之后，窃觉其中译不免失误欠妥之处，有下列若干：
>
> 一、第一行开头"A sudden blow"的blow，余译为"攫"，窃以不如仍译"袭"或"击"，较合"天神宙斯窥见丽达某次浴于河上，乃化为天鹅，袭奸丽达"的希腊神话的意思。且"攫"是"用爪抓取"的意思，可引申为"夺取"，似与blow的字义不合。故仍以译"袭"或"击"，既合希腊神话故事原意，又合blow的字义。
>
> 二、由第一行之"the great wings beating still"到第二行之"Above the staggering girl"的英文，余译为"巨翼犹兀自拍动，扇着欲坠的少女"云云，是译错了文法结构，就翻译讲，似是个很大错误。因"Above the staggering girl"是说明"the great wings beating still"之空间位置的片语也。就片语结构言，为一 prepositional phrase；就片语作用言，为一 adverbial phrase。再说 staggering girl，意为摇摇摆摆的少女，或悬空摇摆的少女，而不宜译为"欲坠的少女"。
>
> 三、第二行之"caressed"，余译"摩挲"，似不如译为"抚爱"有表示性爱欲念之意。
>
> 四、第四行之"He holds her helpless breast upon his breast"，余

译为"且拥她无助的乳房在他的胸脯"。窃觉余译得似无"泄欲逞暴"的意味。helpless breast，若译为"可怜的乳房"，似较"无助的乳房"胜；而 upon 在这里，似更有"霸王硬上弓"的"压在或抵住可怜乳房上面逞暴之势"的意味，余译中似都难以觉到此意。

五、第五行之"vague"，余译为"含糊的"，全照字面意思译，似嫌太呆板。实则受惊少女的手指，此刻已呈麻木失去知感的状态了，故以译"昏麻的"或"失去知感的"为佳。

六、第六行之"The feathered glory from her loosening thighs"，余译之为"她松弛的股间，那羽化的宠幸"云云，似也没有译出"大鸟宠幸少女作爱之顷的实况"意味。那实况意味，似为"少女的松软双股之间，承受鸟毛宠幸的那阵毛茸茸感受"也。

七、第八行中开头的那个"But"，在第七行和第八行合成的句中的意义（contest meaning），是很重要的，不宜忽略，但余译中，将之忽略了，便减损了此句的意味。

八、第十一行之"And Agamemnon dead"，余译为"而亚嘉曼农死去"。窃以若译为"和亚嘉曼农遭妻杀害"岂不更好些？再者，"亚嘉曼农之被妻杀害"，本是与前面的"残壁断垣"，"被烧毁的屋顶楼城"，都是那"鸟人作爱"酿成的累积祸事。故"The broken wall, the burning roof and tower/And Agamemnon dead"中的这个"And"，语法结构上的词性意义（the meaning of the part of speech），是个 accumulative conjunction（累积连接词）。但余译为"而"，而非"而且"，不仅不足以显示 And 的累积连接词的作用意思，且还会被人看成有 contrary conjunction（反意连接词）的意味了。翻译语词句子，对其中关键字（key word）的词类功能、语法构造地位，以及字之隐义和显义，都须严格把握住才好。

九、第十一行之下半"Being so caught up",及第十二行"So mastered by the brute blood of the air",本合为一个形容第十三行之"She"的复合分词片语(compound participial phrase)。这个复合分词片语的语法结构,应如下式:

$$\left. \begin{array}{l} \text{Being so caught up,} \\ \text{So mastered} \end{array} \right\} \text{by the brute blood of the air.}$$

如明了其语法结构,则其中译,似不应如余那样,将之译为"就这样被抓 / 被自天而降的暴力所凌驾"。依我看余译欠妥。且此复合分词片语,复和后面的第十三行与第十四行,在语法结构上,又合为一个 complex sentence 的句型。倘译者能明了之,则后两行之中译,就易捉住原诗意味了。可惜余译将最后两行的诗句意思,译得"咬文嚼字,不知所云"。而且译得也不押韵了,此或因其未能明了其语法结构之故吧?

胡虚一的翻译

胡虚一在做了九点评论后,他自己也试译了一次,译文如下:

一次突击,巨翼仍拍动在飘摇少女之上,
他用黑色爪蹼,抚爱着她的双股,
再用嘴儿,捉住她的后颈不放,
她的可怜乳房,则受他胸压之苦。

她受惊而昏麻的手指,怎能推出
在其松软股间的那阵毛茸茸的宠幸?

她那在白热化冲击中，被扑倒的身躯
又焉能不只觉有个奇异而跳动的心？

腰际的一阵颤抖，就此酿成：
残壁断垣，被烧毁的屋顶楼城，
和亚嘉曼农遭妻杀害。

就为从天而来的血腥恶煞
这样抓住和宰制的她
在其能摆脱他的无情嘴儿前，
对其有力之智，是否增助了她？

另外两种翻译

在余光中、胡虚一的翻译以外，我再录两种翻译。一种是远景出版《诺贝尔文学奖全集》的翻译（周英雄译）：

遽然一击，巨翼仍扑打不停
少女摇摇欲坠，两股
为灰蹼抚挛；颈项为巨喙所攫，
无助的胸被拥，紧贴他胸口。

惊慌、茫然的手指，如何
推开羽翼的光辉，自松懈的股间？
置身白芦苇间，又如何
不感受那悸动的怪异之心？

腰间猛烈颤抖,产下
断垣残壁;檐燃城焚,
而阿格曼姆农死了。
就这样被衔着,
被上天暴戾的血族驾驭着
在那漠然的巨喙未放松之前
她是否汲取了他那与神力并存的智慧?

一种是九五、书华初版,九华再版的《诺贝尔文学奖全集》的翻译:

突地一击:巨翅依然鼓动
在惊疑的少女上。她双股
为黑蹼爱抚,颈背在他喙中
他拥她无助之乳贴向胸脯。

那颤抖模糊之指,何能自
她松懈之双股推拒被羽之荣光?
而急遽被扑倒的躯体,除去
感觉陌生心房之悸动复何所想?

由此腰间之震颤,遂产生
颓垣、燃烧的屋宇及高塔
与亚葛美农之死。

如此被追

如此被苍空之飞禽主有

她是否在无情之喙捐弃前

借他之力已得他的智慧?

李敖的总评

看了这些翻译,虽然有些地方各有所长,但总觉得四人的翻译,都不是痛痛快快的好的中文。例如明明是少女的"大腿",为什么要硬说成"双股"或"两股"?为什么有话要别别扭扭、不好好说?为什么?

余光中在《英美现代诗选》序里说:

诗的难译,非身历其境者不知其苦、非真正行家不知其难。现代诗原以晦涩见称,译之尤难。真正了解英文诗的人都知道,有的诗天造地设,宜于翻译,有的诗难译,有的诗简直不可能译。普通的情形是:抽象名词难译(A thing of beauty 和 A beautiful thing 是不完全一样的;中文宜于表达后者,但拙于表达前者);过去式难译(To the glory that was Greece/And the grandeur that was Rome);关系子句难译;有关音律方面的文字特色,例如头韵、谐母音、谐子音、阴韵、阳韵、邻韵等,则根本无能为力。

又说:

我国当代诗人受西洋现代诗的影响至深。理论上说来,一个诗人是可以从译文去学习外国诗的,但是通常的情形是,他所学到的往往是主题和意象,而不是节奏和韵律,因为后者与原文语言的关系更为密切,简直是不可翻译。举个例子,李清照词中"只恐双溪舴艋舟,载不动,许多愁"的意象,译成英文并不太难,但是像"寻寻觅觅,冷冷清清,凄凄惨惨戚戚"一类的音调,即使勉强译成英文,也必然大打折扣了。因此以意象取胜的诗,像斯蒂芬·克瑞因的作品,在译文中并不比在原文中逊色太多,但是以音调、语气或句法取胜的诗,像弗罗斯特的作品,在译文中就面目全非了。

在大道理上,余光中这些话都说得不错,但是,奇怪的是,为什么一从事实务,他的翻译就变得那么糟?在四种翻译中,他的翻译,总体说来,竟然还不如那些非名家。

李敖的翻译

其实,不论意象、音调、语气、句法,翻成中文时,如果中文功力深,还是可以把余光中所说的种种困难,降到最低。纵翻成中文后,不能与原文铢两悉称、完全相当,但若能在中译上别具意象、音调、语气、句法,又何尝不别有天地?

现在,我就来翻译这首诗,做一示范:

一次突袭:巨大的翅膀,拍动着
在摇晃的少女身旁。
她的大腿,被黑蹼抚摸;她的脖子,被巨喙擒住,
天鹅的胸口,直压上她可怜的乳房。

那害怕、迷茫的手指,怎能推出

在她渐渐张开的大腿中,那毛茸茸的荣光?
在白热冲刺下被压倒的肉体,又怎能
不感受到那陌生跳动的心房?

腰部的一阵颤抖,从此便种下
城廓丘墟、室塔灰烬、统帅丧亡。
就这样被捉住、被摆布,
被那从天而降的强梁。
在冷漠的巨喙放开她以前
她可曾借神力得知天常?

我的翻译,有几点重要的处理:一、全篇用 ang 韵脚,在节奏和韵律上,最为可读。为迁就韵脚,在无伤大意下,偶稍作更动。如把"之上"之意,以"旁"代之。二、尽量以口语翻译,使人易于理解。偶有较文的词语,也是用以增加简练与气氛的。例如读过文言文《洛阳伽蓝记》的人,读到"城廓丘墟、室塔灰烬、统帅丧亡"的句式,必然同此悲凉。三、中文第三人称"他""她"同音,读起来会混淆,我把第四行的阳性第三人称,改以"天鹅"代替。四、"亚嘉曼农"(Agamemnon)是《木马屠城记》的希腊统帅,这种洋典故,干脆翻成统帅,反倒明白。五、最后用"天常"收尾。《荀子》有"天行有常"的话;《左传》有"帅彼天常"的话;《后汉书》有"董卓乱天常"的话。"天常"是天的常道。这首《丽达与天鹅》的主题,就在以象征手法写出天的常道,所以我以"天常"译之。

从"下蛋你呷"到"卵叫你呷"

余光中在《英美现代诗选》里说:

《丽达与天鹅》写于 1923 年,初稿发表于翌年,定稿发表于 1928 年,是叶慈最有名的短诗之一,我们可以用它解释希腊文化的诞生,也可以用它来解释创造的原理。根据希腊神话,斯巴达王丁大留斯(Tyndareus)的妻子丽达(Leda)某次浴于犹罗塔斯河上,为天神宙斯窥见。宙斯乃化为白天鹅,袭奸丽达,而生二卵:其一生出卡斯托(Castor)与克莱坦娜斯特拉(Clytemnestra),其一则为帕勒克斯(Pollux)与海伦。后来卡斯托和帕勒克斯成为一对亲爱的兄弟,死后升天为双子星座。克莱坦娜斯特拉谋杀了丈夫、迈西尼王亚嘉曼农。海伦成为倾城倾国的美人;由于她和帕里斯王子的私奔,特洛伊惨遭屠城之灾。所以本诗第九行至十一行,是指丽达当时的受孕,早已种下未来焚城及杀夫的祸根。

叶慈认为,无论希腊文化或耶教文化,皆始于一项神谕(Annuciation),而神谕又借一禽鸟以显形。在耶教中,圣灵遁形于鸽而谕玛利亚将生基督;在希腊神话中,宙斯遁形于鹄而使丽达生下海伦。

另一方面,宙斯也是不朽的创造力之象征。但即使是神的创造力,恍兮惚兮,也必须降落世间,具备形象,且与人类匹配。也就是说,灵仍需赖肉以存,而灵与肉的结合下,产生了人,具有人的不可克服的双重本质:创造与毁灭、爱与战争。最后的三行半超越了希腊神话而提出一个普遍的问题,那就是:一个凡人成了天行其道的工具,对于冥冥中驱遣他的那股力量,于知其然之外,能否进一步而知其所以然?究竟,是什么力量、什么意志在主宰人类天生的相反倾向,使之推动历史与文化?

这里所说神谕借一禽类以显形，达到天鹅袭奸少女目的，本质上，是一种"人兽性交"（bestiality，即兽奸），但因为此天鹅来头大，问题就多了。在神话中，天神宙斯（Zeus）是个第一风流鬼，和他有一手的名女人，上榜的有十六位，生的小孩有二十三个，其中私生子一说十八个、一说十五个，大概他自己"拔屌不认人"，也弄不清了。不过这些小孩都属一时之选，并且群神辈出呢！

天神宙斯跟丽达这一手，趣味在他化为禽类强奸，最后丽达怀孕，却下了二蛋，私生子女都成了卵生的。中国神话记商朝祖奶奶简狄，也是和丽达一样，出浴成孕。但不同的是，《史记·殷本纪》只说："见玄鸟堕其卵，简狄取吞之，因孕生契。""玄鸟"就是燕子，东方燕子究竟比较客气，只是"下蛋你呷"而已，而西方的天鹅却野蛮得不成体统，竟要"卵叫你呷"了。

"天常"在此

像宙斯这种大屌神仙，他这样处处留情，本来并没有"神谕"可言。这种"神谕"，显然是后人努力附会的、努力托神改制的，诗人叶慈显然是从事这种努力的一位能手，但他的努力，毕竟有他的限度。蔡源煌的一篇小文章——《给宙斯上了一课》（1983年6月11日《联合报》），曾有议论，他说：

丽达被宙斯"强奸"这个掌故，曾吸引米开朗琪罗作了一幅画。但是西方文学史上，处理丽达与宙斯交媾最具煽议性的，当推爱尔兰诗人叶慈（Yeats）的《丽达与天鹅》一诗。这首诗本来的用意在表现叶慈一贯的灵视——那就是，旧的文明在即将被新的文明取代之前，都要有一种超人力量促成强烈的新生命来作为"图腾"。譬如说,基督教文明取代了巴比伦文明,而耶稣便是那个新文明的图腾代表。圣母玛利亚生了基督完全是源自神与人之交。同样的海伦也是人神之交的产儿。海伦的诞生肇始了希腊罗马文明,所以也是一个"图腾"。可是,叶慈的诗几乎难得窥出此项灵视及历史哲学的推演了——反之,这首诗却把人神交媾写活了,太鲜活了!最教人费解的是,丽达受制于天鹅,一副无助的样子,简直对宙斯的"强暴"毫无反抗。当然,我们可以说,反抗也徒然于事无补,毕竟神的力量远超过一个人间的弱女子。问题是诗中有一个片语不得不教人深省。叶慈描述丽达时,说她的双腿在宙斯的爱抚下张开了。叶慈用的是主动的现在分词 loosening thighs,而不是被动的 loosened。那么,我们怀疑叶慈是不是要让丽达觉得反抗既然无益,莫如不要做无谓的挣扎而静静地玩味?诗中的确是把握这一点去发挥的。我们如果说,丽达也只得认命了,何况天底下焉有比和神交配更大的荣幸?当然,这话绝无幸灾乐祸之意。叶慈既然强调人神之交,以便揭橥丽达与天神之间的一种知识上的沟通,这种非寻常关系发生当时,丽达冥冥中也晓得一个新纪元、新文明即将诞生。同时,按照叶慈的说法,文明替代,此起彼落,是不会停的——长江后浪推前浪,当一个文明陈旧而欲振乏力,价值崩溃时,另一个新的文明就会起而代之。诗的结尾,叶慈问道:丽达是否借着天神之力量而增加了神的智慧?答案应该是肯定的!人们放眼天下大势,洞晓盛衰替代之先机,人这种认识岂是神所能体会的?神住的界域不是永恒不变的吗?所以他们无法了解人所领悟到的人世沧桑与变迁。

总之,叶慈的诗确凿地指出,丽达不完全是被强奸的。丽达的接受反而给宙斯上了很有意义的一课——这一课,宙斯在奥林匹亚山上

（尽管神无所不知）却是学不到的。

这里说叶慈的诗几乎难得窥出"灵视及历史哲学的推演"，"却把人神交媾写活了，太鲜活了"，事实上，诗的限度，也就在此。诗的本身并没有太大的说理的能力，对诗的过多阐释，事实上是一种乱猜、一种辞费，一如叶慈阐释天神宙斯的行为，事实上是一种乱猜、一种辞费一样——我大屌神仙肏女人，只是寻乐子而已，何来什么"神谕"、什么"灵视及历史哲学"？叶慈的诗，也是很简单很动人很美的诗而已，也何来什么"神谕"、什么"灵视及历史哲学"？对大屌神仙说来，他自然是深通女人心理的家伙，他会认为对某些女人，行家知道是不能诱之点头的，唯一办法，其唯强奸乎？（这话翻成英文，或可说：Every sexually active man knows there are women who can't bring themselves to say "Yes", but who respond to a little pushing. Is it rape?）在强奸之下，丽达之流的美人，大腿自会 loosening 而不 loosened。叶慈《丽达与天鹅》之诗，推其首功，在道出此一"天常"耳！舍此而外，若想把神的"大头"思想，靠"小头"传播，恐怕是开玩笑吧？美女岂知其他"天常"哉？

1986 年 10 月 19 日

向沧海凝神

美国诗人弗罗斯特（Robert Frost）有诗《不远也不深》（*Neither Out Far Nor in Deep*），最后一节是：

他们望不到多远，
他们望不了多深。
可是谁能挡住
他们向沧海凝神？

They cannot look out far
They cannot look in deep.
But when was that ever a bar
To any watch they keep?

"向沧海凝神"，是一种浩瀚的心灵情怀，它最使人有"天人合一"的博大感觉。这种博大，会使随之而来的任何主题，即使本来很普通的，也跟着变为光彩夺目、壮阔动人。梅尔维尔（Herman Melville）笔下的《白鲸记》（*Moby-Dick*）主角"向沧海凝神"，意在寻仇；海明威（Ernest Hemingway）笔下的《老人与海》（*The Old Man and The Sea*）主角"向沧海凝神"，意在不屈。这种寻仇与不屈，都因为寄情沧海，而变得使心灵浩瀚，一切情怀也就大不相同。

在我个人方面，在"向沧海凝神"之际，寻仇与不屈两种情怀，也就更形澎湃。我会随波而去,偶尔幻想是散仙、是海神、是浪里白条或是尤利西斯(Ulysses)。这种幻想不是白日梦,而是一种"天人合一"带来的"古今同调"。这种经验,只有寄情沧海,所获最多。所以,我喜欢"向沧海凝神",如果真是沧海的话。

1987 年 1 月 9 日夜 10 时

诗句的实验者

欧洲大陆的文豪歌德有诗名 *Harfenspieler*，隔海的文豪卡莱尔译之如下：

Who never ate his bread in sorrow,
Who never spent the midnight hours
Weeping and waiting for the morrow,
He knows you not, ye heavenly powers.

谁不曾心里难过咽着饭？
谁不曾半夜难眠以泪洗？
等待着黑暗的复旦，
无语的苍天啊，他不认得你。

歌德写这首诗后十多年，在拿破仑大军压境之际，普鲁士王后露易莎（Louisa），出奔到一家小旅馆里。她感怀身世，用金刚钻戒指把这诗刻在玻璃窗上。显然的，这些诗句，印证在露易莎身上，其实比写诗的歌德自己更逼真。有些人自己不是诗人，但他印证诗句，却往往超乎诗人之上。这种人，真可说是"诗句的实验者"了。

1987 年 1 月 31 日

弗罗斯特的《雪花纷飞》

弗罗斯特（Robert Frost）有《雪花纷飞》一诗，昨天午饭时，与小屯合译如下：

雪花纷飞

途中一乌鸦，
飘然落身上。
雪花彩纷飞，
铁杉树梢降。
此心本凄然，
顿间变两样。
解我一日忧，
前后殊世相。

Dust of Snow

Some days feel "buttoned on wrong".
They start uncomfortably. They continue badly
Then, sometimes, blessedly, in a moment all is
changed.
The way a crow
Shook down on me

The dust of snow

From a hemlock tree

Has given my heart

A change of mood

And saved some part

Of a day I had rued.

1989 年 1 月 1 日

只爱一点点

不爱那么多，只爱一点点

　　古人说太上忘情，最下不及于情，情之所钟，正在我辈。但是我辈中人，钟情之事，却每入魔障、误入歧途。

　　魔障与歧途之尤者，就是把爱情搅成痛苦之事，这是最要不得的。其实，男欢女爱是人类最大的快乐，这种快乐，是纯快乐，不该掺进别的，尤其不该掺进痛苦。中国的一位哲人给朋友写扇面，他写——

　　爱情的代价是痛苦，
　　爱情的方法是忍受痛苦。

　　我认为他全错了。在爱情上痛苦是一种眼光狭小的表示、一种心胸狭小的表示、一种发生了技术错误的表示。真正的第一流的人，是不为爱情痛苦的，像一位外国诗人所说的——

　　啊！"爱情"！他们大大地误解了你！
　　他们说你的甜蜜是痛苦，
　　当你丰富的果实
　　比任何果实都甜蜜。

　　Oh! Love! They wrong thee much!
　　That say thy sweet is bitter,

When thy rich fruit is such
As nothing can be sweeter.

这才是健康的爱情观。

有的人恐惧爱情带给他的痛苦，因而逃避爱情，"且喜无情成解脱"。其实"无情"并不能真的"解脱"，即使有所"解脱"，也不算本领，只能算是头埋沙中的鸵鸟。真正此中高手，不是"无情"，而是非常"有情""多情"的。只是高手在处理爱情态度上，非常洒脱，得固欣然，失亦可喜；来既欢迎，去也欢送，甚至洒脱地送玫瑰花以为欢送。这种与女人推移、而不滞于尤物的洒脱，才是唯一正确的态度。

洒脱的一个关键是，高手处理爱情，并不以做到极致为极致。如果情况只适合"少食多餐""蜻蜓点水""似有若无""虎头蛇尾""迷离惚恍""可望而不可即"……其实适可而止式的态度，也是一种极高明的爱情境界。1974 年，我在牢中有一首诗——《只爱一点点》，最能表达出高手的基本态度：

不爱那么多，
只爱一点点。
别人的爱情像海深，
我的爱情浅。

不爱那么多，
只爱一点点。
别人的爱情像天长，

我的爱情短。

不爱那么多,
只爱一点点。
别人眉来又眼去,
我只偷看你一眼。

在这首诗中,我用类似"登徒子"(Philanderer)的玩世态度,洒脱地处理了爱情的乱丝。我相信,爱情本是人生的一部分,它应该只占一个比例而已,它不是全部,也不该日日夜夜时时刻刻扯到它。一旦扯到,除了快乐,没有别的,也不该有别的。只在快乐上有远近深浅,绝不在痛苦上有纠缠不清。这才是最该有的"智者之爱"。古人说智者乐水,女人,水也,任凭水之变动不居,你却顾而乐之,水来水去,这样才配情之所钟啊!

1990 年 1 月 5 日

"唯有恋得短暂，才能爱得永恒"

二十年前偶然看了一场电影，却是一场难得的有爱情哲理的电影，叫作《寂寞小阳春》(Sweet November)。一个可爱的女孩子，得了绝症，知道自己不久人世，就把生命中最后一段时间，分别约了一些男朋友，每个男朋友都排出一个月的时间，跟她同居，每到一个月末下个月初，就由新旧男朋友换档。男朋友交接期间，有的男朋友没那样洒脱的、有点恋恋不舍的，她也必然峻拒，一定准时拆伙，请君搬出家门。不料到了 11 月，约当农历十月，所谓"小阳春"的月份，她这个月的男朋友，可爱无比，也爱她爱得异军突起，手法之迷人，令她难以自持。例如这位男朋友，偷偷印了一本日历，到了 11 月 30 日那天，他撕给这可爱的女孩子看，原来日历上，每张都是一样的，都是 11 月 30 日。他要用日历证实，时光凝结、爱情长驻，甜蜜的 11 月永远为我们留步，我们永不分离。虽然如此，到了 12 月 1 日，排定 12 月份前来同居的新男朋友提着手提袋进门接班。虽然一看之下，就比不上这 11 月号的；虽然这女孩子对 11 月号的热爱，溢于言表，可是，她还是决定送旧迎新。她强做无情，还是把甜蜜的 11 月，给主动结束了。

这部电影英文原名是《甜蜜的 11 月》，中文译名是《寂寞小阳春》，从原名和译名上，就看出两种不同的境界。《甜蜜的 11 月》是写 11 月间的甜蜜生活，是指 11 月后的甜蜜回忆；但《寂寞小阳春》却只是指 11 月后的怅惘与哀愁，对女孩子说来是物是人非，对男孩子说来是时过境迁，对两个人说来是空留回忆、生离死别。

早在看这部电影前许多年，我就有一首看来玩世的诗："三月换一把，爱情如牙刷，但寻风头草，不觅解语花。"在基本理论上，我的诗境其实正与这部电影暗合，我那种强制性的三月一换的爱情方法论，正是这个可爱的女孩子一月一换。但在理论的坚实方面，我比她强，因为她是在得了绝症以后才如此绝情，如此想以最后的人生岁月，生张生魏一番，在快速送往迎来之中，欣于所遇，暂得于己，快然自足，早知死之将至。及其所之未倦，情随人迁，不遑感慨矣；而我却未得绝症，却欲生分，与人之相与，俯仰三月，或取诸怀抱，晤言一室之内；或因寄所托，放浪形骸之外，虽趣舍万殊，情人不同，但向之所欣，俯仰之间，已为陈迹，移情别恋，早在太上境界之中。古人说太上忘情，其实忘情不是不去恋爱，而是恋爱中能够及时断情绝情。第一流的爱情往往是短暂的、新奇的、凄迷的、神秘的。当两人相处得太熟太久的时候，第一流的爱情，就会褪色。爱情的坟墓，岂特结婚而已，不讲技巧的超过三个月，坟墓的土壤，就开挖了。

我曾有一首《然后就去远行》的诗，最能表达我这种洒脱的爱情观：

花开可要欣赏，
然后就去远行。
唯有不等花谢，
才能记得花红。

有酒可要满饮，
然后就去远行。
唯有不等大醉，

才能觉得微醒。

有情可要恋爱，
然后就去远行。
唯有恋得短暂，
才能爱得永恒。

如果我真的想"爱得永恒"，我一定会"恋得短暂"，因为只有从生离死别中，才有第一流的爱情。

1989 年 12 月 26 日

说真幻

真幻问题是困扰人类的一个老问题,正因为它困扰人,所以人总是说它不清楚。古人谈真者偏重本原本性,《老子》说"窈兮冥兮,其中有精,其精甚真";《庄子》说"守而勿失,是谓反其真",都在本原本性上立论。古人谈幻者偏重假相与变化,《列子》说:"因形移易者,谓之化、谓之幻。知幻化之不异生死也,始可与学幻矣!"梁简文帝《七召》说:"清歌雅舞,暂同于梦寐;广厦高堂,俄成于幻化。"都在假相与变化上立论。都不够深入。

对真幻问题较深入的看法,是佛家的。佛家讲究"真如"之说,认为宇宙全体,即是一心,不生不灭,故名为真;真心无异无相,故名为如。"成唯识论"说:"勿谓虚幻,故说为实,理非妄倒,故名真如。""真如"之说以外,又有"真空""真心""真色""真言""真我""真相"诸说,把抽象名词排列组合,令人眼花缭乱。其实,若求真诠,只是一句话,那便是:看不见的都是真,看得见的都是妄。所以,佛是真,人是妄;真现量是真,真美人是妄;极乐世界是真,大好人生是妄。佛家的真幻问题,偏重在这一真妄上面,其理论虽比较深入,但是真幻之间的正解,又岂一个妄字了得!

由此看来,真幻问题,从古人身上、从佛家门里,我们得到的,只是偏离了的答案。

其实,幻之为物,既非与真相对,也非假妄。在我看来,它其实也未尝不真,是真的另一面。相对的,真之为物,也并不与幻相对,它其实也未尝不幻,是幻的另一面。

1982年1月25日,我出狱前十六天,独坐牢徒四壁的囚室中,悟及此义,写了一首《真与幻》的诗:

人说幻是幻,
我说幻是真。
若幻原是假,
真应与幻分。
但真不分幻,
幻是真之根。
真里失其幻,
岂能现肉身?
肉身如不现,
何来两相亲?
真若不是幻,
也不成其真。
真幻原一体,
絮果即兰因。

这诗的立论是很明显的,我认为真幻一体,但是幻是更根本的。这种根本,并不是西哲"我思想,所以我存在"那种,而是真是存在的,但只有根之以幻才成;而幻的存在,也要附之以真才成。这种关系,有点玄妙,但在第一流的爱情里,我们便可看到它的相成。没有幻的爱情,其实是一种假的真,"假作真时真亦假,无为有处有还无"。当你追求的纯是真的一面,你将发现真只是缺憾、现实与索然,并且变化不居。

公元 1 世纪时，就有一种"幻影说"（Docetism），认为基督系幻影，并无肉身，不过以人间形体出现，仅属幻相，其说与观音菩萨并无肉身之说略同。我觉得在真幻上，迹近于此。在第一流的爱情里，情人既真且幻，千百年后，肉身无存。人间真幻至义，洵可如是观。

1989 年 12 月 29 日

他会为爱情同我结婚

19 世纪英国首相迪斯累里（Benjamin Disraeli），是近代保守党的开山大师，是犹太人。

他对自己倒不犹太，衣服考究，气派非凡，他是作家出身，能说能写。他有点讨厌别的作家，他说作家一谈起他的作品，就像母亲谈起她的儿女一样地教人吃不消。所以，他简直不要看别人的书，他说："当我想看一本书，我就自己写它一本。"（When I want to read a book, I write one.）熟悉一个问题的最好方法，他认为是干脆写一本关于这问题的书。

事实上，当然也不能什么都写，该写的才写。迪斯累里说："人生短得不够扯鸡毛蒜皮。"（Life is too short to be little.）知识分子争该争的，不争不该争的。

迪斯累里有个一生争的对头，就是格兰斯顿（William Gladstone）。格兰斯顿三任英国首相，一辈子气呼呼地瞪着迪斯累里，迪斯累里死的时候，他都不吊丧，为了迪斯累里常常开他的玩笑。相对地，维多利亚女王却以私人身份前去，把一束鲜花、两行情泪，洒在他坟头。

迪斯累里年轻时候，曾讨了比他大十二岁的寡妇爱雯丝（Mary Anne Evans）做太太，大家都说他为了寡妇的钱才结婚的，爱雯丝也不否认。但是多年的感情与了解，却使爱雯丝骄傲地宣布："如果再来一次，他会为爱情同我结婚。"（But if he had the chance again, he would marry me for love.）

1982 年 1 月 1 日

霸王·公鸭·情书

声明

情书是萧伯纳所谓的"纸上罗曼斯"。罗曼斯施诸纸上，自然写时情感集中，思绪澎湃。但往往时过境迁以后，自己重读起来，未免"大惊失'色'"（此"色"字该一语双关：一为脸色，一为女色）。至于当事人以外的第三者，读别人情书，因为缺乏置身其中的情感和背景，所以常常在嗜读以后，摆下脸孔，大骂"肉麻"！殊不知他们自己写的情书——如果会写的话——更是肉中有肉、麻中有麻。所以，为公道计，聪明人绝不骂别人情书肉麻。

男女间事，本来都该在床上办的，不在床上办而在纸上办，总难免抽象，缺乏动态、缺乏立体感。情书云者，一言以蔽之，都该总批为"可爱的废话"。虽云"废话"，可是却不得不说、不该不说。"霸王"对女人是"不打话"的，所以只是"硬上弓"；公鸭对母鸭也是"不打话"的，所以也只是按倒在地。如果你是一个真正文明的男人——不是"霸王"也不是公鸭，那么你总该买一本"情书大全"或"情书十日通"之类，抄它几封算作文明。当然在抄袭过程中，你不能抄我的，这就如同小偷可以偷别人，却不能偷贼祖宗一样。我李某人写情书，本是十段以上之人，你偷抄我的情书，就好像偷印吴清源的棋谱一样，任你改头换面，也是欲盖弥彰。职是之故，李敖的情书，对一般叫春成性的人说来，只合荣居高山仰止的地位，可望而不可即。你若傻不叽叽，硬抄几段给你的情人，她不给你耳刮子吃才怪；不但她给你耳刮子吃，若让我李某人知道，也要补打几个耳刮子。所以，总说一句：不想打肿脸充胖子者，禁止抄我的情书。

"情圣"李教启　1966 年 9 月之末

给 Rosa 之一

Rosa：

七个月前，当我初次在图书馆的楼梯旁和你谈天的时候，你就问我为什么不把我所要说的话写给你，我回答说："写是不行的，因为它缺少表情。"于是，在嘈杂的角落里，你给了我一个短暂的"表情"的机会。

我不愿说你给我的机会太少太短，我只好说，我所希冀的多少超过你所能给予的，你的大度和我的跋扈成了一个直角，我知道我走开的日子已经到来了。

岁月像是一条潺湲的小河，它永远是不停地单调地流向那广袤无际的平原，流水的负荷是沉重的，因为它带走了我太多的往史和梦幻。在这漫长的日子里，我偶然记起女诗人的絮语：

时光是一位和蔼的朋友，
它会使你我变成老年。

七个月"时光的河水"能否把我们之间的阴影冲淡得"和蔼"些，我简直不敢想象，在子夜的月色里、文学院的拱门下，我所能想象的，只是那费人猜疑的笑脸和如 Camparpe 一般的晶莹而狡狯的眼睛。

从大一到现在，我没有在任何人面前说你不是可爱的，为了坚持这一点，我曾遭受了不少的麻烦，但我甘愿忍受这些，我在每一个场合都从不讳言我已经喜欢并且还在喜欢那个"充满恶意"而又"坏得可爱"的小 Rosa。

南国的 5 月也许正如歌德所说，是个"真正的恋爱时节"，但它对我说来，却显然是一片悒郁的回忆。在我的猜想中，对爱情看法的悬殊可能是我们之间的最大裂痕：我愿意无所保留地去爱我真正爱的人，可是在另一方面，我却不能无所保留地去失掉我自己。我始终觉得，对女孩子轻微的 masochism 是好的，可是不能过度，一过度便是奴才了。

我清楚地知道，如果想恋爱有点成就，具有几分奴性是多么必要的事，当我亲眼看到那些以低首下心强聒不舍的手段获致成果的"男人"时，我不能不感叹我实在是一个不识时务的老朽了！

好像一个 Gordian Knot，
割是割断了，
但是痛苦的。

带着几分怅然的情绪，在 5 月 31 日的中午，我从图书馆中走下楼来。人间的离合毕竟是轻雾与飞烟，烟雾消时，留给我们的，除了陌生的怅惘和幽明的永隔，再也没有别的了！

暗淡的门灯直照着我的眼，使我看不清楚你的脸庞，但我听得到在我的问候声里，你那"过得还算好"的回答是犹豫而迟缓的，七个月来，我不知道你过得是否愉快，我只希望我这些无力的祝福是肯定的。

千言万语从何说起？只愿你快乐、健康的，永远的。

李敖　1958 年 12 月 22 日在台湾

给 Rosa 之二

亲爱的 Rosa：

一年前 2 月的最后一天，我在生产力中心看到你。一年了，我又回来了。

我的心绪好像我们衣服的颜色——我真有隔世之感！

我又回到台大来，当个清闲的小差使，一个人租间小房，勉强可研究自己想研究的。我相信我没被社会的暗潮卷去，我还是我，很沉着、很平淡，对过去并不后悔，只是不想再过旧日的生活。故人的高飞远飏也好，因风飘堕也罢，都不能动摇我今日的信仰，我仍旧狂狷，仍旧傲慢，仍旧关心你、喜欢你，可是我恐怕不会再给我任何一次受窘的遭遇。别的女孩子我也不会再动脑筋，我久已生疏此事，也愿意继续生疏下去。你是我唯一眷恋的小女人，但是这种眷恋却是一条溪水，没有浪花，只有长远的怀念与余韵！

学校又是杜鹃盛开的时节，新的面孔与新的情侣取代了我们，我们不必自惭老大，我们还年轻。成熟是可爱的，多么高兴又看到你——看到你走向鲜艳与成熟……

如果你快快乐乐地生活下去，我该多放心，我会在你过生日的时候，送你一点礼物。

李敖　1961 年 2 月的最后一天深夜 3 点钟在台北，
在他的"四席小屋"

给 Rosa 之三

Rosa，亲爱的：

因为久等你的稿费不至，只好一稿两投了。

你篡改的文章，虽不能完全同意，但有几处我还是采取了你的。

为了使稿费多些,我又加了一段,那段"登峰造极的文辞"未得黎思"妄胆修改",觉得很不相称。

有人说这篇文章从外表看来像是李敖最正经的一篇,其实骨子里至少有三段都是描写黄色的遐想,也许我自己做惯了含沙射影的事,我想我无须再为自己做索隐了。

《联合报》寄来稿费,按说应该请你看看电影还是干些什么,可是我怎么(敢)找你呢?我不愿再去美国新闻处,一如我不愿再去新兴冰店——我不愿再去任何听你说谎的地方。

敖 1961 年 4 月 7 日

《张飞的眼睛》和一封信

《张飞的眼睛》原登《文星》第六十二号（1962年12月1日台北出版），它最能代表我对爱情的基本理论。聂华苓认为"甚合我心"。在发表当天，就写了这样一封信：

李敖：

谢谢你的信，给我很大安慰，早想回信，实因身体太虚弱，医生说是神经衰弱和贫血，需长期休息。

《张飞的眼睛》已于昨晚读过了，甚合我心。但我想你的女朋友，应该不是"盲目"的少女，应该是在感情中打过几次滚的人，否则，你的那套想法，年轻少女受不了的。

记着：理论是另一回事，可不要伤害女孩子。

聂华苓 12月1日

如今，十八年过去了，我仍不认为"理论是另一回事"。

1980年4月16日夜

殉情必读

今天《世界论坛报》专电报道21日上午发生在北京八达岭长城的自杀爆炸案件。专电中说：警方提供的材料称，制造这起爆炸的一男一女当场被炸碎。据现场遗留物调查，男死者名叫关云芳，三十岁，女死者名叫张国英，二十九岁，两人均系吉林省白山市松树镇人。警方说，他们是一对另有妻室和丈夫的殉情者。这次爆炸使用的是自制炸药。目击者说，爆炸发生在21日上午11时40分左右，地点是八达岭长城最高的七号烽火台。当时那里只有一男一女在搂抱着，像是在看风景，约一分钟后就听到了爆炸声。

自来古今中外殉情事件不少，只是这一次"情殉烽火台"，以自我引爆方式炸弹开花，倒是首开其端。这一男一女，都是我吉林同乡，死得如此从容、如此壮烈，真是我们吉林人的光宠，足令其他各省惭愧也。

谈到殉情，先讲《宋稗类钞》中的一个故事。《宋稗类钞》说：临安将危日，文天祥语幕官曰："事势至此，为之奈何？"客曰："一团血！"文曰："何故？"客曰："公死，某等请皆死。"文笑曰："君知昔日刘玉川乎？与一娼狎，情意稠密，相期偕老。娼绝宾客，一意于刘。刘及第授官，娼欲与赴任。刘患之，乃绐曰：'朝例不许携家，愿与汝俱死，必不独行也。'乃置毒酒，令娼先饮，以其半与刘，刘不复饮矣。娼遂死，刘乃独去。今日诸君得无效刘玉川乎！"客皆大笑。

文天祥把殉情的故事，用来教育他的幕僚宾客，可见殉情不是小事，可以喻大。文天祥所说"刘玉川模式"的殉情，这一模式，是男方骗女方，说好相偕殉情，结果却是女殉男不殉。这种临殉放水派，史例甚多，据《类苑》所记，宋朝的杨孜就是一例。湖北佬杨孜，到京城赶考，与一个妓女同居经年，且靠她吃饭。考上后，答应娶她。后来以家有悍妻为理由，相约殉情。遂以毒药下酒，妓女喝了，轮到杨孜喝，却拿着杯子说："我死了，我家人一定只埋我，而把你尸体丢到沟里去，还是我先把你埋好，再死不迟。"妓女听了大呼上当，可是已来不及了。

这种"刘玉川模式"的殉情，历史重演，代有传人，可是最精彩的，是七百年后台北的"少女殉情记"事件。1950年，少女陈素卿吊死在十三号水门。原来她与福建人张白帆相恋，张白帆以家有妻室，不肯偕逃。据台湾"高等法院"三十九年上字第472号刑事判决书，张白帆"虚与委蛇，并设计以自杀为烟幕，嘱陈预拟遗书，经其两次加以修改"后，最后在十三号水门"伪称愿意同死"。但女的上吊后，男的却脱逃。判决书说张白帆"虚允同逃于前，帮助自杀于后，复异想天开，于遗书中借死者之口吻，对自己百般赞扬，欺世惑众，情节可恶"。一幕殉情事件，闹到这样女方死了还要大捧特捧男方的地步，其超越前进，真刘玉川自叹弗如矣！

张白帆这种女殉男不殉的例子，此后取法的可多着呢！1965年，有夫之妇蔡永振与叶桂花殉情，喝毒药后，男方跑到医院急救自己脱险，女方死焉；1986年，亡命警员温锦隆与冯丽萍殉情，喝毒药后，男方活着投案更生，女方死焉。可见这种殉情，真不是好玩的，"刘玉川模式"所在多有也。

如今我们吉林老乡这种土制炸弹同归于尽的殉情法，倒为殉情大业别开了死面，这种方式，可使男方无所逃于十三号水门而必须就死，十分安全。特此推荐，以告世之痴心女子也。

1988年11月23日

杂谈女人

妇人之言
妇人之言,即使你做一千回的定性分析,内容也不外这两种元素:一种是废话;一种是坏话。(1958年)

我所佩服的男士
我佩服那些能够在表面上恭听女人花言巧语,但是在他们心里却丝毫不为所动的男士。(1958年)

感觉与证据
女人永远把"感觉"当作"证据",因为她从来没研究过什么是"证据"。(1966年2月17日)

"女男平等"
我认识的一位中学女学生,她永远"不让须眉"般地把一般习惯写法的"男女平等"写成"女男平等"。我想她结婚典礼时,一定站在左边;而在结婚典礼后,一定选择"在上面"的姿势。(1966年2月17日)

"女男平等"的病源
"女男平等"者的病源来自二处:一是她有过多的"妈妈欲"或"哺乳欲";二是她中了《笑林广记》中漏伞故事的毒——她有一种"漏伞狂"。(1966年2月17日)

女人一见面

女人一见面,就互相夸对方漂亮,如果实在连千分之一的漂亮可能性都没有,那么她就改夸对方的大衣;如果大衣实在又丑得可以,那么她就庆幸对方买得很划算:"你真会买东西!在哪里买的?我也去买一件!"(1966年2月17日)

强迫买大衣

假如我是女人,我一定按住那个问我大衣"在哪里买的"的女人的脖子,强迫她真的"也去买一件"。买成以后,她的丈夫也许笑也许哭,不一定。可是她呢?一定哭。(1966年2月17日)

女人相信女人的

女人相信女人的,只有一句话,可惜这句话又是谎话。这句谎话是:"你好漂亮啊!"说这句话的人,明明是说谎话;可是听这话的人,明明知道这句话是谎话,却偏偏要信它。因为那是女人一生中最不多疑的时候。(1966年2月17日)

女人眼泪与自来水

我看不出女人眼泪与自来水的分别。(1966年9月22日)

订婚是什么?

订婚是什么?你何不去看一看画展?画展中许多画的下角,常常贴上标签:"张先生订""李先生订"。那就是说,你只能看,不能摸了!(1966年9月22日)

天主教禁止离婚

天主教禁止离婚，为了他们深知"货物出门，概不退换"的好处！（1966年9月22日）

女人与旧衣服

女人要买新衣服，包括两个要件：

一、驱逐旧衣服；

二、迎进新衣服。

驱逐旧衣服的方式不是卖，卖了总觉太吃亏。所以又衍生出两个方式：

一、交换法——以衣换衣。

二、赠送妹妹法——算是做了"慈善事业"（女人做的亏心事太多太多，所以不得不做点好事赎罪）。（1966年9月22日）

"美化环境"

女人对"美化环境"永不灰心。1964年春天，我在一家旗袍店里看到"考试委员"张默君女士，那时她已经八十开外了，还在旗袍店里左量右量量三围。我当时实在感到上帝对她太残忍，他实在不该把张女士的身体外缘"罚"成平行线，因为女人究竟该是女人，不是水桶啊！（1966年9月22日）

熨斗的另一功用

熨斗是女人最划得来的朋友，它的用处随着年纪呈正比增加。老太婆们除了用它熨皱了的衣服外，还可用来熨皱了的鸡皮。（1966年

9月22日）

美丑同行的心理分析

你到任何一所大学，都可看到一个漂亮的女人和几个丑八怪一起走路。美丑之间，心里各有她的打算。前者暗中想：以丑衬美，益增其美；后者暗中想：与美偕行，物以类聚。她们都是最好的心战专家。（1966年9月22日）

衣饰比赛

女人重衣饰，百分之十是为了吸引男人，百分之九十是为了跟别的女人争奇斗艳。争斗的结果无非是比阔，这真太麻烦了。我有一个建议：不如大家订个"美人协定"，大家都脱光衣服，每人手里捏它一大把钞票，干脆数钱就得了！（1966年9月22日）

一根火柴

数钱也不行，还不算气派。你还记得晋朝石崇比阔的故事吗？用敲碎名贵珊瑚的法子来表示气派，这真别有阔风。因此我又建议：不如众美人人人手中拿一根火柴，来个烧钞票比赛。不过要小心，不要烧到毛。（1966年9月22日）

最后的衣饰品

所以，女人最后的衣饰品，实在该是一根人人挂在胸前的用过的火柴。（1966年9月22日）

从胡茵梦看新女性的独立问题

我是 1980 年 5 月 6 日和胡茵梦结婚的，三个月零二十二天后，8 月 28 日就离婚了。离婚时记者云集，我买了一大把玫瑰花送给她，她为之泪下，与我相拥而别。

胡茵梦一直以清高自勉，离婚之时，双方自不涉及世俗的金钱问题。但我有一批古玉在她身边，她妈妈通过孟绝子问我，这批古玉，李敖可否不要收回了？孟绝子深知李敖，当时一口答应，说李敖为人素来慷慨，这批古玉，当然留给胡茵梦就是。后来孟绝子告诉了我，我笑着说："古人守身如玉；胡茵梦守玉如身。这些老古董，当然留给新女性。"

胡茵梦是力争上游的新女性，她的飘逸脱俗，远在一般的新女性之上。她在跟我从同居到结婚的过程中，一直力争上游，但她也有一点新女性的遗憾，就是她的经济不能独立。有一次她感慨地说："做新女性就该经济独立，不能花男人的钱。一边花男人的钱，一边做新女性、以新女性自豪，是矛盾的、是可耻的。"我听了，若有所思，心想这真是做新女性的痛苦，也是她们的可悲之处。

胡茵梦虽然力争上游、做新女性，但在思想训练上，却力有未逮，不能独立，以致沦为极端迷信，堕入怪力乱神的妖妄而不自知。不过在迷信上，她也力争上游，林云一类的把戏似乎已经不能再满足她，她已进入更高层次的虚幻境界，识者悲之。

前一阵子胡茵梦兼修姓名之学，走火入魔，改名"胡'因'梦"。孟绝子来电话说："胡茵梦应该把'茵'字改为'姻'字才对，婚姻如梦,不亦宜乎?"我说:"本来是绿草如茵,人生如梦。现在她要落草为因,自然又是大神附体的杰作。这是小事一件。大事倒是胡茵梦红颜老去,后事如何,倒真有待下回分解呢!"老孟叹息,我亦顿悟,开户视之,云深无处。

1992 年 3 月 2 日

对胡茵梦伪造文书案的证词

一、静庐买价一百一十万，萧孟能出了一半，用王剑芬名义取得土地权状；李敖出了另一半，由胡茵梦名义取得房子权状。李敖说："萧孟能随你选：我给你五十五万，你把土地给我；或你还我五十五万，我把房子给你。"萧孟能不选，计划硬要房子。

二、萧孟能首先是告胡茵梦，演艺人员都怕事，息事宁人的多，据理力争的少。1980年7月20日，报上登出胡茵梦的谈话："我被别人告了，不过，这件事由我妈在全权处理。"处理的结果是：用谎报遗失权状，伪造文书；用虚伪买卖契约，假装作价，把房子秘密给了萧孟能。胡茵梦完全"忘"（？）了，这件事"全权处理"权在她丈夫手里，而不在别人手里。她们这样做，不但越权，而且犯法。

三、萧孟能不告胡茵梦了，胡茵梦变成了"好友"。萧孟能要告李敖，跑到胡茵梦那边讲李敖坏话。胡茵梦如果深明大义，应该说："萧先生，你跟李敖认识十九年，我认识李敖一年，你们之间的是非恩怨，我不清楚，该找跟你们都有深交的人来调解；并且，李敖是我丈夫，现在感情低潮时候，你来说他坏话，是火上浇油，增加别人夫妻之间的误会，这不是厚道的人干的事。在别人太太面前说她先生坏话，做太太的如果懂事，根本就不让你说下去，请萧先生停止吧！"

四、但是，胡茵梦却没这样说，不但没这样说，反倒答应萧孟能：在萧孟能告李敖的时候，她要为萧孟能作证！胡茵梦对自己丈夫和萧孟能之间的十九年内情，全不了解也不想了解，只凭萧孟能一面之词，就出发了！

五、李敖认为胡茵梦"躺在自己丈夫身边却站在别人丈夫身边"的作风,实在使胡茵梦立场站不住,李敖愿给她打击李敖的立场。1980年8月28日,李敖宣布离婚,用九朵玫瑰花,成全了胡茵梦。胡茵梦全不了解李敖,在她哀怨自己是"唐宝云第二"的时候,她已荣居"胡茵梦第一"!

六、离婚后到作证前,十一天间,两人通了十次电话,胡茵梦向李敖报告猫生小猫的情形,又为了一些不满她诽谤李敖的人,要写"你搞李敖,我搞胡茵梦""胡茵梦每夜十万元"的事,请李敖代她辟谣摆平,李敖都做到了。至于作证,李敖绝口不提,直到胡茵梦提出来,李敖的表示是令她吃惊的——李敖竟欢迎她作证。李敖表示:"我赞成为真理而牺牲任何人,但必须所执着的是真理。"李敖赞成胡茵梦"大义灭亲",如果她站在"义"那边;赞成胡茵梦"择善固执",如果她站在"善"那边。可是,如果站错了边,以无信无义的表演去灭亲,以无法无天的假戏去行道,以不辨善恶的作秀去固执,因而造成了大错误,又何以善其后?

七、9月9日,正好是房子秘密过户给萧孟能完成登记的第二天,胡茵梦当庭说了许多不正确的话伤害李敖,当李敖的律师龙云翔站起来,提出胡茵梦不是诚实的人的证物(抄袭李敖的文字)时,李敖从背后用手压住律师肩膀,轻声说:"毁掉我一个人算了!少毁一个吧!"

八、胡茵梦作证表示,房子她"没出一毛钱",对李敖、萧孟能"他们之间的财产我不了解"。既然不是她的房子,她对李敖、萧孟能之间的财产又不了解,却将房子过户给萧孟能,显然是违背任何道德和法律的。所以胡茵梦虽在法庭滔滔不绝,说了许多连法官问都没问的话,对房子过户,却绝口不提。退庭后,李敖弟弟李放因从记者那边风闻,遂在9月10日打电话给她,说房子在她手上可以,但过户给萧孟能不行。胡茵梦说:"好。这种法律我也不懂,你跟我讲了,我再跟律师商量一下好了。"但对早已过户完成,仍绝口不提,也不答复。

九、因为风闻有过户情事,李敖的律师遂在9月13日去函士林地政事务所查问。9月19日,该所回信说:胡茵梦已立下契结书"叙明书状遗失……于1980年8月9日移转登记为王剑芬所有完毕"!信是24号收到的,李敖这时候准备告萧孟能、王剑芬,为使胡茵梦不被牵入,特别在9月18日,由龙律师写了一封极客气的信给她:"……本律师为了表示对您的尊重及避免增加您的困扰,特先请您提供对处理上述房屋的宝贵意见,作为采取法律途径的参考,敬请赐复。"9月19日,胡茵梦打电话给李敖谈她去香港的事,最后说:"今天我接到龙律师的律师信,等我弄清楚后,我再给他回好了。"对早已过户完成的事,仍绝口不提,也不答复。

十、胡茵梦说她站在正义这一边。萧孟能坐视白手起家的发妻朱婉坚每月八千元给人做"下女",却把十四户房地给了王剑芬,最后胡茵梦又送上一户,这是哪一国的正义?李敖为《文星》坐牢七年,萧孟能只送五百元,胡茵梦却把自己丈夫的五十五万送给萧孟能,这是哪一国的正义?何况,有没有正义是要用瞒住李敖方式进行的,胡茵梦在6月26日给了王剑芬秘件,伪造文书是7月1日,而在这段时间内,李敖胡茵梦夫妇两人,双出双进,6月28日在林雁处美容,7月5日去崔家取猫,7月9日、10日同宿中港大饭店,7月10日、11日同去鹿港,7月14日同在万里海滨,7月15日晚同在台视录影……有这么多的机会相处,胡茵梦对丈夫,却绝口不提把房子秘密过户的事,这又是哪一国的正义?

十一、虽然9月10日李放给胡茵梦的电话中,胡妈妈在旁叫骂:

"你们现在是不是要告她,要告就告好了!"李敖在决定告萧孟能、王剑芬的时候,还是有意开脱胡茵梦。李敖在10月6号告了萧孟能、王剑芬,他们在检察官调查过程中,却有意地把他们的"好友"胡茵梦咬进来! 12月23号,陈聪明检察官聪明地发现被告该是三个,李敖只告两个,遂把胡茵梦一并提起公诉!

十二、可怜的胡茵梦,她一直在茵梦湖里,做梦也没想到她竟被她的"好友"萧孟能、王剑芬出卖!她做梦也没想到,她给王剑芬的密件,竟被"好友"在法庭上公布!她牺牲了丈夫、牺牲了婚姻、牺牲了"说谎不是我的天性"、牺牲了自己名下的房子,最后换得的,竟是"好友"牺牲了她!胡茵梦被提起公诉后,人正在美国,报上刊出胡妈妈"又气又急,说李敖告错对象"!事情演变到这步田地,她们还这样昧于事实,不辨敌友,竟幻觉李敖在告胡茵梦,并凭这种幻觉,继续诽谤李敖!

十三、李敖胡茵梦的证婚人孟祥柯(孟绝子),最近在他的《大人物的画像》一书里,提到:

> 胡茵梦没有明白事件的是非曲折,就尽信人言,一再公开帮助别人诋毁自己的丈夫,在情理上,是严重的瑕疵。对这样的妻子,李敖痛心之余,觉得实在可怕,有不如没有。

> 既然胡茵梦决心帮助别人来打击自己的丈夫,李敖就成全她,跟她离婚,让她能充分以敌人的身份来尽心尽意打击李敖,而可以避免背上"不义灭夫"之讥。

> 在李敖的天地中,胡茵梦找不到真善美。李敖的天地中不是没有真善美,但那是董狐、司马迁、文天祥那一类血泪染成的真善美,是"慷慨过燕市、从容做楚囚"式的真善美,是悲壮而深沉的真善美,

而不是胡茵梦心目中的真善美。

半年来,胡茵梦用不真实的方法伤害李敖,伤害李敖,最后伤害到她自己。胡茵梦努力求真求善,是她的大长处,但她用作伪的方法求真,用作恶的方法求善,结果闹得亲者所痛仇者所快,最后连美都没有了!

十四、胡茵梦出身一个不幸的家庭,又因她的美,被社会惯坏。她的反叛性,是没有深厚知识基础的,缺乏推理训练的。她的举动,太多"表演"、"假戏"与"作秀"性质。她的人格是双重的——她一方面招待记者宣告她对李敖的恨,一方面离婚第二天向李敖哭着诉说她的爱;她一方面做证头一天告诉李敖报上登她骂李敖的话是乱写的、很没有斟酌的、太过分的,一方面做证时又照旧太过分地、很没有斟酌地乱说不误。胡茵梦爱恨交织、起伏不定、人格不统一,在这种交织、起伏与不统一中,她破了李敖的相,也毁了自己的容,这真是她的大悲剧。

十五、在李敖方面,李敖深信"清者自清、浊者自浊",群众的愚昧误解,是迟早可以平反的。张自忠生前被骂汉奸,蒙羞六七载;岳飞死后不得昭雪,沉冤二十年。比起来,李敖遭遇的麻烦,实在不大。但在胡茵梦方面,她既然有勇气公然作伪作恶,伤害李敖,她应该有同样的勇气,知过能改,勇于认错,"从此以崭新的面目迎接未来"。

十六、作为被法庭传讯、依法不得不到庭的证人,李敖请求法官先生:在胡茵梦勇于认错以后,审酌她犯罪时的动机、目的、所受刺激、生活状况、智识程度、事后态度。给她自新,给她机会,让她重新做人,不要判她的罪。

1982 年 1 月 1 日

满人为患

1981年4月27日报载：

满族协会成立大会共有满族同胞二百五十余位参加，并有汉、蒙、回、藏四宗族代表莅临致贺，以示台湾五族共同、团结拥护政府。大会并选出广树诚、关中、莫迺滇、胡茵子（胡茵梦）、莫迺勤、广苏美琳、赵靖黎、那琦、戴鼎、金玲、唐舜君、关思文、罗毓凤、吴云鹏、赵家玲等十五人为理事；那玉、广定舜、富伯平、莫松恒、汪渔洋等五人为监事。

这条新闻，使我想起一个最可怕的满族女人——慈禧太后（西太后），随手写一条笔记。

慈禧太后姓叶赫那拉，她的父亲叫惠征，曾做过安徽徽宁太广池道的道员，等于后来安徽省的一个行政专员。惠征是满洲人，但传说慈禧并不是他的亲生女儿，而是广东省一个姓周的女儿，姓周的因犯罪被杀，女儿卖给满洲人家，才变成了满人。但不管她是满人汉人，她祸害满人汉人，都是别无二致。

慈禧一生，一派是凶残的历史：首先杀载垣、端华、肃顺；再逼死嘉顺；毒死慈安；戊戌政变，不经审讯杀六君子；庚子之役，不经审讯杀五大臣；又追杀只是遣戍罪的张荫桓；又推珍妃下井；又打死沈荩；又在死前一天，毒死光绪。这样一个凶残的女人，她的历史，实在值得研究。何况在凶残以外，她还有着自私与愚昧。因为自私，她不惜浪费公帑，以满足她的糜烂生活；由于愚昧，她一方面消灭了革新变法的力量，一方面惹出了八国联军的大祸。在中国历史上，女后专权前有吕雉、武曌（武则天），可是连她们也赶不上慈禧的祸国殃民。慈禧是中国人的耻辱，她的一生足为我们儆戒！

1982 年 1 月 1 日

我看处女寇乃馨

三十五年前，1963年10月，我写了一篇两万多字的论文——《论"处女膜整形"》探讨有关处女的种种问题，这是有史以来探讨这一问题的空前绝后之作。我做梦也没想到，在多年以后，一个梦样的可爱女人，却现身说法，身体力行，以处女的肉身，发扬唯灵的真义，这一对比，自是空前绝后的外一章。这个可爱女人，就是寇乃馨。

1963年9月号的《骑士》(*Cavalier*)杂志有一幅漫画，画中一对情侣在汽车中幽会，女的说："我是个处女，可是对它并不'执迷'。"("I'm a virgin, but I'm not a fanatic about it.")寇乃馨正好相反，她对处女非常"执迷"，她自台大外文系毕业后，徜徉演艺圈四年，被称为"台湾演艺圈最后一个处女"，自属"异类"，因为别人落红成阵之时，当然怪她何以自处。乃馨说：

> 坦白说，我才不是无聊地为了做处女才是处女，只是因为基督徒的信仰，让我更珍惜、更尊重自己的身体。

乃馨的立论，落脚在"基督徒的信仰"上，我认为她上了没读懂《圣经》的传教士们的当。《圣经》提到处女之处，分见于《创世记》第二十四章第十六节；《利未纪》第二十一章第三节；《申命记》第二十二章第十九节、第二十八节；《列王记》下第十九章第二十一节；《以赛亚书》第七章第十四节、第二十三章第十二节、第三十七章第二十二节；《耶利米书》第十四章第十七节、第十八章第十三节、

第三十一章第四节、第十三节、第二十一节;《阿摩司书》第五章第二节;《马太福音》第一章第二十三节;《路加福音》第一章第二十七节;《哥林多前书》第七章第二十五节、第三十七节。细查这些章节,完全做不出乃馨的立论,甚至也做不出类似的推论,所以,"更珍惜、更尊重自己的身体"而守身如处,实与"基督徒的信仰"无关。虽然如此,乃馨的"执迷"并不失落,因为她可以自成一说而不必靠神说或耶稣说。乃馨相信"欲望的满足会降低爱情的强度",因此坚持要她的情人"爱她,就是为她憋着"、坚持要她的情人为她自抑自制,不可发生婚前性行为。由此看来,乃馨的"处女癖"实在驾乎有"处女癖"的男士之上。她执此一念,为了精神的愉悦,宁肯年复一年舍肉体的快乐而不辞,这种"异类",洵属罕见;这种"执迷",迹近"疯狂",也无异暴殄天物与尤物。虽然她"疯狂"得如此慧黠、如此曼妙,但是有朝一日或一夜或一日一夜,当她初尝到灵肉一致的极致,她未免要为她多年虚度青春而悔恨。没有肉,哪有灵?没有欲,哪有情?过度的唯灵抑肉、过度的非欲崇情,在许多方面,是一种自误。虽然它非常诗意,令人依恋与流连。

乃馨也不必为我这些话而震撼、而困惑,事已如此,还是把握一些可肯定的光明面吧。看看塞尔迈斯(Robert Sermaise)那本《肉欲的前奏》(*The Fleshly Prelude*),整本小说只写一个故事,就是一个珍惜、尊重自己处女之身的女孩子,最后如何缠绵献身。乃馨的多年云深知处,若能化为文学名著以传千古,亦是大好,不过,得先找到文学家才成,乃馨勉之。

1998 年 10 月 3 日

风度全在一吻中

5月16日，我看到法国新任女总理E.克雷松（Edith Cresson）女士，在完成接任手续后，在总理官邸马蒂格农饭店（Hotel Matignon）外面，吻颊道别她的前任罗卡尔（Michel Rocard）。美联社照片传来，我见图有感，深叹法国人的政治风度，真是坦荡无比。

十三天后，我看到法新社电。电文说两人吻颊一事凸显出法国一股新兴的潮流——亲吻双颊正快速取代握手致意，成为法国两性之间彼此互相问好致意的社交礼仪。

不过，在这里想要一亲芳泽的外国人士可得尊重一条规范——唯有情侣才可以亲吻双唇；此外，只亲一边脸颊会被认为是不够诚意的表现。

法国人公认，至少得左颊、右颊各亲一吻，才足以表达打招呼或说再见的诚意。至于亲上三四吻是否"合乎礼数"，则视各地民情或家族传统而定。观察入微的巴黎记者斯基菲指出："其他地方的人遇上亲人多半会献上四个吻，巴黎人则对任何人都是献上两个吻。"

法国社会学教授亚昆指出，罗卡尔亲吻E.克雷松夫人双颊，是"绝顶正常"的表现。他说，若是换成英国前首相撒切尔夫人亲吻新首相梅杰，一定会被不同文化背景的英国人视为"不可思议"。

亚昆表示，自1968年5月法国发生社会革命，严谨的社会阶级制度瓦解后，亲吻双颊的礼仪便开始风行。他说，年轻一代的法国人向往美国社会标榜的人人平等的精神，一心追求真诚单纯的人际关系，促成亲吻双颊的礼仪大行其道。他分析说，一方面献吻者向受吻者传达了友善、亲切的好意；另一方面，亲吻动作也打破了阶级制度，正如当时牛仔裤风行社会各阶层一般。

他指出，亲吻双颊的礼仪也是区分法国老一辈及年轻人的一项标准。老一辈多半借握手来问好或道别，而历经1968年社会运动洗礼的年轻人，则经常公开在大街小巷或咖啡厅里彼此亲吻双颊。

法新社这一报道，给我们死板的台湾开了不少眼界。

1991 年 5 月 30 日

腿上功夫

1780年，富兰克林在法国做大使，在跟法国名女人上床之余，写过一篇《美腿与丑腿》(The Handsome and Deformed Leg)的文章，大意说：世上有两种人，他们的健康、财富和生活上各种享受大致相同，结果却一种人是幸福的，另一种人却得不到幸福。这两种人对物、对人和对事的观点不同，对他们心灵上的影响，也就因此不同，苦乐之分，也就在此。这两种人注意的目标恰好相反：乐观的人注意的只是顺利的际遇、谈话中有趣的部分、好菜、好酒、好天气等，同时尽情享乐；悲观的人注意的却只是坏的一面。富兰克林说他有一位研究哲学的老朋友，此公的两条腿，一条好看，一条难看，于是他就用这两条腿，以定取舍：人们和他见面，如果对他的"丑腿"比对他的"美腿"更为注意，他就不交这种朋友了。反过来说，这种朋友才可交。

富兰克林是美国圣人，他这段只看人生光明面的指示，是正确的，但在说明上，因为时代不同，我倒愿代圣人立言，为他讲一点新的诠释。

我们通常爱说"真""善""美"，"真"是科学哲学的问题，"善"是伦理学经济学社会学的问题，"美"是美学艺术的问题。人的一生，面对万象，难免有所选、有所不选，选与不选之间，自有观点上的乐观悲观之分。大致说来，属于形象方面，是"美"的范围；属于非形象方面，则属"真""善"的范围。在"美"的范围内，观点重在美丑，但在"真""善"范围内，观点就重在真假善恶。我始终相信，涉及美丑范围，人的一生，可以只见"美腿"而对"丑腿"视而不见；但涉及真伪善恶范围，人的一生，就不能这样逍遥了。对人类的责任感，将逼使我们在真伪上面，要去假存真；在善恶上面，要扬善抑恶，我们如果在"真""善"范围，也采取"美"的观点，我们就将发生道德上的过失。

基于这种研判，我们可以说，对人间"真""善"范围的任何虚假和罪恶，我们必须去面对、去扒粪、去发掘、去揪出、去打倒。在这种认知下，我们虽然眼之所见，无非"真""善"上面的"丑腿"，但是责任所在，我们却不能逃避。我们不能崇真而不去伪，不能扬善而又隐恶，不管什么乐观也好、悲观也罢，我们都要面对它们。

富兰克林一生福禄寿俱全，但他"身在福中不知福"，他竟看到暴政的"丑腿"，而要毁家纾难，去搞革命，他绝对不做自了汉，他要以乐观的心胸，去父子绝情（他的私生子是反动分子、是保皇党）、去朋友离散、去跟暴政斗个你死我活。最后在他垂暮之年，他看到他的成就生根发叶开花结果。他晚年派赴法国，折冲樽俎之余，与洋婆子寻欢以为乐。那时所见，自是"美腿"满床，当然不在话下了。

1984 年 4 月 13 日午

女人大腿上的"丝路之旅"

中国传说中黄帝做衣裳,黄帝元妃西陵氏之女嫘祖教民养蚕,自此中国人独霸丝业两千年。奇怪的是,中国人只发明丝衣丝裳,却没发明丝袜,这真是千古遗恨。

中国的养蚕术在6世纪时被两个洋和尚学到。他们私盗蚕卵,运到欧洲,从此中国人独占市场的局面逐渐被打破,丝衣丝裳之外,泽被女人大腿——洋鬼子巧夺天工,造出丝袜。

18世纪英国文学家约翰生(Samuel Johnson)歌颂丝袜,意谓丝袜引人大动、情嗜随之。(The silk stockings and white bosoms of actresses excite my amorous propensities.)现在20世纪90年代,丝袜的工业,早越蚕丝业而上之,吸引人的程度,自亦在18世纪之上。现在流行的是二合一一件头的裤袜,固然不错,但失掉了用吊袜带的趣味。用吊袜带时代的女人,她们在内裤与丝袜之间,就是吊袜带发生作用那一段,大腿是裸露的。冬夜时分,与美女夜游,坐在车上,伸手去摸那一段大腿,虽约翰生复生,亦将别著福音,以告来者。"深情那比旧时浓",今不如昔,吾于丝袜见之。

1990年8月23日

上帝与服装

传说中的人类祖先是不穿衣服的,他们根本没有衣服的观念。最初是亚当先生一个人,在伊甸园中,光着身体,到处闲荡。没想到一觉醒来,少了肋骨,多了女人,一个赤身露体的夏娃小姐,居然招展在他面前,于是,麻烦立刻开始。在《旧约全书》《创世记》的第三章里,就爆出了全新的情节:

耶和华上帝所造的,唯有蛇比田野一切的活物更狡猾。蛇对女人说:"上帝岂是真不许你们吃园中所有树上的果子吗?"女人对蛇说:"园中树上的果子我们可以吃,唯有园当中那棵树上的果子,上帝曾说你们不可吃,也不可摸,免得你们死。"蛇对女人说:"你们不一定死,因为上帝知道,你们吃的日子眼睛就明亮了,你们便如上帝能知道善恶。"于是女人见那棵树的果子好作食物,也悦人的眼目,且是可喜爱的,能使人有智慧,就摘下果子来吃了。又给她丈夫,她丈夫也吃了,他们二人的眼睛就明亮了,才知道自己是赤身露体,便拿无花果树的叶子,为自己编做裙子。

天起了凉风,耶和华上帝在园中行走,那人和他妻子听见上帝的声音,就藏在园里的树木中,躲避耶和华上帝的面。耶和华上帝呼唤那人,对他说:"你在哪里?"他说:"我在园中听见你的声音,我就害怕。因为我赤身露体,我便藏了。"耶和华说:"谁告诉你赤身露体呢?莫非你吃了我吩咐你不可吃的那树上的果子吗?"那人说:"你赐给我与我同居的女人,她把那树上的果子给我,我就吃了。"耶和华上帝对女人说:"你做的是什么事呢?"女人说:"那蛇引诱我,我就吃了。"耶和华上帝对蛇说:"你既做了这事,就必受咒诅,比一切的牲畜野兽更甚,你必用肚子行走,终身吃土。我又要叫你和女人彼此为仇。你的后裔和女人的后裔,也彼此为仇。女人的后裔要伤你的头,你要伤他的脚跟。"又对女人说:"我必多多加增你怀胎的苦楚,你生产儿女必多受苦楚,你必恋慕你丈夫,你丈夫必管辖你。"又对亚当说:"你既听从妻子的话,吃了我所吩咐你不可吃的那树上的果子,地必为你的缘故受咒诅,你必终身劳苦,才能从地里得吃的。地必给你长出荆棘和蒺藜来,你也要吃田间的菜蔬。你必汗流满面才得糊口,直到你归了土,因为你是从土而出的。你本是尘土,仍要归于尘土。"

亚当给他妻子起名叫夏娃,因为她是众生之母。耶和华上帝为亚当和他妻子用皮子做衣服,给他们穿。

亚当、夏娃因为吃了苹果,所以四只眼睛发亮,才发现自己是赤身露体。他们小两口儿当时采取的初步行动是:抓起无花果的树叶,胡乱编成裙子,他们并没有服装设计。当时他们生长的地方是幼发拉底河(Euphrates)与底格里斯河(Tigris),并没生长在夏威夷,所以,他们虽然会用树叶,却不会编草裙。所以,当时他们所穿的,一定很难看。上帝把这一对男女驱逐出境,除了奉送一大堆报复和咒诅外,唯一一件善举,就是妙手"天工"地"为亚当和他妻子用皮子做衣服,给他们穿"。所以,无疑地,上帝是有史以来第一个服装设计家(the top fashion designer),从此以后,亚当夏娃的子孙所能施展的,只是"巧夺"上帝的"天工"而已,因为上帝忘记了申请专利,忘记了办个"衣服公卖局"来公然敛财,他只是把衣服造成了一种"人类众恶天性的标记",所有他"所造的生物中,只有人类,才穿着衣服"①,只达到这一个目的,就满足了②。

1982 年 2 月 1 日

---

① 这是圣经学家海莱(Henry H. Halley)博士的话,见他的《圣经手册》(*Pocket Bible Handbook*)"创造女人"一节。
② 只是不知道上帝穿不穿衣服?如果不穿,难道真如中国的刘伶,以天地为衣服吗?

写给模特儿看的

中国古代的雅人们，对水的看法，可有点特别。"沧浪之水清"的时候，他们要"濯我缨"（洗帽子）；"沧浪之水浊"的时候，他们却要"濯我足"（洗脚）。他们从未想到要洗洗身体，更甭谈"游泳"了！

"游泳"在中国传统中，不属于正统运动范围，也不属于一般娱乐范围。"游泳"这玩意儿，至多是"浪里白条"式水上人家的专技，任何身强体壮的大汉，只能在陆地上展览他的阔臂肌，一旦不幸下水，就只有口吐白沫的份儿。《水浒传》里的黑旋风李逵，本何等威武，可是一落清波，就被浪里白条张顺灌得"喘作一团，口里只吐白水"！李逵尚如此，其他大汉可以想见！其他大汉尚如此，其他小娘子更可想见。故总而言之，中国古人对"游泳"这一门学问，实在差劲，因而从尾生以下，被淹死的记录也就颇多。奇怪的是，尾生明明不会游泳，却偏偏跟女朋友在"水门"旁边约会，结果竟送掉老命一条，真是哀哉！

反观外国，外国的游泳历史，却源远流长得多。在非洲北部利比亚沙漠（Libyan Desert）中，就有了游泳的壁画，历史上在一万一千年以上。纪元前两千一百六十年前的埃及贵族，乃至纪元前八百八十年的亚述战士，都纷纷留下了不少游泳的史迹。这些流风，广被之下，游泳这门子玩意儿，就愈来愈在洋鬼子身上发达起来。

洋鬼子分两类，一种是男洋鬼子，一种是女洋鬼子。男洋鬼子喜欢游泳，自然毫不稀奇。可是游呀游的，女洋鬼子在旁边看得不服气了,"怎么,只许你们男人游,难道老娘不能游"?于是,不晓得在什么时候,夏娃女士也跳到水里来了!男洋鬼子既然无法阻止"祸水"下水,但总要亡羊补牢,设法使"祸水"别在水里惹祸。于是,男人(当然是已婚的男人)说:"游泳可以呀!可是要穿泳装呀!让我们来设计泳装吧!"于是,在1905年,男人们设计出来的"进步"泳装是这样的:

用布:十码。

计开:泳帽、泳衣(长袖)、泳裤(长裤)、泳裙、泳袜、泳鞋。

特色:浑身由上到下除脸和手外,全包住挡住,且衣服上要做出很多皱褶——严禁曲线外泄!

这种六十年前的女人泳装,如果你今天看到,你绝不会以为她是来游泳的,你一定把她当作搜索天蝎号的潜水人!

男洋鬼子刚为女洋鬼子设计好泳装,正在额手称庆的时候,忽然间,他们发现不太对劲了,奸诈的女人们开始耍花样了,泳装怎么变单层了?胳膊上的长袖怎么也变短了?说时迟,那时快,就在海滨警察大抓特抓这些泳装"修正主义者"的时候,女人们却纷纷反叛起来。这时候,已是公元1910年,已是警察控制不了女人的年代,警察罚得愈多,女人穿得愈少,警察气死了,警察真没法子!

到了1919年,正在中国警察控制五四运动北京大学校门口的时候,外国警察正在控制女人们泳装的裤口。女人们更得寸进尺了!她们的泳装袖子短了还不算,居然裤子也开始短了!海滨的警察们更是忙上加忙,他们手拿皮尺,逮住女人,量上量下,罚来罚去,可是呀,没用,老娘不怕罚,罚者自罚,穿者自穿!就这样地,十年过去了,一股新的浪潮又打到这女人与警察斗法的海滨来,那是20世纪30年代,女人泳装上的裤子,已短到和外面裙子同一尺寸了!

接着是法国女人开了先河，泳装又发生革命性的突变，上下一身的传统式样首先被拦腰剪断——女人的泳装变成两件头了！十码布的时代过去了！五码布的时代过去了，最后一码布的时代也为"比基尼"（Bikini）所取代，三点式的泳装，终于抢尽了风头。

泳装在比基尼时代，自然也千变万化，有各种因暴露程度不同而耍出来的花样，最严重的是"迷你基尼"（Mini-Kini），胸罩后面甚至没有带子，其次是"迷底基尼"（Midi-Kini），再其次"麦克斯基尼"（Maxi-Kini）。种类繁多，举不胜举。

自比基尼时代以降，女人泳装近年来，主流已朝三路转变：第一路是"裸胸装"（Topless suit），1964年曾风靡世界。

第二路是"洞洞装"，1965年起流行，以若隐若现的"假裸"（Fakely Nude）为号召。

第三路是"裸背装"，1967年开始时髦，重点是暴露背部（Back exposure）。

此外，复古的趋向偶尔也进入时装杂志，那是一种一件头的泳装，居然有长袖或短袖，甚至还有段紧身裤腿。另外，在007的魔力下，类似潜水衣式的泳装也出现了，拉链从脖子直拉到小腹下端，极尽非非之能事！

至于男人，简直可说没什么泳装上的变化。早期男人的泳装，本和目前保守一点的女人泳装一样（一件头，遮胸遮背），后来男人把这种衣服"送给"女人，自己只穿起短裤来。近来男装又开始复古，在裤腿上面，稍微变长，好像斯文一些。男人毕竟是理性的动物，当他发现在泳装上撒野撒不过女人，他们不回到斯文，又能怎样？

1968年7月4日上午以二小时半写成

男人做事女人当

8月5日,我收到"高等法院"的确定判决书,判决江春男(司马文武)、徐璐、王杏庆(南方朔)等诽谤李敖属实,每人被判四个月。诽谤事实起于康宁祥的《亚洲人》杂志,江春男是发行人兼总编辑,徐璐是执行主编,王杏庆是作者。他们在1986年间,"共同基于散布于众之犯意联络",造谣诬蔑李敖,法官认为"足以毁损李敖之名誉",因而一一予以判罚。

在审判过程中,有一鲜事。《亚洲人》老板康宁祥首先把责任推得一干二净,执行主编徐璐女中豪杰式地把责任一肩挑,说不但康宁祥不知情,总编辑江春男也不知情,一切由她做决定刊出的。徐璐发言后,我当庭表示,按照经验法则,杂志印出来,做发行人兼总编辑的,若说对内容不知情,其谁能信?并且一个执行主编若有这么大的权力,又置总编辑于何地?谁给执行主编这么大的权力,岂不该想一想吗?有责任自己不承担,反倒由女人来承担,这叫男子汉吗?江春男当庭听了我的话,若有所悟,乃说"我是《亚洲人》杂志之发行人兼总编辑,总编辑负全盘编务","我知道要编这三篇文章"。同时康宁祥也掀了底,说编务"由总编辑江春男负责"。于是,地方法院判决诽谤成立。诽谤成立后,他们上诉。江春男的律师周弘宪递出上诉理由状,说"江春男虽系《亚洲人》杂志社之发行人兼总编辑,但只审阅有关党政问题之重要文稿,一般性文稿均由编辑负责,本案文稿均由徐璐负责处理"。江春男如此答辩,显然与"原审所供"之情形不同,"高等法院"仍判决他有罪。于是,男人做事女人当的如意算盘，顿时告吹矣！

　　无独有偶，在我告林正杰等诽谤案中，也发生过男人做事女人当的鲜事。1985年间，林正杰等伙同国民党情治人员，在《前进》杂志造谣诬蔑李敖，被告到法院。当时杂志刊出的社长、总编辑都是林正杰，并赫然刊出"正式敬告法官"的专版，上刊"如有文责概由林正杰负责，恕不外让"等字样。这种勇敢的造句，表示法官以后审判时，全找我林正杰可也！我林正杰绝对不赖！可是，曾几何时，在地方法院判他一年后，林正杰却另有说辞了。他在他老婆杨祖珺出面把责任一肩挑后，有言论如下："不能因为你在杂志上挂什么名，就有罪……就好像日本的烤小鸟一样，一烤就烤一小串，每一只小鸟都给你烤熟，这种东西我觉得就是我们古代的连坐法，这是绝对不合理的。李敖要赖到我头上来，这是不对的。"对自己说来，办杂志风光的时候，林正杰勇敢地站出来，自己串小鸟，从社长、总编辑、代理发行人、采访主任，一直串到发行经理、财务经理，头衔唯恐其少；可是，一旦杂志办出了纰漏，却又说不可以搞"连坐法"，林正杰的老婆就勇敢地站出来，代为拆小鸟，小鸟一个个都飞了，说林正杰不管事，头衔又唯恐其多。对法官说来，办杂志风光的时候，林正杰勇敢地站出来，"正式敬告法官"，法官听好，事情是我林正杰干的，一切找我就是；可是，一旦杂志办出了纰漏，法官找他，林正杰的老婆就勇敢地站出来，大怪法官了。夫妻如此答辩，反复怪异，"高等法院"仍判林正杰有罪。于是，男人做事女人当的如意算盘，也顿时告吹矣！

　　我一直觉得台湾这岛很奇怪，几场官司打下来，我觉得它更奇怪了！

1988年8月7日

寻乐哲学

论"酒色财气,不碍菩提路"

读过宋人轶事的人,一定喜欢那苏东坡的好朋友佛印和尚;读过《水浒传》的人,一定喜欢那整天打人打山门的鲁智深花和尚。为什么人们喜欢这类酒肉和尚?答案是这类和尚"不守清规",尽管不守清规,但他们的为人,却正直、幽默,令人怀念长想。这样看来,所谓"清规",显然已经没有必守的价值,"不守清规"的和尚,照样可能成为一个好人、一个男子汉。

佛印和尚与鲁智深花和尚,在佛门中,应该归入"禅宗"的一派。这一派的真正精神,是反对佛门中的庙宇仪式,反对佛门中的繁杂"形式主义"。在他们眼中,形式上的诵经拜佛也好、吃斋茹素也罢,都是消极的小乘戏法,全不是积极的大乘弘道。一个人如果立志普度众生,必须摆脱形式主义的羁绊,走向"直指本心"的自然之路。一个人只有在自然的快意中,才可以谈笑间同登彼岸,共证涅槃。

这类禅宗的先驱者,他们先知式的信仰是:"酒色财气,不碍菩提路。"在这种开明信仰的光照下,佛印会开苏东坡女人的玩笑,而鲁智深呢,不但自己大吃大喝,还要硬请别的和尚吃狗肉!

正统——所谓正统——的佛门不承认他们,但他们也不屑于正统佛门的承认;正统——也是所谓正统——的天堂也不会要他们,在佛国中，他们也分不到什么地位，但是他们绝不在乎，他们的来生是"活佛"的投影——不是西藏活佛，而是那癫头癫脑的胖济公！

在中国思想史中，王阳明一派的末流，言行风采已跟这种禅味相当接近。这些智慧的中国古人，他们不谋而合地，也成了"酒色财气，不碍菩提路"的信仰者。

我们新一代的中国人，不可忘记我们老祖宗那"不守清规"的一个面，不可忘记他们的自然与快意，不可忘记在形式主义的森严气氛里，他们曾以笑脸和血汗，把过度严肃的传统文化，赋了生机、开了新路。我们怀念他们，我们向他们致敬。

论娱乐并非大逆不道

中国传统文化看轻娱乐，是一件很不幸的演变。中国的正统思想家们，他们的普遍特点是鼓吹严肃哲学，他们铸造的标准人像是正襟危坐、肃穆森严的君子，非礼勿视、非礼勿听，没有轻松也没有娱乐。他们的习惯是把一切都纳入"道德"的规范，常常用道德标准量来量去，甚至量到跟"道德"并不相干的事物上。例如吃一块切不正的肉，有何道德问题？可是古人却坚持"割不正，不食！"。又如吃的东西的好与坏，又有何道德问题？可是古人却责备吃好东西的人，认为只有吃着"恶食"，才能"志于道"！

中国古人只会悲哀于颜回的早死，可是却赞美致他于死命的"一箪食、一瓢饮"生活。试问颜回的死，营养不足有着多大关系！古人明知"食"是性，可是却整天鼓吹钳制它，反对顺应它，真不知道这是所为何来。

对要命的"食"的一关都如此，其他娱乐等，在正统古人看来，当然更是小道——小人之道，非君子之道。古人君子之道的标准，最后已不近人情到朱夫子所揭橥的"莫如半日静坐,半日读书"的枯燥境界,试问做人做到这种木头书呆,有何道理?有何"道德"?又有何趣味?

在中国以外,洋鬼中也曾有柏拉图的"习作死态"思想,也曾有佛陀的"槁木死灰"思想,也曾有瑜伽的"化禅入定"思想,也曾有克尔文的排斥享乐"清教"思想。这一切一切,大体分类,都可和中国传统的严肃哲学,同属一丘之貉。在哲学史上,这些都可叫作"反享乐的"(anti-hedonistic)思想,也都是"道德迷"的思想。这种思想,说辞虽尽有不同,可是它们制造一层罪恶之网来恐吓老百姓,却别无二致。受这种思想辐射过的人,他的心灵,已视自然快意为畏途,顺性、洒脱、轻快、嗜好、喜爱、灵肉一致等,都跟他绝缘以去。他在枯寂单调的生活中,偶尔也许偷偷娱乐一下,可是娱乐过后,立刻遭到心灵上的"天谴",他觉得他错了!他的罪恶感油然而生,他要受良心责备、要受教条洗涤,他认为得消化不良。他的人格已经分裂,整天在灵肉大战,弄得圣罪交织,痛苦不堪。

练习放弃有毒的思想,是走向活泼人生的第一步。很多事并非大逆不道的,圣贤的话并不值得轻信。

论杨朱非"禽兽"与"当身之娱,非所去也"

中国传统思想中的一个大毛病,是立论推理不合逻辑,禁不得方法学的解剖。表现这个毛病最厉害的,该算那位辩论时最有火气的孟夫子。孟夫子辩论,硬说:"人性之善也,犹水之就下也。"其实这又有何相干?为什么对方就不能说:"人性之'恶'也,犹水之就下也。"为什么水就得专为孟子的理论流?不能为别人的理论流?

不合逻辑还不算,不合逻辑还给对方硬戴帽子,这就更说不过去了。孟夫子说:"杨朱、墨翟之言盈天下。杨氏为我,是无君也;墨氏兼爱,是无父也。无父无君,是禽兽也!"这就是典型的硬戴帽子的手法。孟夫子这一手法,真可说祸延古人,使杨朱等人的声名,千古含冤;使他们的真正思想,难显于世。

其实,杨朱的"为我"哲学,真相并非如此简单,当然也更非大逆不道。由于孟子的曲解,使古今人士都指摘杨朱"损一毫利天下,不与也"那一面。而骂他"为我""自私",却忽略了杨朱"悉天下奉一身,不取也"那一面。杨朱的真正意思乃是"人人不损一毫,人人不利天下,天下治矣!"。这乃是真正人人各守其位,人人不乱革别人的命的哲学,杨朱认为天下之所以大乱,都是由于有人在不老老实实地看住自己的毛,而要乱拔,妄想拔一毛而利天下,最后害得"悉天下奉一身",天下反倒跟着倒了霉。

杨朱解释这种表面上拔毛利人的哲学,认为这种哲学的"毛"病,出在有人想"尊礼义以夸人,矫情性以招名",结果呢,却搅得"忠不足以安君,适足以危身;义不足以利物,适足以害生"。因此他劝人要老老实实,不必强求虚名而反得实祸。杨朱指出:

> 太古之人,知生之暂来,知死之暂往,故从心而动,不违自然所好。当身之娱(娱乐),非所去也,故不为名所劝;从性而游,不逆万物所好。死后之名,非所取也,故不为刑所及。

这种立论,恰恰正是鼓励人们注意"当身之娱"(娱乐)的理论,一个整天"从心而动""从性而游"的人,对国家的贡献,却不在整天摇旗呐喊的家伙们之下,这种奇效,岂不妙哉!

论所谓"智者式的不乐"

寻乐哲学里头的第一块绊脚石,不是"该寻何乐"的项目,而是一种"不肯寻乐"的心境。

这话怎么说呢?

自古以来,就有这么一派人,他们"天生"恹恹如病,以郁郁不乐为常,甚至更进一步,认为郁郁不乐乃是睿智的标记、超人的象征。最后,他们竟以郁郁不乐自豪,骄傲于他们的苦脸与愁眉。

最早的显例是所罗门王,在历史与传说中,他都以睿智出名,可是他留给人间的言论,却全是这一类的调调儿:

一、多有智慧,就多有愁烦;加增知识的,就加增忧伤。

二、我心里说:来吧,我以喜乐试试你,你好享福。谁知,这也是虚空。我指嘻笑说:这是狂妄;论喜乐说,有何功效呢?

三、我所以恨恶生命,因为在日光之下所行的事,我都以为烦恼,都是虚空、都是捕风。

所罗门王这类思想,曾经作为此道人士的口头禅,进而演变成三项结论:

一、智慧愈多,烦恼愈多;

二、娱乐无用;

三、人生乏味。

于是,从所罗门王到骚人墨客,从骚人墨客到今日的所谓新诗人,所谓悲哀呀迷失呀的一代,都亦步亦趋地走上了这三条查无实据的结论，而皆以悲苦自豪，以不乐自傲。

任何有点方法训练的新时代人物，都该清醒地觉察到"智慧愈多，烦恼愈多"的理论是无法成立的，因为"烦恼愈多"的原因乃在于智慧的不足与不真，并不在于智慧之多；同样地，"娱乐无用"与"人生乏味"之论，也都属于没有开阔心胸的反动，都属于胃口不好却责备食物的愚蠢，而与娱乐等本身的功能无关。

如果一个以智者自豪自傲的人，其智尚不能以明了此类真相，那么我们不妨这么说：这个人已不是智者，尽管他仍会摇笔鼓舌，仍会吟诗。

一只断了尾巴的壁虎，都会赶紧设法长出另外一条尾巴，并不以断了尾巴自傲。以断了尾巴自傲的朋友，实在可以醒醒了！

论不必崇"灵"贬"肉"

自古以来，有一种毫无根据的怪论，就是"唯灵论"，或说"灵魂至上论"，或说"崇灵贬肉论"。这种怪论，不论怎么叠床架屋、怎么演绎，它的基本调门，不外是灵是高的、圣的、好的，肉是低的、邪的、坏的。这种灵上肉下的思想，究其根源，最明显的，是来自西方中古前期的基督教。基督教的理论家和"文字警察"们，认为对"肉"的克制，是达到"灵"的永生的必要条件。所以他们就此起步，将灵提升，直提升到基本人性所不能负荷的程度。一位中古的教棍子，也是学者，竟发为妙论，认为一个信奉天主的人，只要在灵的方面不怀邪念，甚至可以摸摸修女的大奶奶（或小奶奶），并不犯罪。此类妙论，似乎也正是佛教教棍子所谓的"目中有色，心中无色"。其实这种不近人情的唯灵论，究竟能在灵的方面有多少纯度，倒大有问题。因为实际显示出来的是：自教皇以下，都不乏私生子的记录。私生子生下来，大都谎报为自己的侄儿外甥（nephew），进而大加提拔，演变成标准的"引用亲戚主义"（nepotism）。这种现象，正是高度唯灵论者的低级下场，其灵魂至上、崇灵贬肉的程度，也就可知矣！

最早打破这种唯灵怪论的先知者，最早坦白承认灵不比肉高、肉不比灵低的开路人，该是19世纪的英国大诗人勃朗宁。勃朗宁曾用美丽的诗句，巧妙指出：

……灵之对肉，并不多于肉之对灵。
（...Nor soul helps flesh more, now than flesh helps soul.）

这是何等灵肉平等的伟大提示！勃朗宁又指出：肉乃是"愉快"（pleasant）的象征，是可以给灵来做漂亮的"玫瑰网眼"（rose-mesh）的。这种卓见，实在值得满脸袋"灵魂纯洁""肉体不纯洁"的卫道者的反省。崇灵贬肉的论调，早已是落了伍的论调。只肯定灵的快乐而否决肉的快乐，乃是对寻乐本身的一种残缺、一种怪症，并不值得神气活现。

真正开明智慧的人物，当他起居饮食、寻欢作乐的时候，绝不背着灵上肉下的错误思想去苦恼自己。所以，一旦当他有机会去摸修女的乳房，他没有大道理，也没有罪恶感，他是快乐、温柔而一致的，他的灵魂，就在他的手上。

论"灵肉"不可二分

人的生命是一个有机体，各部的功能虽异，同体共济的运作则一。除了盲肠等捣乱鬼外，没有器官不该发挥它的功用，或不该得到它的休息、营养或满足。即以盲肠而论，它是兔子的主要消化器官，于兔子则为大用，于人类则为赘物，但我们也不能说它只有利于兔子，至少外科医生就靠它吃饭。若没有盲肠，兔子和外科医生就要大量退化，思念起来，也颇不好。

甩开兔子和外科医生，我们再回看这个有机体和一些人对有机体的态度——错误的态度，我们不得不感到惊异。

最明显使人惊异的态度，就是所谓"灵肉二分"。信仰灵肉二分的人，他们的生理结构上，好像拦腰多了一层横膈膜。膈膜以上，是仁义道德；膈膜以下，则不堪闻问。中部某大学的一位教授，在中部课堂上，总用上部讲精神文明经典化；可是一到北部来，他却用下部去反对《诗经》中"采葑采菲，无以下体"的人性论史。所谓灵肉（如果还有灵可说的话），对这种人说来，只是以灵骗钱、以钱买肉而已。他们的灵肉一致，只是在卑鄙上一致，并不在和谐上一致。

真正的灵肉一致者，他的和谐表现，是《列子》书中所谓的"心凝形释"，这种和谐，是以真情为准则，不以买卖为手段。在扬州二十四桥的诗人杜牧，形式上是逛窑子，实质上却是与妓谈情，因为谈情，所以才有所谓"青楼薄幸"。台湾北部的妓女们，绝不会怪中部的某教授薄幸，因如某教授者，实无幸可薄！灵乎哉？不灵也！

不过有一点可为某教授开脱的是：灵肉的分野，也有其时代与环境的背景，不能独责于他。原来真正灵肉一致的旧艺综合体，乃是古代的窑姐儿和日本的艺妓。这些女士，不但会饮酒赋诗、小红低唱，同时还会举手投足，"教君恣意怜"。不料后来世风日下，人心不古，人身亦不古，并且身心不再合一。女人"灵"的一部分，已上升到女作家皇冠上；"肉"的一部分，已下降到江山楼的"卡紧卡紧"派，以致心物二元起来。弄得前者启灵过分、后者泄欲太多，活像祭孔的"牺牲"——既不灵也不肉。今日的悲剧正是在此。不灵不肉的女人太多了,不灵不肉的男人更多。真正灵肉一致的快乐,几乎已不易找到典型。寻乐的智者,必然会认清灵肉关系的真相,而开始努力寻求。也许他会找不到对象,但这也没什么好埋怨,卓越的个人,常常是时代与环境的"牺牲"——为寻乐献身,又何足怪?

1980 年 10 月 1 日

君子爱人以色

"不见可欲"与"见可欲"

法国文学家法朗士（Anatole France）在 1890 年有名作《苔依丝》(*Thais*)，写尼罗河岸沙漠里有圣地旦白依特（Thebaid）修道院，院中僧侣过着禁欲、苦修、出世的生活。其中有一位叫法非愚斯（Paphnutius）的，修道有成，回想起十年前他认识的一位女优苔依丝，身陷红尘之苦，乃计划去亚历山大城（Alexandria）救她、使她皈依天主。法非愚斯把这计划告诉另一苦行者柏莱蒙（Palemon），柏莱蒙说："法非愚斯兄，天主做证，我绝不怀疑你老兄的意向。但是我们神父汪督亚纳（Anthony）说：'放在旱地上的鱼都要死的，同样，走出了独居的小房屋、到世俗的中间去的僧侣，就脱离了善境。'"（徐蔚南译自法文。Ernest Tristan 英译这段话是：Fish, which are put upon dry land, die; in the same way, monks who leave their cells and mix with the world deviate from their holy purpose.）但是法非愚斯有信心离开修道院去救人，就出发了。最后，他说服了苔依丝，使她看破红尘，烧掉了她的华丽衣服首饰，把她送到沙漠中的女修道院。不过，苔依丝虽得救了，做了修女，这位神父法非愚斯却把持不住了。他回到修道院，日夜想起苔依丝，痛苦不堪。最后，任何苦行的招数都不灵了。全书的结局是：苔依丝死后上了天堂，而伏在她尸体上的法非愚斯却哭喊着："我爱你，不要死呀！请听我，我的苔依丝呀，我欺骗了你，我只是一个不幸的呆子。上帝哪，天哪，这种东西能算什么呢，只有在地上有生命的一切的爱情才是真实的。我爱你呀！不要死……"（中英译文同上。I love you, do not die！ Listen, my Thais.

I have deceived you, and I was but a miserable fool. God, heaven, both are nothing. Nothing is true but life on earth, and carnal love.）

法朗士这本《苔依丝》是挖苦天主教的，但是，他借法非愚斯最后的哭喊，道出了神职人员的假面目与真觉悟：什么出世的上帝哪，什么天哪，都是狗屁，都赶不上人生在世和那男欢女爱！

另外，《苔依丝》引发出一个主题。就是，如果神父只住在修道院中，根本远离女色、见不到女色，不"到世俗的中间去"，则那禁欲、苦修、出世的生活，就有"成功在望"的可能。这在宗教里，叫作"避世禁欲主义"（Asceticism）。这种主义，本是宗教中的歪道魔道，但在印度教里、在佛教里、在埃及诺斯替教派（Gnostics）里、在犹太以西尼教派（Essenes）里，以及在天主教里，都不乏此道。

为什么见不到女色是重要的禁欲条件呢？因为一见到，"有鳏在下"的"小和尚"就蠢蠢欲动了。

《老子》中说："不见可欲，使民心不乱。"古本《老子》无"民"字，全文则是"不见可欲，使心不乱"。意思是说：不看见足以引起欲望的事物，心就不会乱了（R. B. Blakney 在 *The Way of Life: Lao Tzu* 里英译此句为 If things much desired are kept under cover, disturbance will cease in the minds of the people. 更有遮盖可欲之意）。在古文中，"见"就是"现"，不见可欲就是不显现可欲，但照今文读法，把不见就当看不见直接解说，反倒更近原意。

照《老子》的理论推知，要想不为女色所惑，一个办法就是看不见女色，眼不见心不烦，禁起欲来，方有可能。这种理论，从根救起，可谓与西方"避世禁欲主义"相辉映。

司马相如《美人赋》中有这种对话：

王曰:"子不好色,何若孔墨乎?"

相如曰:"古之避色,孔墨之徒,闻齐馈女而遐逝,望朝歌而回车,譬犹防火水中,避溺山隅,此乃未见其可欲,何以明不好色乎?"

这就是说,"孔墨之徒"是好色的,只是要"不见可欲"而已,一见了可欲,就完蛋了。所以他们只能"避色"、逃避女色。照司马相如这种延伸,"孔墨之徒"之"贤贤'避'色",其实真是"老庄之徒"了。

不过,这种"不见可欲"的理论,另有高人却不赞成、不佩服的。这种高人相信:不见也、躲避也,这都是消极的态度。《聊斋志异》中有《小谢》一篇,写陶望三不乱搞男女关系,有妓上床,他终夜不搞;有婢夜奔,他坚拒不乱。后来碰到两个漂亮女鬼跟他开玩笑,他有点"心摇摇若不自持",但是立刻"肃然端念",不理她们。《聊斋志异》会校会注会评本有但明伦评语说:

于摇摇若不自持之时而即肃然端念,方可谓之真操守、真理学;彼闭户枯寂自守,不见可欲可乐之事,遂窃以节操自矜,恐未必如此容易。

意思是说:要真在美色当前全见可欲之时把持得住,才算真功夫。不此之途,只把自己"闭户枯寂自守",避而不见,这种人,其实又算什么本领!一旦美色骤来,真正全无防身之力的,就在此辈。谢在杭《文海披沙》有"尤物移人"一则说:

彭祖七百余岁,卒以娶小妻妖淫败道,自陨其命。北山道人,修行千年，为悦密云令之女，竟被擒戮。五戒禅师戒行精苦，一悦妓女红莲，竟堕恶道。尤物移人，可不惧哉！

我想，这些大师级的禁欲主义者，最后见到美女，一身除了鸡巴硬，其他全软了，原因就在所见者少，"不见可欲"者多，"见可欲"者少，因此败下阵来。为今之道，凡大男人，当不怕见女色方是。"眼中有色，心中无色"才真是高人功夫。

1992 年 1 月 17 日晨 9 时

大中华·小爱情

大中华·小爱情

在20世纪80年代的台湾，我们看到现代化的电子情歌、现代化的性病医院、现代化的人参补肾固精丸，却很少看到现代化的爱情。

现代化的爱情是什么？现代的中国人知道的似乎并不多，他们虽然也风闻什么自由恋爱，也爱得自称死去活来，但是，他们的想法太陈旧了、做法太粗鲁了、手法太拙劣了，在现代化的里程碑上，他们的爱情碑记，可说是最残缺的一块。有多少次，我看了古往今来的许多所谓爱情故事，忍不住好笑说："中国人中的这种人呀！他们不懂得爱情！"

在上下几千年的中国历史上，我们简直找不到多少可以歌颂的爱情故事、不病态的爱情故事。尽管二十五史堂堂皇皇，圣贤豪杰、皇亲国舅一大堆，可是见到的，很少正常的你侬我侬，而是大量反常的你杀我砍他下毒药。

一个号称中华五千年史的伟大民族，居然制造不出来多少像样的爱情故事，这可真是中国人的大耻辱！

毛病在哪儿呢？

毛病在中国的爱情传统，有了"子宫外孕"，出了"怪胎"，少了产生"爱得漂亮"的条件。

有老娘・没有小娘

原来讲爱情，第一要件就得承认两个主体——男方一个主体，女方一个主体，没有这种对主体的承认，什么情不情的，都无从说起。中国老祖宗在这方面做得真糟，他们不承认女方作为主体的地位。中国人对女性的尊重是"母性式"的，并且尖峰发展，成为孝道，有的甚至有点儿什么什么了。在另一方面，女人在没"身为人母"的情况下，也就谈不上什么，地位低级至极。中国男人一生下来就"弄璋之喜"，"弄璋"是玩玉石，玩玉石可增进德行；女人一生下来却"弄瓦之喜"，"弄瓦"是玩纺车，玩纺车可见习做女红。一套男尊女卑的天罗地网，打从出生开始，就把女人罩住，女人除非熬到"老娘"地位，才算以寡妇之尊，酌与长子抗衡，除了"老娘"外，永远踩在败部里，翻身不得。

上面说"身为人母"以后才升级，其实还是客气的、还是运气的，事实上升级不升级，还得看造化。汉武帝的钩弋夫人"身为人母"了，结果却遭了杀身之祸——汉武帝怕他死了以后，他儿子的地位可能被亲生母亲夺去，所以竟残忍地下令杀他儿子的妈！当钩弋夫人被牵去，泪眼回头，望着她的老公的时候，汉武帝却以"汝不得活"（怎能让你活）的一片无情，草菅人命。

所以，"身为人母"只能算初段，得顺利过关以后，才能落实。碰到汉武帝这种要命的大关，自然少见；但是婆婆妈妈的大关，倒也屡见不鲜。"身为人母"固然神气，但碰到"身为人祖母"的，立刻黯然失色。写"柳暗花明又一村"的宋朝诗人陆放翁，他同唐氏结婚，可是老娘反对，逼小两口离婚，造成最有名的《钗头凤》悲剧。这说明了女人的地位是多么可怜、小娘的地位是多么可怜，深情如陆放翁，在爱情与孝道冲突的时候，都要选老娘而弃小娘，其他寡情的，自然就更别提了。汉武帝在中国名流中，还算是有情之人，"金屋藏娇""姗姗来迟"等典故，都因他而起，但是他的爱情——如果有的话——一点儿都禁不得与权力冲突，倾城倾国的赤裸情人，一点儿也抵不住倾人城倾人国的赤裸权力。他们真乏味！

这种没把女人当主体的情形、这种不把小娘当人的情形，其实不始于汉武帝，也不终于汉武帝，而是大中华自盘古开天辟地以来，一直绵延不断的杰作，这才真是东西文化的一项根本差异。当东方的盘古扭动骨盘，把四肢五体转成四极五岳的时候，西方的亚当却大梦先觉，把肋骨转成原料，奉献给女人。这一差距，分离出两千年前的一幕对比：当亚当的子孙正把埃及皇宫的美女克里奥帕特拉（Cleopatra）往家里抢的时候，我们盘古的后人，却正把自己皇宫的美女王昭君朝外头送！人家宁肯为女人惹起战争，我们却甘愿用女人换取和平！你说多菜！

在权力与女人不可兼得的时候，西方的爱德华八世的表现是"不爱江山爱美人"；而东方的唐明皇呢？表现却是"江山情重美人轻"！中国人家喻户晓的《长恨歌》恋史，男方指手画脚，发了不少"在天愿作比翼鸟""愿世世为夫妇"的假誓，到头来却不能同生、不能共死、不能横刀救美，反倒"竖子不足与谋"——自己逃难去了！你说多菜！

有情感·没有勇敢

这对比，都多少显示了我们大中华的老祖宗在处理小娘子的小爱情问题上，好像有点儿特别。他们好像从来不为女人花脑筋，既不屑花，也不肯花，甚至压根儿就没想到花，这样子"看不起女人"，若要产生漂亮的爱情故事，岂不是妄想？大体说来，老祖宗们是不来说恋爱这一套的，他们只会为几个抽象的大名词肝脑涂地、九死无悔，却不会为几个可爱女人鞠躬尽瘁、怒发冲冠。吴三桂在爱情宇宙里，只不过闪了一点儿"冲冠一怒为红颜"的灵光，就被道学之士一连臭骂三百二十年！中国历史上有"红粉"，也有"干戈"，但这两个名词总结合不上，老祖宗不允许"红粉干戈"，为女人打仗吗？去你的！那是爱伦·坡笔下的希腊荣光和罗马壮丽（……the glory that was Greece，/And the grandeur that was Rome.），中国文化是不为女人打仗的！

中国文化的一大正宗是道学——不管真道学或假道学，在道学的魑光魅影下，人人都被道德迷住，做成了道德迷，并且迷到不近人情的程度。流风所及，男女间的爱情问题，自然也就一律道德挂帅，谁谈情说爱谁就不是好东西，就要被摒于孔圣人的门墙之外，死了以后，也分不到孔庙的冷猪肉吃！人人想吃冷猪肉，所以人人都不敢公然谈情说爱。至多有多多的情感，却没有少少的勇敢。

清朝有一个朱彝尊，算是一颗彗星，他居然有了爱情的故事，并把这故事写成了《风怀诗》。不但把诗写好，还要把诗收进他的《曝书亭集》。他的道学朋友一看，可急了，劝他注重清议，别把这不三不四的咸湿诗放到集子里去。可是朱彝尊不肯，他说："吾宁不食两庑豚，不删风怀二百韵！"（大好猪肉宁不吃，也不删掉这首诗！）

不了解中国历史背景的人，很难想象朱彝尊这种勇气有多么大！很难想象这种坦白是多么的不容易！因为在道德挂帅下，在真假道学桎梏下——匍匐在下面的，很少不是双重人格，双重得至少有两副以上的脸孔来应付人间世事：一副是道貌岸然的脸孔，一副是暗度陈仓的脸孔，前者用来说教，撑门面；后者用来发泄，调剂满口大道理后的紧张情绪。

这种现象，试拿清朝的"南袁北纪"来说吧：袁子才袁枚，一边写《小仓山房文集》来说教，一边写《子不语》（即《新齐谐》）来发泄。纪晓岚纪昀，一边写《四库全书总目提要》来撑门面，一边写《阅微草堂笔记》来调剂情绪。他们的作品，道貌岸然与陈仓暗度前后辉映，乍看起来，简直不是同一个人作的，事实上却明明是同一个人干的好事。袁枚、纪晓岚两位，其实还算有点儿真情至性的，至于别人，人格分裂得就更严重：元稹为老情人莺莺写的诗，不敢收入他的《长庆集》；孙原湘为女朋友屈、钱两人写的诗，不敢收入他的《天真阁集》；陈文述的情词艳句，不敢收入他的《颐道堂集》；而和凝呢，索性干脆得一干二净——他做了大官以后，居然把他作的《香奁集》全部赖掉，竟说不是他作的，是韩偓作的！

这些人格分裂的现象，都表明了在爱情的态度下，大家都变成了胆小鬼，戴上了面具，转入了地下。大家谁也不敢露真情，至多做到暗通与私恋，表露到一片反常、一片变态、一片自我陷溺（self-absorption）、一片假惺惺！

难乎为妓

中国传统中爱情出了毛病，最基本原因，是男女结交不靠自由恋爱，而靠"父母之命、媒妁之言"。男女间事，一开始就不是两个人间的私事（private affairs），而是父母媒妁"大锅炒"的亲事。这样的结交，开始就以家族本位代替了爱情本位，夫妻之间，想在这种本位下产生罗曼蒂克的爱情，实在气氛不足。所以，中国的爱情故事，像《浮生六记》式的闺房记趣，为数就少。中国的女人结婚后，相夫教子，做黄脸婆，已无罗曼蒂克余地；男人结婚后，如果想爱你爱在心坎儿里，对象却很特别，被选中的对象，不是别人，却是青楼情孽——妓女。

以前的妓女和现代不一样。现代妓女都很忙，忙得不打话，就上床，实不考究任何水准与情调；以前妓女却斯文扫床，大家得先"小红低唱我吹箫"一番，绝不许公鸡见母鸡、公鸭见母鸭式办事。骚人墨客去找她们，必须经过基本的过门儿。这种情形，在唐朝发展得最具"规模"。唐朝知识分子以走动妓院为正业之一，从元白到李杜无一例外。在杜牧的诗里，可以看到太多太多"不饮赠官妓""娼楼戏赠"等作品，这说明了男欢女爱，不在别处，正在秦楼楚馆之中。秦楼楚馆是中国式爱情的大尾闾和大市场，中国式爱情沦落至此，想来也真可悲。

另一种变相的沦落，是佛寺道观的媒孽。由于传统中男女交际层层设限，大家只好借可以公开见面的所在、公开见人的职业，得到不少偷情的自由。唐朝的女道士许多都是私娼，其中水准与情调，有的很高，自然就是大家漫爱的最佳人选。李白有送女道士褚三清的诗，施肩吾有赠女道士郑玉华的诗，例子不胜枚举。这种文人和"尼姑"的恋爱，相对方面，也就是太太小姐跟"和尚"眉来眼去的张本。传统里所以有这些畸形的爱情故事，究其原因，都是社会环境封杀爱情的缘故。

难乎为继

写到这里，大中华、小爱情的一些切片，已经稍具轮廓。大致的结论是：中国过去的爱情传统，是不平等的、缺少相对主体的、人格分裂的、胆怯的、娼妓本位的、男色的、没有人权的、缺少罗曼蒂克的、病态的。我读古书，少说也有三十年，我实在无法不作出这样令人不快的结论。

从古书中，我实在找不出中国男人有多少罗曼蒂克的气质，所以，根本上，严格说来，他们形式上的"爱情"也简直不成其为"爱情"。吴伟业、陈其年歌颂的"王郎"、曾国藩歌颂的"李生"，我总恶心地感到，这些都是变态，不是爱情。一如《红楼梦》里演戏过后的柳湘莲，被薛氏之子误认为相公，而要按倒在地一样。你不能说这些是爱情，爱情不该这样陈旧、这样粗鲁、这样拙劣。只要稍用水准、稍讲情调，你就会发现：过去中国式的爱情，实在不及格、不及格。中华文化复兴吗？在爱情的范畴里，我们能复兴到什么？

11月5日报上说，台北西门闹区的情杀案，是"在某单位服役的中尉军官庄水昆，因情感纠葛愤而行凶，他先在部队内杀死了一名卫兵，并将这名卫兵的尸体藏放在车辆底下，然后拿了一支枪从新竹赶至台北，到自己一见钟情的部属妹妹许美月家中，将许美月击毙、击伤她的哥哥，并纵火焚屋，然后畏罪饮弹自杀"。

看吧，又来了！中国式的爱情！随便一个例子，就显露给我们多少病态、多少粗鲁！但你别忘了，这种行为并不是"某单位服役的中尉军官"个人的行为，这种行为是陈旧、拙劣爱情传统的反映，只有根本不懂爱情为何物的人，才如此焚琴煮鹤、如此赶尽杀绝、如此霸王硬上弓。真正的爱情绝不这样，这样不漂亮的、不洒脱的，绝不是真的爱情！

现代的中国人，必须练习学会如何走向现代化，用现代化的水准与情调，开展现代化的爱情。迷恋秋雨梧桐，何如春江水暖？感叹难乎为继，何如独起楼台？在罗曼蒂克的爱情上，中国文化和乡土都无根可寻、无同可认，虽然本是同根生，无奈土壤不对，对现代的我们实没好处。

觉醒吧，中国的情人们！大情人正等我们来做。此时不做，还待何时？难道真等地老天荒吗？别迷糊了！地老天荒只能做大浑蛋，绝非大情人。要做大情人，别迷糊了！可得趁早呀！

《中国时报》1979 年 11 月 10 日

[附记] 刘声木《苌楚斋四笔》卷二有段文字记朱彝尊的《风怀诗》，他说：

> 吴县张应南户部藏有朱彝尊风怀诗手稿，与刻本不同，涂改满纸，均有"颠倒鸳鸯"小印钤记，前后有名人题跋甚多。其妻兄吴县曹君直孝廉元忠曾亲见之。太仓某家藏有"鸳水仙缘"弹词一种，记风怀诗及洞仙歌词曲本事。吾乡姚庚甫大令景衡，年七十余，尝为后学讲风怀贰百韵隐事，语语有证云云，语见桐城萧敬甫徵君穆《庚子札记》。
>
> 声木谨案：秀水朱竹坨太史彝尊，诗在我朝，虽为一大家，而风怀一诗，实为全集之玷，亦无庸为之穿凿附会，务必牵合及于某某而后已。纵使太史自暴其恶于众，后人更不必为之穷形尽象，刻画无盐，吾不知为之笺证者，欲师其事乎？抑欲师其诗乎？未免两失之矣！

这段很有趣味的老夫子文字，更可反衬出朱彝尊的大勇。

论高中女生被性骚扰

现代妇女基金会最近对台北市十四所高中职校一千二百五十三位女生进行性骚扰认知问卷调查，发现大部分高中职校女生对性骚扰的认知并不清楚，更严重的是，绝大部分受到性骚扰后采取消极逃避态度，无法做适时反应。

调查结果发现，一千二百五十三位女生中，有近四成曾受到暴露狂骚扰，遭男性故意以手或身体触摸亦达百分之四十八点一，严重的性侵略比例较低，但受访者中高达百分之九十六点二认为性骚扰问题严重。

发生性骚扰的场合，以搭乘公交车（火车）时最多，高达七百四十四人，近六成表示有此遭遇；其次为马路、暗巷、公园、戏院、校园、电梯；至于实施性骚扰的人，则以陌生人最多，达八百九十五人，但也有二百零八人是熟人，像同学、朋友、亲戚等。

当被问及受到性骚扰的情绪反应，绝大多数女生答称是自责、恶心、愤怒、震惊、无助，九百零六人次想到要避开，三百六十五人次大叫，一百四十七人次不作声，一百四十九人次想哭，想要反击的只有六百三十九人次，一百七十九人次会报警，可见多数女性仍以消极方式面对性骚扰。当被问到公交车上，若有人摸臀部时会采取的措施，竟有九百零五人次想换个位置，二百零八人次赶紧下车，会大叫或反击的人，只分别为二百零六人次和五百二十二人次。最后问到遭到性骚扰后的倾诉对象，八百人次表示会向朋友、同学诉苦，其次是母亲、姊妹，愿意向老师或专业机构反映的都不及一成，显示老师的角色扮演有待加强,而高中女生对社会福利和救援机构的认识也极有限。

问卷调查的对象是受害者的一面,她们是被动的、被骚扰的,至于主动骚扰人的一面,就无法调查。虽然无法调查,但是原因不妨探讨探讨。

男性想性骚扰女性,本来有他生物的基因与层次,这一层次,跟公狗见了母狗殊少不同。但是人所以为人,就在能越过生物基因和层次,而有以抑制与提升。从这种理解角度看,擅于性骚扰者,本身的水准与格调先出了问题。有教养的男人,绝不干这种事,这种事是下等人干的。

下等人为什么干这种事?重要原因之一,是教养不足。教养方面,性教育的欠缺和误入歧途,也是因素。

旧式的性教育太偏重在约束与压抑方面,这是错的。在某种范围与程度上,其实要用高格调的"黄色"出版品等,予以教化才成。我这种意见,乃是从佛门传教理论而来。佛门传教,有一奇怪的理论,叫作"以欲止欲",主张用风情万种的美女,吸引好色之徒,以引你性欲为手段,以导你信佛为目的,这在《宗镜录》和《维摩诘所说经》中,都公开宣扬之。而所谓观音者,也是舍身干这行的。《西湖二集》有一个故事说,唐朝延州有位妓女,"不接钱钞"、不要钱,让人白嫖,原来这妓女是在"舍身菩萨化身,以济贫人之欲"!以身为布施如此,其为菩萨心肠,明矣!

这种观音化为女性给人搞的妙事,后来演变出"镴骨菩萨"的典故。《续玄怪录》有这样一段:"一淫纵女子早死,瘗于道左,忽有胡僧敬礼墓前曰:'斯乃大圣,慈悲喜舍,世俗之欲,无不徇焉。此即镴骨菩萨。'"所谓镴骨,就是锁骨,就是死后骨骼勾结如锁。《观世音菩萨寻声救苦普门示现图》中引《观音感应传》说,唐宪宗元和十二年(817),陕右金沙滩上,出现个漂亮的卖鱼女人,许多人都打她主意,她的条件却是对方须能在一夜之间背得出佛经《普门品》才成,结果有二十个人能做到。她说:"一身岂能配多夫?"改背诵《金刚经》,仍有十八人能做到。她又改背诵《法华经》,只有姓马的年轻人能做到。可是一迎女的进门,她就死了,并且尸体立刻烂光。后来有一和尚来,姓马的年轻人带他上坟,和尚开棺,"惟黄金色锁子骨存焉"。和尚说:"此观音菩萨,悯汝等以化现耳!"可见人信了佛,不一定搞得到观音,可能空忙一场!但观音摆人一道,却提升了人的信佛程度,却是佛门的一大收获。

基于这种理论,我们不必怕拿高格调的"黄色"出版品等教化人。其实,人类有许多原始的、潜在的欲望与意愿,这些愿望往往是反文明的、反社会的、不见容于现代的。在现代社会对这些愿望,多出之以压制。不过,硬性的压制是不健康的,也没有必要的,正确的方法是予以疏导、予以升华、予以假借。

例如人类有暴力的、犯罪的愿望,疏导、升华、假借的方法是看侦探小说,看相杀相砍的电影,这样随之"佯信"(make-believe)一阵、"自我陷溺"一阵,暴力与犯罪也就随书而去、随电影而去,一若真空放电一般,内在的压力,可以疏散、可以化整为零。

同样的原理,有关"黄色"的出版品等,如果高格调地处理,也可达到无若有、虚若实的奇效……性骚扰是没有格调的人干的事,真正有教养的人,眼中有色、心中有色,就别有天地了,谁要霸王硬上弓啊?

1991 年 3 月 4 日

李敖论结婚

婚姻的确已被人搅得乌烟瘴气，令未婚者心寒、令离婚者却步。但是，正因为人间还有一些成功的例子、有一些神仙伴侣给婚姻的美满作为榜样，所以，聪明人还是做了傻瓜。

男人因心老而结婚，女人因脸老而结婚（男人结婚是因为老之将至，女人结婚是因为青春不再）。

爱好独身的男人应该结婚，只有结了婚，才能衬托出独身多么可爱。

女人会妨碍你的工作，只好用结婚来妨碍她。

结婚是彼此无奈所产生的相对屈从。

美满婚姻的秘诀不在说谎，而在守密。

聪明的太太暗中结网，愚蠢的老婆公然造笼。

夫妻的最大不同是：太太有苦说得出；丈夫有苦说不出。

太太因服从而得到支配，丈夫因支配而沦为服从。

有其丈母娘必有其妻，有其妻必有其夫，有其夫必有其丈母娘。

旧女性要胜过别人太太，新女性却要胜过自己丈夫。结果前者婚姻美满，后者离婚了事。

促成婚姻是兽性，厌倦婚姻是人性，维系婚姻是惰性。

男人因为结婚才知道女人多么好，女人因为结婚才知道男人多么坏。

恋爱是喜剧，结婚是悲剧，离婚是闹剧。

恋爱是追求，结婚是追打，离婚是追杀。

很多婚姻的发展模式是：结婚前一对蠢蛋，结婚后一对浑蛋，离婚时一对王八蛋。

1992 年 2 月 26 日

上电视谈现代婚姻的悲剧性

结婚前半个月谈现代婚姻的悲剧性

我四十五岁了。四十五年来,一直没有结婚,一直是单身汉。我想单身汉比结了婚的人更了解婚姻,不然的话,他早就结婚了。

谈到现代的婚姻,必须先谈过去的婚姻。

过去的婚姻有两个特色。第一是"奉父母之命"。"奉父母之命"的婚姻,新郎新娘都没有独立人格,新郎属于新郎的爸爸,新娘属于新娘的爸爸。我们现在用的"婚姻"两个字,"婚"字的原始意义就是指新娘的爸爸,就是岳父;"姻"字的原始意义就是指新郎的爸爸,就是公公。婚姻、婚姻,结来结去,结的其实不是两个人,而是两家人。两家的老太爷、两家的老太太。

过去婚姻的第二个特色是"奉儿女之命"。"奉儿女之命"的婚姻,说结婚是为了生儿育女,为了达到亲子之情、母爱等目的。这种理由,是跟人类发展历史不合的。人类本是动物,动物对下一代是一视同仁的。你看母狮子、母老虎,当别家的小狮子、小老虎跑到怀里吃奶的时候,她来者不拒、不分彼此。人类后来花样多了,多得发生了产权问题,发生了占有问题,由产权、占有,发生了婚姻问题,于是母爱开始收缩,抱住自己的,推开别人的,直到人道主义者出来,呼吁"幼吾幼以及人之幼",大家才恍然大悟人类错了,人类本是"幼吾幼也幼人之幼"的。

现代的婚姻,应该单纯是男欢女爱的结合,不"奉父母之命",也不"奉儿女之命"。这并不是说否定父母儿女,而是说,父母儿女只该和婚姻当事人的"亲情"有关,不该和当事人的"爱情"有关。排除了"奉父母之命"与"奉儿女之命"以后,现代婚姻的悲剧性将会减少一点。

1980 年 4 月 21 日

("中国电视公司"《六十分钟》熊旅扬访问)

离婚后半个月谈现代婚姻的悲剧性

我对结婚没有什么研究,所以我在四十六岁以前,一直是单身汉,我大概是中国最有名的单身汉;但我对离婚倒颇有研究,在《李敖全集》第一册里,就有一篇九十五页的文章,叫《宋代的离婚》,那是我二十年前的大学毕业论文。

根据我对离婚的一点研究,我发现男女之间该离婚的理由,有时候比该结婚的理由还多一百个。从人类婚姻史上看,一夫一妻的制度,本来就是一种过渡现象。不错,有人一夫一妻,有人白头偕老,但是那种婚姻,我怀疑是"美"的。我认为男女之间,最最重要的一种关系,是"美",是唯美主义下的发展,是美的开始、是美的发展、是美的结束。

我们习惯上讲"真""善""美","真"是科学哲学的问题,"善"是伦理学经济学社会学的问题,"美"是美学艺术的问题。凡是涉及"真"和"善"的问题,我认为女人都不适合问。你只要做一次选择法就够了。如果"真""善""美"三者不可兼得,一定要女人选三分之一,全世界所有的女人,都会宁愿不做真女人、不做善女人,而要做一个美的女人。女人宁愿是个假女人、坏女人,也要是个美人。

这就是说,女人的本质是唯美的,女人实在不适合求真、不适合择善,女人把感觉当作证据,这种人,怎么求真?女人把坏人当成好人，这种人，怎么择善？所以女人追求真相，真相越追越远；女人择善固执，善恶越择越近。女人只能追求美，女人若在追求美以外，还要追求真和善、还要替天行道，会发生可怕的错误。

我相信男女之间的一切关系，都是唯美的关系，恋爱应该如此，结婚应该如此，离婚更应该如此。男女之间除了美以外，没有别的，也不该有别的。我不喜欢男女分开时恶形恶状。英国的诗人说："既然没有办法，让我们接吻来分离。"这多美！

一句西方谚语说："我们因不了解而结婚，因了解而分开。"胡茵梦同我的结婚，正好相反——"我们因了解而结婚，倒因不了解而分开"。胡茵梦在我出狱复出后写文章支持我，写《特立独行的李敖》，她欣赏我的特立独行，我认为她了解我，但是，最后因不了解分开了。胡茵梦公开说我十年内不会同她离婚，她是"唐宝云第二"。几小时后，她就收到我送的玫瑰花和离婚证书，她不是"唐宝云第二"，她是"胡茵梦第一"！胡茵梦不了解"胡茵梦第一"，她从"求真""择善"观点上，也不会了解"李敖第一"，但从美的观点上，她了解。她了解，我也了解，胡茵梦真是第一。

1980 年 9 月 13 日

（香港丽的电视有限公司《猫头鹰时间》曾叶篥端访问）

病中散记

一

我从来不养病,病中读写剪贴,一切照常。我住院时,人溜下床,床铺当成桌子,满床是书报资料。医生看了,直皱眉头。拉丁文谚语有道是:Dum vivimus, vivamus. 英文意思是 While we live, let us live. 中文意思是"生时且做生时事""做一天和尚撞一天钟",这是一种看来有点儿消极,其实非常积极的人生态度,我就是如此。我不但在病房如此,在牢房也一样。我被关进牢房,照例先把马桶洗净,没一会儿就设法弄来木板或纸箱,搭成桌子,开起工来。我的随遇而开工,有如是者。

二

王企祥(李远哲的老师)对我说:"你不能得罪犹太人,得罪了犹太人一如得罪了李敖,他跟你没完没了。"我听了大笑,我说:"你终于学到了跟李敖做朋友的窍门了。"

三

得罪人也许不能做事,但怕得罪人常常不能做人。所以,站在真理那边,不怕得罪人才是立身正道。

四

上轨道的社会因有前科，没有前途；不上轨道的社会因无前途，才有前科。

五

当警总说你是匪谍、人们说你是财神的时候，除了承认，别无他途。

六

董显光《蒋总统传》有这么一段，在印度，"蒋总统和甘地经过五个小时的长谈，甘地最后表示'不妨碍中、英之间的合作，并愿接受委员长（蒋总统）的忠告，不打算特地制造纠纷'。至此，遂即取出他的纺车，坐在地上，纺起纱来。"——甘地不以客来而废其工作，其傲公卿、慢王侯，尽在一纺中矣！

七

台北与高雄的交通状况分别是：前者以警察有无做指标，交通号志只做参考；后者则连参考都不参考，全以有无警察做指标。

八

当一件事做出来，不是他倒霉就是你倒霉，这种关系，才是最好的合作关系。

九

每看到女人有大屁股的时候，我总暗中庆幸它没长在脸上。如果那种庞然上了脸，岂不更要命？

十

有人插柳成荫，有人插阴成柳。同治皇帝得了花柳病，就是人证。

十一

今日事，明日毕，懒人也；今日事，今日毕，常人也；明日事，今日毕，高人也。

十二

我一点儿也不大男人主义——我愿意听大女人主义者胡说八道，就是证明。

十三

男人对女人是"授人以柄"关系；女人对男人是"空穴来风"关系，男女之间纠缠不清，正因为有这些凸凹的缘故。马路凸凹不平都有风波，何况人身凸凹不平？所以，男女之间任何事，都不必大惊小怪。

1989 年 11 月 20 日

日本女人讨厌日本男人了

西班牙爱斐通讯社 4 月 29 日报道，日本女孩挑选结婚对象，条件"苛刻"。许多"不合格"的日本男孩只好花钱娶"进口新娘"。

爱斐社这篇发自东京的特稿指出，日本女孩越来越挑剔。太矮、秃头、戴眼镜的男孩子，都不易找到对象。男子超过 30 岁未婚，或在中小型公司服务的低薪职员，都被列入"黑名单"。农村青年或结婚后须与父母同住的独子，都是"拒绝往来户"。

报道说日本女子订出的结婚对象三项"基本条件"是：一、身高 170 厘米以上；二、著名大学毕业；三、大公司的高薪职员。

报道指出，日本女子已厌恶日本男人超时上班及下班后结群喝酒取乐的恶习。越来越多的日本女子宁愿嫁给美国人或欧洲人。尽管东西联姻因文化背景差异，离婚率高，她们仍认为"总比嫁给大男人主义的日本同胞好"。

报道说，由于"市场需要"，进口新娘婚姻介绍所应运而生，其中以来自菲律宾及泰国的新娘最多。一般东南亚女子都很乐意嫁到日本。介绍所每凑成一对，向日本男子收费两万美元左右。根据移民局资料，近五年来已有一万一千个菲律宾女子嫁到日本。由于供不应求，最近已有不少来自拉丁美洲的女子加入行列。

我们很高兴看到日本女人有此觉悟。日本男人是全世界最讨人厌的男人，日本女人早就该觉悟了！

1991 年 4 月 30 日

君子爱人以色

纪昀《阅微草堂笔记》卷三：

余官兵部时，有一吏尝为狐所媚，尪瘦骨立，乞张真人符治之。忽闻檐际人语曰："君为吏非理取财，当婴形戮。我凤生曾受再生恩，故以艳色摄惑，摄君精气，欲君以瘵疾善终。今被驱遣，是君孽重不可救也。宜努力积善，尚冀万一挽回耳。"自是病愈，然竟不悛改，后果以盗用印信、私收马税伏法。堂吏有知其事者，后为余述之云。

这故事有趣之处在报恩之狐怕恩人做贪官死于刑场，干脆替你换个死法，要你做死鬼死于床上。此狐真婉而妙也。千方百计，使恩人风流而死，此君子爱人以色也。化身为"艳色"让人来性交，此亦菩萨行也。

1995 年 3 月 28 日

辟佛四绝

一

不参佛法不入龛，不看佛经不朝山。
早信佛门终作土，此是菩提第一篇。

二

不幻丹青幻此身，又生又灭全为真。
我知祖师东去意，休听西来海潮音。

三

青眼看杀镜中我，白眼看尽世上人。
维摩神通何所羡？我自神通又通神。

四

道说不死真成妄，佛言无生更转诬。
我生我死皆实体，我是空门大丈夫。

1990 年 9 月 13 日